끼 세대 생존법

낀 세대 생존법

40대 여성 직장인의 솔직 담백한 인생 이야기

생존법

서서히 · 변한다 지음

헤이북스

서서히

2019년 39세에 현재의 직장으로 이직했다. 40세가 되기 전 턱걸이 이직. 나이 앞에 '4' 자가 붙으면 직장을 옮기는 것이 힘들어질 것 같다는 생각에 이전 직장에서 3년도 채 머물지 못하고 급하게 감행한 일이었다.

이제 빼도 박도 못하게 '4' 자가 붙어버린 나이. 이전 직장들과 마찬가지로 지금 직장에서도 나이가 '4'로 시작하는 여성 직원은 많지 않다. 40대는 어느 조직을 가도 어깨선 정도 되는 나이와 직급이다. 나와 동년배 여성 직장 동료들은 모두 어디로 갔나. 보이지 않는다. 대부분 집에서 아이들과 씨름하고 있을 거다.

그렇다면 나의 여성 직장 선배들은 또 어디로 갔나. 내가 어깨면 그들은 머리쯤에 있어야 하는 거 아닌가? 하지만 그들도 보이지 않는다. 역시 대부분 집에서 아이들 뒷바라지하고 있을 거다.

예전과 달리 선후배 간의 끈끈한 정을 찾아보기 힘든

요즈음, 선배 노릇하기도 뻘쭘하고 선배 대접받는 것도 어려운 상황에서 여성 직장 후배들은 밀물처럼 밀려온다. 그래, 말 그대로 90년대생이 온다. 몇 년 지나면 00년대생도 오겠지. 내가 머리쯤에 있어 그들에게 든든한 '슈퍼 파워'를 쏴줄 수 있다면 좋을 텐데 그렇지 못하다. 그들에게 해줄 수 있는 건 내 일이 그들에게 넘어가 피해를 주지 않도록 최대한 내 역할을 다 하는 것뿐이다.

평균수명의 연장으로 직업을 유지해야 하는 세월은 길어지는데 여러 이유로 40대가 된 평범한 여성 직원들은 머리까지 올라가기가 힘들다.

직장에서 전쟁 같은 하루를 보내고 집으로 들어가면 또 다른 지옥문이 열린다. 어떤 이는 육아와 집안일과 씨름하고, 어떤 이는 함께 사는 시부모님 눈치에 진 빠지고, 어떤 이는 '웬수' 같은 '남의편'과 다투느라 에너지 방전되며, 또 다른 어떤 이는 앞, 뒤, 옆집과 우리 집을 비교하며 전의를 불태울지도 모르겠다.

이 책은 이러한 40대의 평범한 여성 직장인들을 위해 쓰기 시작했다. 70년대 후반부터 80년대 초반에 태어난, 완전한 X세대도 아닌, 그렇다고 밀레니얼 세대나 MZ 세대라 하기에도 어색한, '낀' 세대. 아무도 이들을 주목하지 않는다. 이들은 X세대나 밀레니얼 세대처럼 화려하게 등장하지도 않았고 시대가 변해가는 과도기 속에서 삶을 살아내야 했기에 이전 세대가 누리던 고전적인 특권도, 새로운 세대가 누리는 자유와 평등도 온전히 즐기지 못한다. 이 세대의 40대 여성 직장인들은 요즈음 젊은 20-30대 부부와 같이 동등하게 집안일을 배분해서 수행하고 있지 못한 경우가 허다하다. 또한 시부모님을 모시고 사는 경우도 적지 않다.

아무도 주목하지 않는 이들을 내가 주목하고 위로하고 싶었다. 나 역시 40대 여성 직장인으로서 우리만의 일상을 읽고 쓰고 보이고 싶었다. 마치 일루미나티 같은 비밀결사 조직처럼 우리 40대 여성 직장인들끼리 아픔을 공유하고 상처를 보듬어주고 서로 파이팅을 외쳐주고 싶었다. 또 세상의 중심이 되어보고 싶기도 했다. 도도하게 고개를 들고 "와이 낫?"Why not? 말해보고 싶었다.

더불어 곧 40대로 진입할 20-30대들과 이 책을 통해 소통하면 좋겠다고 생각했다. 그들이 생각하는 40대 인생 선배는 어떤 모습일지 궁금하다. 이 책이 그들에게 조금이나마 우리 40대를 이해할 수 있는 참고서가 된다면 참 좋겠다. 나 역시 20-30대까지만 해도 '40대' 하면 떠오르는 것이 '불혹의 나이', '중년'과 같은 단어들이었는데 막상 40대가 되어보니 여전히 불혹과 중년은 나와 상관없는 단어인 것만 같다.

누구나 40대가 된다. 아무런 준비 없이 맞이한 40대의 삶은 30대의 일상과 별반 다르지 않다. 다만, 주변에서 나를 보는 시선이 40대를 보는 시선으로 바뀌었을 뿐이다. 지금 돌이켜 생각해보니, 내가 더 젊었던 시절에 40대의 어느 인생 선배가 40대가 되어도 변하는 건 없다고, 다만 주변에서 나를 보는 시선이 바뀌는 것뿐이라고, 40대가 되어보니 삶이란 이런 거 같더라고 조곤조곤 말해주었더라면 좋았겠다는 생각이 들었다. 그때는 어렵고 멀게만 느껴져 말도 잘 섞지 않던 40대 선배들은 사실 그때의 나와 별반 다르지 않은 사람들이었구나 싶다. 현재까지도 세대의 벽을 넘지 못하고 20-30대와 40대 간의 교류는 여전히 활발하지 못한 듯하니, 이 책을 통해서라도 20-30대에게 40대의 이야기를 전해주고 싶다. 누구나 맞이하게 될 40대의 이야기이니 들어 두어 나쁠 건 없지 않을까 생각해본다.

오늘이 내 남은 날 중 가장 젊은 날인데 더 늦기 전에 산전수전 공중전 겪은 이 경험치와 지금껏 축적한 삶의 지혜를 똘똘 뭉쳐 부족하고 미숙한 글이지만 공유해보고자 한다. 이 책을 통해 일상 속 조그만 위안과 웃음을 얻을 수 있길.

겉은 아이스 아메리카노, 속은 코코아 같은 여자,

서서히

40대 중반을 넘어선 남의편님은 미루고 미뤘던 MBA를 가열차게 해내고 있고 40대 초반 서서히도 드디어 석사 졸업을 했다. "말하지 않아도 알아요~♬" 소리가 저절로 나온다. 엉덩이 종기로 검붉게 장식했던 나의 파란만장했던 20대 후반도 함께 떠오른다. 앉지도 서지도 않고 어그적어그적 주경야독하며 석사 논문을 썼던 그때. 학업과 생계를 병행한다는 것이 얼마나 쉽지 않은 일인지 누구보다 잘 알고 있다. 특히 안팎으로 다사다난하고 아직까지도 질풍노도인 40대에겐 더더욱 어려운 일일 것이다.

나 변한다, 40대 되어서도 여전한 자격증 중독도 마찬가지. 이제 주위에서 지치지도 않냐고 묻지도 따지지도 않는다. 아무도 못 말린다. 올해 상반기만 해도 두 번의 시험을 치렀다. 공인중개사 1차 한 과목 과락의 아픔을 극복하고자 언제 또 민법 기출문제집을 뒤질지 모른다. 추측하건대 아마도 로스쿨 1기 입학시험 낭패의 충격으로 인해 지금까지 혼자만이 감당하고 있는 정신병적 싸움 같다는 생각이 든다.

이렇게 두 마리 세 마리 토끼들을 나 홀로 잡고 있으면 줄곧 날이 서 있을 수밖에 없다. 남의편님의 경우 살이 10킬로그램 넘게 빠졌고 내 경우 화 조절이 잘 안 된다. 늘 베일 것 같은 날카로움을 지니고 있다. 『보통의 속도로 걸어가는 법』의 저자 이애경은 '엣지 있다'는 표현을 좋아했는데, 어쩌면 나이 드는 것은 매번 날을 세우는 게 아니라 가끔 누이는 법도 알아가는 과정이라고 하더라. 저자는 마흔 이후의 청춘이라는 건 잔잔한 물결처럼 오래 지속되는 중간 불, 확 세게 타올라버리는 센 불이 아니라 천천히 시간을 두고 졸여가는 거라는데 나는 왜 이리 온종일 센 불인가 싶다. 내가 원하는 불 조절을 과연 하고 있는가 생각해본다. 가스레인지가 고장났나. 당신과 나의 모난 날은 누울 줄 아는가. 당신과 나의 성급한 시간은 은은하게 졸일 줄 아는가. 진정 묻고 싶다.

가만히 있어보자. 내 사이코 사이버네틱스는 어떤가. 정신적인 자동유도장치라는 의미로서 성형외과 의사였던 사람이 만든 단어인데 인간의 뇌는 미사일의 자동유도장치와 같아서 자신이 목표를 정해주면 그 목표를 향해 자동으로 스스로의 행동을 유도해 나간다는 것이다. 인간의 잠재의식은 상상과 실제를 잘 구별하지 못하므로 '나는 그럭저럭 괜찮은 사람이야.' 하면 그렇게 행동하고 반응하게 된다는 것이다.

자, 그렇다면 이쯤에서 프롤로그에서 성급하게 소결론을 내어보자. 변한다 나이 만 43세, 아내로서 초등학교 6학년의 어머니로서 슈퍼우먼은 소질에도 없으니 감히 넘보지 않았다. 내 불 조절은 양심상 놀지 않고 워킹우먼으로서 최선을 다하는 걸 보여주는 것에 초점이 맞춰져 있었다. 에

리히 프롬은 성장한다는 것은 나를 누구보다 잘 알고 내면의 나와 현실의 나, 그 속에서 균형을 잡을 수 있는 지혜가 있어야 한다고 말했다. 그렇다면 나의 불 조절은 내 성장을 위한 것인가, 내 주위를 둘러싸고 있는 타인들을 위한 것인가. 요즘은 몸과 정신이 나란히 함께 따라주질 않으니 헷갈릴 때가 있다.

그래, 사람들은 누구나 일종의 보호색을 지니고 살아간다. 떠올려본다. 사택에서 공동 어머니 역할과 동질화 강요에 신물 나 부산 친정 근처로 이사하고 싶다던 전 직장 후배에서부터 명문대 졸에 진짜 똑 부러지게 일 잘했지만 명퇴 후 나이 많은 착한 남편 뒷바라지와 자식 교육에 올인하고 있는 친구, 전직 뱅커 출신으로 이젠 상하이에서 주식과 부동산, 교육까지 섭렵한 주부 9단 선배까지, '엄마'라는 이름의 사람들에게 무심코 자행되는 어머니다움에 대한 '기대' 때문에 그들이 질러대는 소리 없는 아우성이 내 귀에는 너무도 잘 들린다.

백종원 선생님 왈, 원래부터 착한 놈은 없듯이 겸손한 척, 착한 척하면 실제로 그렇게 된다던데 그렇담 당신의 척, 보호색은 무엇입니까? 어떤 사람은 수채화처럼 살고 싶다고 말한다. 그런 사람에게 나는 추천하고 싶은 색이 있다. 검정색, 그것도 짙은 차콜도 아닌 아주 뚜렷한 블랙. 더불어 인생은 멀리서 보면 희극이고 가까이서 보면 다 비극일 테니 다사다난한, 우리 어머니라는 이름으로 불리는 사람들에겐 더더욱 흑색이 맞겠다.

　　결혼과 육아는 선택 후 자연스럽게 주어진 역할과 나 사이에서 균형을 찾아가는 과정이라던데 오늘도 재택근무하는 남의편님과 아이의 툭닥거림이 카톡으로 시시각각 전해져 오고 있어 불편함이 이루 말할 수 없다. 집에 가서 중재자로서 해야 할 역할에 엄청난 부담감과 압박이 밀려온다. 물론 한 덩치에 한 우렁찬에 한 성격 하는 40대 여자 사람인 나는 여전히 나의 선명한 블랙 보호색을 놓지 않을 것이다. 하루하루 피곤하고 앞으로도 계속 휘청일 테지만 너도 그렇고 나도 그렇고 우리도 다 그렇다고, 크게 다른 인생은 별로 없다고, 우리 책으로 위안과 안정을 조금 찾길 바란다. 부디 이 책이 예방접종처럼 우리네 삶을 좀더 덤덤하게 받아들이게 해주는 백신 같기를.

　　　　　　　　　　겉은 데낄라, 속은 막걸리 같은 여자,

　　　　　　　　　　　　　　　　변한다

차 례

유리천장을
대하는 자세

웰컴 투
좀비 월드

좀비 월드에서
살아남는 법

주목받지 못한
끈 세대

나는 낀 세대,
낀 세대를 위해
글을 쓴다

서서희

2005년, 대학을 막 졸업하고 처음 취직한 직장은 거제도에 있었다. 거제도가 어디 있는지, 왜 거제도까지 가서 일을 하고 있는지 누군가에게 설명하는 데만 한참이 걸리고는 했다. 사실 내게는 거제도라는 지역이 크게 중요하진 않았다. 서울 토박이도 아닌 데다가 당시 부모님도 거제도에서 가까운 부산에 살고 계셔서 괜찮다고 생각했다. 지금 돌이켜보면 거제도에서의 10년은 많은 것을 얻고, 또 잃게 해준 시간이다.

인사팀과 부서 배정을 상의하던 날, 동기들은 어디선가 정보를 긁어모아 와선 '○○조직에 들어가야 한대', '○○조직에서도 ○○팀이 제일 좋대' 등의 대화를 주고받으며 부서 배정에 심혈을 기울였다. 난 당당하게 1지망으로 생산 부서를 적었다. 동기들의 반응은 가관이었다.

'뭐라고? 생산? 너 미쳤어? 그 험한 데 가서 얼마나 버틸 수 있겠어?'

다들 오피스 룩에 또각거리는 구두를 신고 일할 수 있는 사무직을 선택하려고 기를 쓰는 판국에 작업복, 안전화, 안전벨트, 헬멧을 쓰고 수시로 현장을 들락거리는 생산 부서를 지원한 내가 독특하게 보였던 거다. 내가 선택한 직장은 업종이 제조업이고 제조업의 본질은 제조라는 생각에 생산 현장을 먼저 보고 배우겠다는 생각으로 내린 결정이었다.

그렇게 부서 배치를 받은 첫날, 작업복과 안전화 차림의 난 설레는 마음으로 무척 이른 시간에 출근했다. 사무실은 거의 비어 있었는데 일찍 출근하신 한 선배가 말했다.

'신입사원? 일찍 왔네. 아침에 사무실 청소 좀 하고 선배들 쓰레기통 좀 비워.'

그땐 당연히 해야 하는 일이라고 생각했다. 선배님들의 책상을 닦고 자리마다 놓인 쓰레기통을 싹 비웠다. 청소를 마치고 나니 선배님들이 하나둘 출근하기 시작했고 청소된 사무실을 본 몇 명은 칭찬을 해주기도 했다.

'신입사원이 아주 싹싹하네. 첫날부터 청소도 싹 해놓고 말이야.'

그렇게 시작한 첫 직장에서 12년을 버텼고 그간 크고 작은 많은 일이 있었다. 첫 직장에서 나오기 직전에는 상무님 자리와 가장 가깝다는 이유로 거의 매일 커피 심부름을 했다. 그때 나의 직급은 과장 말년 차였다. 상무님은 사원, 대리급 젊은 밀레니얼 세대 친구들에게 이런 일을 시키기엔 뭔가 불편하고, 그렇다고 자신과 동년배인 기성세대들에게 시키기엔 예의가 아니라고 생각했는지도 모르겠다. 마침 자리도 제일 가깝고 이런 일을 시켜도 마음이 상대적으로 덜 불편한 나에게 부탁하신 거라고 생각한다. 상무님의 손님이 찾아올 때마다 나는 자동으로 벌떡 일어나서 커피를 인원수에 맞게 준비해서 가져다드렸다.

이후 두 번째 직장을 거쳐 현재 다니고 있는 세 번째 직장은 분위기가 사뭇 다르다. 임직원의 평균 연령대가 30대 초반으로 꽤 낮은 편이고 직급 자체가 없다. 모두가 동등한 수평적인 관계로 일할 수 있는 환경이다. 몇 년 전부터 '밀레니얼 세대'가 화두가 되면서 회사에서도 밀레니얼 세대를 대하는 방법에 대해 직책을 맡고 있는 임직원을 대상으로 교육을 하는 등 재미있는 현상이 벌어지고 있다.

밀레니얼 세대의 정의는 검색할 때마다 조금씩 다르게 나타난다. 구글에 검색해보니 밀레니얼 세대는 X세대의 뒤를 이은 Y세대를 말하며 1982년생부터 1996년생까지로 정의한다. 네이버에 검색해보니, 1980년대 초(1980~1982)부터 2000년대 초(2000~2004) 사이에 출생한 세대라고 나온다. 난 1981년생인데 밀레니얼 세대일까, 아닐까? 혼란스럽다. 하지만 분명한 건 사회생활을 하면서 난 단 한 번도 밀레니얼 세대로 취급된 적이 없다는 점이다.

밀레니얼 세대에 대한 내 감정은 부러움이다. 그들은 등장부터 온갖 관심과 주목을 받았다. 온 나라가 밀레니얼 세대를 이해하려고 들썩였다. 책 『90년생이 온다』는 출간

되자마자 베스트셀러가 되었고 기업 내 직책자들의 필독서로 올라섰다. 난 밀레니얼 세대에도 끼지 못하고 그렇다고 기성세대가 누리던 온갖 권력(?)도 누리지 못하는 낀 세대이다. 내가 보아온 기성세대는 사무실 청소를 지시하고, 커피 심부름을 시킬 수 있는 막강한 권력자들이었다. 하지만 내가 그 위치에 도달하니 이젠 밀레니얼 세대를 함부로 대하지 말라고 한다. 나는 밀레니얼 세대에게 내 쓰레기통을 비워달라고, 커피를 타달라고 부탁하지 않으며 부탁할 수도 없다. 그리고 그것이 당연하다고 생각한다. 다만 내가 겪었던 '라떼' 시절과 현재 직장 모습의 간극으로 인해 나와 같은 낀 세대들은 조금 외로운 느낌이랄까. 위로도 아래로도 소속될 곳이 없기에 그냥 홀로 지내는 것에 익숙하다. 위로는 기성세대를 이해할 수 있는 거의 유일한 세대로 낙인찍혀 그들의 권력 남용을 계속 받아주어야 하고 (지금 와서 밀레니얼 세대인 척 거부하기도 어색하니까), 아래로는 밀레니얼 세대를 이해하고 그들의 요구와 목소리를 성심성의껏 경청해야 한다.

단지 나와 같은 1981년생들만 낀 세대일까? 출생연도로 구분하는 것은 큰 의미가 없다. 분명 어딘가에 나와 같은 무소속의 낀 세대들이 존재할 것이다. 어찌 보면, 기성세대, X세대, 낀 세대, 밀레니얼 세대 등의 세대 구분이 유치하게 느껴지기도 한다. 괜한 선 긋기를 해서 단절을 조장하는 것 같기도 하다.

그럼에도 불구하고 난 세대 구분을 해보려 한다. 왜냐면 긴 세대만이 겪는 외로움과 괴로움을 나라도 공감해주고 싶기 때문이다. 긴 세대가 아닌 다른 세대에게 '우리 긴 세대도 좀 주목해주세요', '우리 긴 세대들 너무 불쌍하지 않나요?'라고 어필하고 싶은 생각은 없다. 다만 우연히 집어 든 이 책을 본 후 공감하고 위로받을 소수의 긴 세대들을 위해 글을 쓰고 싶을 뿐이다. 그리고 나 역시 이렇게 글을 쓰며 위로받기도 하니까. 이 책이 베스트셀러가 된다면 이렇게 세대 구분하며 글 썼다고 힐난 받으려나? 만약 그런 경사스러운 날이 오면 그 힐난도 기꺼이 감수할 수 있다! 후훗.

인간 화개장터가
우리의
운명이라면

변한다

'대접'받고 싶어 하는 자 하면 어김없이 떠오르는 어느 교수가 있다. 전 직장에 있을 때 산학교류 관련 업무를 하며 만났던 이다. 저명한 모 교수의 제자라고 해서 추후 우리 회사에 입사할 수도 있겠다는 생각에 최대한 비위를 맞추려고 처음엔 노력했다. 방문 전부터 교수와 그의 조교와 수차례 메일들을 주고받으면서 피곤함이 쑥 밀려왔다. 학생들 세 명이 발표를 하니까 그에 대한 코멘트를 할 수 있는 전문가를 각각 섭외해달라, 투어는 필요 없고 세미나 형식이었음 좋겠다, 늦게 올 수도 있다, 시간 조정을 해달라 등…….

불안한 예감은 언제나 틀린 적이 없더라. 미팅시간 한 시간 반이나 늦어 놓고 그중 몇 명은 신분증을 가지고 오지 않아 정문에서 출입을 불가해, 나보고 데리러 오라 가라 했다. 어디 그뿐인가. 계획과 달리 정작 달랑 한 명이 발표했는데 그 주제도 우리 회사 비즈니스와 전혀 무관한

23

것이었다.

더 가관이었던 것은 며칠 지나서 우리 임원한테 대접이 서운했다고 불평한 거였다. 나는 보스한테 불려가서 요목조목 자초지종 설명해야만 했다. 한마디로 지랄. 대접받고 싶으시면 먼저 대접을 해야지, 아니 저명한 교수면 그나마 좀 나을 줄 알았는데, 그냥 나이 들고 고집불통에, 예의는 국에 말아 후루룩 드신 그저 그런 아저씨 아니던가. 근데 말이다. 안타깝게도 이런 분들은 흔히 볼 수 있다. 여기저기 나뒹구는 불법 광고물 같은 흔하디 흔한 존재들……. 여기 내가 공부하고 알아 둬야 할 사람들이 또 있다. 새로운 세대, 바로 밀레니얼 분들이시다. 아니 왜! 기존 세대도 받들어 모시기 힘들어 죽겠는데!

자, 그냥 운명인 거다. 음성원의 책 〈팝업시티〉 에필로그를 보고 무릎을 쳤다. '시간 주권'이라는 말이 나오는데, 이는 특정 사회가 성장하기 위한 기본 조건으로 주변 여건에 흔들리지 않고 묵묵히 제 갈 길을 갈 수 있도록 해주는 힘이란다. 요즘 같은 불확실성의 시대에 온전히 두려움과 공포로 인식되는 건 기존 세대일 것이니 나 같은 30, 40대가 일종의 시간 주권 역할을 해야 한다. 특히 뭔가 꽉 막혔을 때는 뭐든 쫙 빨아들일 수 있는 흡입력 짱인 스펀지가 꼭 필요하다.

책에서 언급한 네덜란드의 벤치스컬렉티브Benches Collective에서 교훈을 얻는다. 이 프로젝트는 열린 공간에 놓인 벤치가 어떻게 커뮤니티로 이어지는지 보여준다. 즉, 자신의 집 앞 남는 공간에 벤치를 두는 것이다. 벤치를 보면 사람들은 자연스럽게 앉게 된다. 그렇게 사람을 모으고 대화를 불러일으키고 이를 통해 커뮤니티가 활성화될 수 있다. 그 커뮤니티 안에서 서로의 지식과 경험을 나눌 수 있을 것이다. 우리 낀 세대가 그러한 벤치 역할을 할 수도 있지 않을까. 그것이 기존 세대와 우리 세대, 또 밀레니얼 세대의 교류가 될 수도 있지 않을까.

밀레니얼 세대를 두고 초다양성이라는 정의도 하잖나. 몇몇 책들을 봐도 난 사실 잘 모르겠더라. 자기계발과 유연성을 강조하고, 자기가 원하는 시간에 일하는 것을 좋아하고, 노동과 삶의 균형을 원하고…… 이건 나 같은 X세대도 마찬가지 아닌가 갸우뚱하게 된다.

얼마 전 만났던 전 직장 동기 오빠의 아들이 생각난다. 초등학교 5학년이었는데 새 게임이 런칭되면 직접 해보고 분석, 평가해서는 그 회사 주식을 사고판다고 했다. 아니 우리 집에 있는 초등학교 6학년은 그냥 피파 온라인 게임만 하는데! 아마도 2000년대생은 감히 정의 내리기 불가능할 정도로 분자 단위로 쪼개질 것이다. 초초다양성, 어떻게 받아들여야 하고 함께해야 하나. 이 역시 기존 기득권 세대와 밀레니얼 세대에 낀 '인간 벤치스컬렉티브'들을 통해 분명 이해의 지평이 넓어질 것이라 확신한다.

참 할 일이 많다. 단 한 번도 주목받지도 대접받은 적

도 없다만, 팔자가 인간 화개장터니 어쩌겠냐. 너와 나의
마이 데스트니고 여름은 덥고 겨울은 추운 날씨와 같은
자연현상이니 온전히 받아들이자.

'늙음'에 대한
단상

나는 늦깎이 대학원생이다. 나이 40에 대학원을 다니는 것도 힘에 부치는데 졸업 논문을 준비하느라 이번 가을은 특히 정신이 없다. 불행인지 다행인지 지구상에 벌어진 엄청난 사건인 COVID-19로 인해 학교를 자주 나가진 않는데, 어쩌다 논문 때문에 학교에 나올 때면 캠퍼스만의 푸릇푸릇함이 느껴져서 참 좋긴 하다.

오늘은 학교 앞, 나름 이 동네에선 유명하다는 생선구이집에 혼자 들어가서 점심을 먹었다. 고등어구이를 시켰는데 엄청 살이 튼실하고 비린내도 없어서 맛있었다. 동네 맛집이라 그런지 사람들이 계속 들어오는 바람에 빨리 먹고 자리를 비켜주느라 조금 급하게 먹긴 했지만 꽤 괜찮은 혼자만의 점심 식사였다.

옆 테이블엔 한 커플이 앉아 있었다. 20대 초반의 대학생 커플 같았는데 서로 "자기~"라고 부르면서 생선을 발라 상대방 밥 위에 얹어주는 모습이 귀엽게 보였다. 그런데 불현듯 눈앞에 떠오르는 저들의 미래 모습에 혼자 소스라치게 놀랐다. 우리 모두 20대엔 저렇게 사랑하고 애틋하고 다 그랬는데. 지금까지 함께하는 커플은 과연 몇이나 될지? 그때 만난 남자친구들은 다들 잘 살고 있겠지? 결혼은 타이밍이라는 말, 누구에게나 100% 맞아떨어지지 않아서 강력하게 주장할 순 없지만 그래도 확률적으로 80% 정도는 맞지 않을까? 그런 공상을 하며 다시 옆자리 커플을 보니 저들의 미래 배우자는 다른 사람이 될 확률이 80%라는 생각이 들고 그 생각을 하고 있는 나의 현실적이고 통계학적인(?) 속성 또는 성급한 일반화의 오류에 소름이 돋는 것만 같았다. 이건 상상력이 풍부한 건지, 늙은 건지.

　나이를 먹어가고 있다는 것은 이렇게 일상 속 나 스스로의 자각을 통해서 느껴지는 것만은 아니다. 이제 회사에서도, 학교에서도, 어느 무리에서도 꽤 나이가 많은 축에 들기 시작했고 주변에서도 그것을 자꾸 일깨워주고 있다. 만나는 사람들이 내게 장난 반, 진담 반으로 '옛날 사람'이라 놀리기도 하고 과도한 예절을 표하며 장난을 치기도 하니까.

　요즘엔 소식 내 막내를 두고 '요즘 애들'이라며 무시하거나 선 긋기를 하진 않지만, 내가 사회생활을 처음 시작할 때만 해도 "막내 뭐 하니? 막내가 얼른 움직여야지." 식의 진담 섞인 농담을 했던 것 같다. 그리고 한때 '영계'라는 단어로 나이 어린 사람(특히 여성)을 비속하게 표현하기도 했지만 글쎄, 그 표현은 놀림을 위한 것이라기보다 '어린 사람이 좋다'라는 긍정적인 뜻을 좀 천박하게 표현했다고 보는 게 더 정확하지 않을까 싶기도 하다. 나이가 상대적으로 어린 사람도, 많은 사람도 막 던져지는 농담을 견뎌내야 하는 이런 문화, 참 별로이다. 조직 내 막내이기 때문에 모든 험난한 일을 감당해야 하는 것이 아니듯, 조직 내 연장자도 특별한 이유 없이 나이가 가장 많다는 이유만으로 '옛날 사람'이나 '꼰대'로 놀림받고 선 긋기를 당해야 할 이유는 없지 않을까.

혹자는 친밀해지기 위해 던지는 농담 하나에 뭐 그리 예민하게 구느냐고 할 수도 있지만 포인트는 '영계' 또는 '옛날 사람'으로 분류하며 선을 긋고 장벽을 쌓는다는 것이다.

"너 몇 살이야? 요즘 젊은것들은 하여튼……."

"거긴 젊은 사람들만 가는 곳이에요. 꼰대는 출입 금지예요."

이런 식의 선 긋기가 아무렇지 않게 당사자 앞에서 이루어질 때 세대 간 갈등의 씨앗이 될 수도 있다고 생각하는데 내가 오버스러운 걸까?

내 경우를 예로 들자면, 30대 말부터 40대 초반 정도의 시기에 이렇게 '옛날 사람'으로 분류되기 시작하는 경계선을 지나갔는데 이 시기에는 여러 가지로 나이 듦을 느끼게 된다. 이때는 나이가 든다는 것 즉, 늙어간다는 것 그 자체만으로도 진짜 기분이 거지 같을 때가 종종 생긴다.

20대의 나, 30대의 나, 40대의 나. 모두 같은 사람인데 나를 대하는 사람들의 태도가 나를 늙은이로 만들어가는 것 같아 마음이 슬프고 힘든 것이다. 늙어간다는 것은 한 해, 두 해 지나가면서 자연스럽게 '되는 것^{Being}'인 줄로만 알았다. 하지만 실상은 난 그대로인데 주변인들이 나를 늙은이로 '만드는 것^{Making}'이라는 걸 깨닫게 될 때 그 충격은 꽤 크다.

생선구이집에서 내가 옆자리 20대 커플을 보면서 그들의 미래를 통계학적으로(?) 또는 성급한 일반화의 오류를 범하며 상상해보았듯이, 20대 친구들도 나이 들어가는 인생 선배들을 보며 그들의 푸릇푸릇했을 20대 시절을 상상해보긴 할까? 내가 20대 때 어땠었는지 돌이켜보면…… 사실 선배들의 청춘을 상상해보려고 시도한 적도 없고 상상조차 잘 안 되었을 것 같긴 하다. 서로의 과거와 미래를 상상해본다면 세대 간의 갈등이 조금 완화될 수 있지 않을까 생각했는데, 막상 나의 20대 시절을 돌이켜보니 이것도 쉽지 않겠다.

그렇다 하더라도, 우리 모두 거쳐간 그 시절, 우리 모두 거쳐 갈 그 시절인데 지금 연령대가 다르다고 해서 동시대를 살고 있는 사람들끼리 선 긋기를 하기보다는 서로 배려하고 이해하면서 화목하게 지내면 참 좋겠다.

참 좋은
선배가
되는 길

비교는 끝도 없다. 작은 비교나 큰 비교나 결국 나를 갉아 먹게 되어 있다. 참으로 무섭다. 무엇보다 비교는 바이러스만큼 전염성이 무척 강하기 때문이다. 옆에서 시작하면 꼬리에 꼬리를 문다. 솔깃하다. 마치 꼬리에 꼬리를 무는 연예인의 가십거리처럼.

내가 전 직장에서 근무하던 20대 무렵, 당시 에피소드를 몇 가지 소개하려고 한다.

과장 ○년차 A씨

"벤치마킹은 얼어 죽을, 같은 회사 맞아?"

그 밑에 딸린 새까만 후배들이 여러 명에다가 사방이 꽉 막힌 모 부장까지 모시느라 하루가 어떻게 가는 줄 모른다는 A. 근데 바로 옆의 부서에선 벤치마킹 간다고 한가로이 '미쿡' 출장을 계획하고 있고. 자기네 일은 여기저기 폭탄처럼 옆 부서에 막 던지면서, 회사 돈으로 여행 갔다 올 시간은 되시는지. 벤치마킹은 얼어 죽을. 지가 무슨 국회의원 갑을병인 줄 아나. 정말로 같은 회사에서 일하는 거 맞나. 그녀는 하루에도 몇 번씩 되묻는다고 한다. 더군다나 후배들은 본인을 미련 곰탱이로 생각하는 거 같다며 무지하게 속상해하는 눈치다. 본인이 있는 이곳이 맞는 곳인지. 주소가 잘못된 건 아닌지. 이렇게 '존버'하는 것을 아무도 알아주지 않는다면 여기서 잠시 멈추고 곁눈질을 해야 하는 건 아닌지 무지 혼돈스럽다고 했다.

대리 ○년차 B씨

"하찮은 일은 없고 하찮은 사람만 있을까, 진짜?"

임원 손님 호텔 및 식당 예약에서부터 이벤트 축사 작성 등 귀찮은 일들을 후배와 도맡아 하다가 더 하다간 후배가 쇼크에 뛰쳐나갈 거 같아 본인이 예수다, 기도하는 마음으로 덤탱이 다 썼다는 B씨. 매일 마음을 다잡다가도 내가 이런 일이나 하려고 입사했는가, 상대적으로 일다운 일을 하는 동기들과 비교해 점점 작아지는 자존감은 속수무책이란다. 며칠 전엔 모 대학 체육대회 스폰 비용을 산출했다며 눈과 입으로 동시에 쌍욕을 퍼붓는다. 아, 글쎄 갤럭시폰과 USB 400개를 사달라네. 여기가 무슨 하이마트인줄 아나. 도둑놈들. 지난주는 총무파트 일을, 지지난주는 설계파트 일을…… 임원 와이프 병원도 예약해줘야 되고 아들 대학입시 논술 면접 문제도 뽑아줘야 하고 이

건 뭐 어지간히 해야지 내가 니네 집 집사냐, 드러워 못 살 겠다, 썅!

　나 역시 층층시하 상사들에 줄줄이 사탕 후배들에 이리저리 치이고 셀 수 없이 쌍쌍바를 외쳐봤기에 이해하고 말고. 나같이 밑바닥 훑은 잡것 출신이 알아주지 못하면 누가 알리오. 속상하고 가슴 아팠다. 그들의 회사와 일에 대한 본연의 열정과 집념을 충분히 알기에. 허나 주문한다. 그만 징징대자. 그리고 네버 스탑, 결단코 멈추지 말아야 한다. 이유는 간단하다. 지금까지 버텨온 세월이 너무나 아깝기 때문이다. 그동안 모진 풍파 속에서 건진 교훈 하나, 지금껏 견딘 그 시간들과 경험은 결코 배신하지 않는다는 거다. 반드시 이윽고 기필코 우리에게 배움과 일깨움으로 피드백한다. 일단은 현재 숨통을 옥죄이는 운 좋은 자와의 비교 따윈 시도조차 하진 말고 '컴 다운'부터 하자.

　그놈의 비교운, 그냥 태생인 거다. 다트를 던졌는데 과녁 밖에 꽂혔다고 치자. 386세대 어떤 분은 이런 말씀을 하셨다. 운동하다 뭣도 모르고 30대에 국회의원 된 사람도 많다고, 그땐 그랬다고. 카니발의 〈그땐 그랬지〉를 여기서 세상에서 제일 불쌍한 표정으로 구슬프게 읊을 생각은 없다. 우리 같은 일개미들, 인도에서 태어났으면 아마도 수드라급이었을 텐데 대한민국에서 태어나서 그나마 천만다행이

주목받지 못한
낀 세대

라고 생각하는 게 훨 낫겠다. 참 애정했지만 이혼 때문에 이래저래 곤욕을 치르고 있는 빌 게이츠 선생님이 말했다. "Life is not fair, get used to it." 세상 만사 불공평한 것까지는 머리가 굵어질 때로 굵어진 지금 알 법도 한데 쉽게 익숙해지진 않는다. 이곳은 돌보고 받들 사람이 천지인 '리얼 월드'. 받아들여야겠지, 온전히 각자의 몫으로.

생떼같은 후배들이 하찮고 귀찮은 일을 하는 주체가 왜 자신이어야만 하냐고 할 때, 그 '왜'라는 질문에 '그냥 시키니까 해.'라고 대충 말하지 말자. 자신이 하는 일이 하찮은 건지 고귀한 건지는 남이 정해주는 게 아니라고, 당신이 하고 있는 일은 결코 하찮은 게 아니라고 꼭 짚어 말해주자. 어떤 일이든 진심으로 노력해보고 나름대로 의미를 부여해보고 그래도 정 안 되겠다 싶으면 그때 다시 말해보자고 하자. 누군가는 그랬다. 정말 창피한 것은 완벽하게 해낼 수 있는 능력을 갖고 있으면서도 제대로 하지 않는 것이라고.

요즘 친구들은 충성심이 없어, 인내심이 부족해, 빈정대지 말자. 무엇보다 '왜'를 먼저 찾아 설명해주자. 심적 여유가 있다면 좀더 친절하게. 조직원들이 주인의식을 갖고 일하지 못하는 이유를 자꾸 개인에게 탓하면 되겠는가. 어떻게 의사 결정을 하고 어떤 방향으로 움직이는 게 조직, 회사 전체의 목표를 달성하는 데 도움이 되는지 그 '왜'를 말해

쥐야 한다. 리더가 말해주지 못하면 중간관리자라도 말해
줘야 한다. 왜의 이응 자라도 입에서 떼자. 요즘 친구들은
성장하면서 우리보다 목적의식이 몸에 배어 있다는 전제를
항상 염두에 두자. 그러니 수평적으로 정보를 공유해 불확
실함을 감소시키고 명료성을 키우는 게 관건 아니겠는가.
그렇게 우리 긴 세대 가뿐히 나빌레라.

나잇값을
한다는
것

서서히

이 책의 또 다른 저자 변한다 언니는 참 배울 점이 많은 사람이다. 특히, 내가 변한다 언니에게 가장 높이 사는 점은 항상 부단하고 치열하게 삶을 대하는 자세이다. 언니를 처음 만난 2004년부터 지금까지 그러한 삶에 대한 자세가 너무도 한결같아서 종종 나 자신을 돌아보고 반성하게 된다.

40대가 되면서 난 내가 느끼는 서글픔에 사로잡혀 자꾸만 안으로 안으로 비집고 들어가 침잠하려고만 했는데 언니는 여전히 잔다르크처럼 앞장서서 또 다른 깃발을 꽂으러 달려가는 느낌이 든다고나 할까. 마치 들라크루아의 〈민중을 이끄는 자유의 여신〉이라는 그림 속 여신처럼 말이다.

우리의 빛나던 젊은 시절이 훅 지나가고 40대에 들어서면서 변한다 언니는 종종 이렇게 말했다.

"20-30대 때는 내 안의 경쟁에 신경을 썼는데 이제 40대가 되고 보니 내 안의 경쟁을 하되, 내 바깥도 함께 노력하고 이끌어가고 싶어. 다른 사람을 꺾고 패배시키며 짓이기는 게 아니라."

이 말에서 난 몇 가지 단어에 주목했는데 첫 번째가 '이끌어간다', 두 번째가 '패배시키며 짓이기는'이다. 변한다 언니는 직장에서 리더의 역할을 수행하면서 누군가를 이끌어나가야 하는 자리에 있다. 그러니 자연스럽게 이들과 함께 좋은 성과를 내고 가능하다면 그녀가 겪은 시행착오를 후배들이 겪지 않게 해주고자 하는 선한 리더십이 발현되는 것이다. 또한, 그동안 변한다 언니가 걸어온 길을 보면 (나 역시 비슷한 길을 걸어왔지만) 누군가를 패배시키고 짓이기면서 승승장구한 사람들을 많이 목격해왔기에 그들처럼 되지 않고자 하는 다짐이 마음속에 깔려 있는 것이다. 내가 변한다 언니를 워낙 잘 알아서 가능한 일이기도 하지만 누군가가 말한 몇 가지 단어를 통해 그 사람이 걸어온 길과 가지고 있는 생각을 유추해볼 수 있다는 건 참 흥미로운 일이다.

나 역시 한때는 변한다 언니와 비슷한 생각을 가지고 있던 때가 있었다. 20-30대 때는 40대 선배들을 보며 그들이 길을 닦아주고 롤모델이 되어주길 원했고 나 역시 선배가 되면 후배들을 좋은 방향으로 이끌어주는 사람이 되어야겠다는 생각. 그런데 몇 번의 이직을 하고 새로운 업종을 경험하며 다양한 사람들과 일하면서 많은 생각의 전환이 일어났다. 요즘엔 아무도 이끌어주길 바라지 않고 이

끌고 싶어 하지도 않더라는 것. 시대가 변한 것도 한몫하겠지만 특히 지금 내가 처한 환경, 예를 들어 몸담고 있는 직장이나 주변인의 특성 등에 따라 좌우되는 요소인 것 같기도 하다. 내가 다니는 회사는 변한다 언니의 직장과 달리 직급의 구분이 없고 임직원들의 평균 연령대가 젊은 편이다. 이 안에서는 아무도 원치 않는 리더십을 외치며 섣불리 이끌어보겠다고 나서면 '꼰대'나 '적enemy'이 되기 십상인 듯하다. 그래서 내가 택한 선택은 그냥 묵묵히 지켜보고 응원해주는 거다. 상대방이 나보다 젊은 후배이든, 나이 드신 선배이든 간에 상관없이 말이다.

어떻게 생각하면 이건 합리적인 방법 같지만 이렇게 되면 어느 정도 선을 그은 인간관계가 될 수밖에 없는 것도 사실이다. 가족한테 아무 말 없이 묵묵하게 마음속 응원만 하지 않는 것처럼, 애정이 있고 친밀한 관계에서는 이러쿵저러쿵 조언과 간섭을 서슴지 않게 되니까 말이다. 사실 난 친한 관계로 발전해서 서로 밀고 끌고 투덕거리며 같이 늙어가는 게 편하고 자연스럽고 스타일에 맞다. 하지만 요즘엔 그런 스타일을 원하는 사람과 원치 않는 사람이 분명하니 어느 정도 눈치를 봐가면서 살아야 한다고나 할까? 후배들을 대상으로 한 섣부르고 어설픈 리딩Leading과 '선배감'(내가 만든 단어인데 선배라고 느끼는 감정, 을 말한다)은 "라떼는 말이야" 또는 "나만 따르라"로 해석될까 봐 불안하기도 하고 불편하기도 하고 그렇다.

나잇값을 한다는 건 과연 무엇일까? 이게 참 애매모호하다. 나이에 맞는 외형, 복장이나 헤어스타일 등을 갖추어야 한다는 의미로도 쓰이고, 나이에 맞는 언행을 갖추어야 한다는 의미로도 쓰인다. 광범위하게는 젊은 사람들에 비해 상대적으로 금전적인 부분이나 어떠한 기회 등을 희생할 줄 알아야 한다는 의미로도 쓰이는 것 같다.

그런데 내가 생각하는 '나잇값을 한다'의 가장 적절한 의미는 단순히 생각해보면 '타인에게 피해를 주지 않는 것'이 아닐까 싶다. 누군가에게 "나잇값을 못 한다"고 말할 때는 위에서 말한 여러 가지 상황과 관련해서 언급하는 경우도 있지만 또 다른 면에서는 연장자에게 뭔가 기대하는 바가 있고, 연장자로서 당연히 할 것이라 믿었던 도리가 있는데 그것이 실현되지 않았을 때 그런 말을 하는 경향도 있다. 더불어 나잇값을 못 한다는 말을 듣는 세대 입장에서는 보다 젊은 세대들에게 역시 바라는 바가 있는데 이들이 충족시켜주지 못하니 자꾸 '라떼는 말이야'로 시작하는 잔소리를 늘어놓게 되는 게 아닐까?

즉, 세대 간 이해하려고 하기보다 서로에게 바라는 점만 우선으로 생각하기 때문에 상호 간 실망이 커지고 서로 배척하게 되는 거다. 이제 우리 세대 간에 서로 '쿨'해질 때도 되지 않았나 싶다. 서로 바라는 바 없이 피해 주지 않고 각자의 나잇값을 하면서 세대 간 동등한 위치에서 소통하면 어떨까? 사회적 관계에서 굳이 모두가 마치 한 가족이라도 된 듯 잔소리 늘어놓으며 친밀해질 필요가 없는 시대다. 적당한 거리를 유지하면서 서로에게 많이 바라지 말고 내 몫의 주어진 일은 말끔히 해내며 피해 주지 않으면 되는 거 아닐까?

너무 차갑지 않느냐고? 우리 사회는 그동안 너무 뜨겁지 않았나 되묻고 싶다. 이제 좀 냉정한 거리를 유지할 때가 되었다고 본다. 뜨거운 관계는 가족이나 연인과 만들어 나가도 충분하다.

어느새
우리에게
필요한 건?

변한다

작년 늦가을 어느 볕 좋은 날, 공무원 9급으로 신규 임용된 싱그러운 친구들을 활짝 맞이한 적이 있었다. 내 새내기 때와 오버랩되었다.

서서히와 강남 특허청 건물에서 만난 게 2004년 신입사원 오리엔테이션 때였지, 아마도. 뻥 좀 보태서 둘 다 20대 정점 미모를 찍을 때 아니었던가. 도도미 뿜뿜대며 앞날 창창해 보이는 대기업에서 함께 찬란하고 아름다운 미래를 꿈꿨었다. 반듯한 자세에 초롱초롱한 눈빛을 가졌었는데 이제는 새치가 너무 많아 염색을 주기적으로 하지 않으면 도저히 안 되고 얼마 전에는 모 기자가 강력 추천한 모 샴푸를 품절 직전 겨우 사 머리에 일주일 넘게 실험을 해대고 있다. 눈이 침침하고 건조해서 깜빡깜빡을 과도하게 하다가 눈에 찌릿 경련이 빈번한 나이가 되고 말았다. 흐릿한 눈동자도 덤으로 추가! 참 상투적이긴 하다만 세월엔 그 어떤 장사도 없는 거다. 별수 없이 40대

중년의 세계로 본격 진입하게 되었다. 뭐라. 청초한 변한 다는 갔고 어느새 중년이라니?! 뭐 양미간 깊게 파여 있는 주름도, 웃을 때 자글자글해진 눈가의 세월 흔적도 적당한 시간과 돈으로 때려부으면 좀 복구될지 모르겠다. 허나 그때 그 맑고 반짝였던 정신은 과연 돌아올까, 그게 가능할까?

푸르렀던 그때의 다짐과 설렘들도 'Where are you?', '오겡끼데스카?', '있긴 있는 거니?' 묻고 싶다. 페트라 북의 『내 마음은 답을 알고 있다』, 이 책의 줄기는 하나로 관통했다. 모든 문제의 근원은 나라는 것. 이 책에서는 어떤 일이 이루어지지 않는 원인은 우리가 처한 상황 때문이 아니라 우리 자신에게 있을 때가 더 많다고 말한다. 저자는 이를 '마인드 퍽mind fuck' 현상이라 이름 지었다. 성공을 가로막는 현실의 벽은 다름 아닌 우리 마음이 만들어내고 있다는 것. 바로 초심의 행방을 세월과 환경에게 미룰 필요 없이 최종 결정자인 나에게 물어야 한다는 것이다. 결국 우리가 진짜로 원하는 것은 무엇인가? 책의 제목을 다시 보자. 우리 마음은 이미 답을 알고 있다. 그러니 제발 애먼 데에 물어보지 말자.

우선은 나잇값 하며 온전히 본인에게 집중하고자 하는 마음, 내 안의 경쟁에 좀더 내 열정을 쏟고 노하우가 있다면 그걸 후배들한테 나눠주고 싶다는 또 다른 마음이 있다. 우린 이미 답을 알고 있는지도 모른다. 다만 거친 실행만 남았을 뿐. 난 그 실행에 있어 태도 역시 중요하다고 생각한다. 그 태도 중 가장 중요한 건 뭐니 뭐니 해도 경청이다. 나이 들수록 내가 부단히 노력하는 것 중 하나는 입은 닫고 타자의 말을 귀담아듣는 것이다. 쉽게 흥분하거나 과격해지지 않으려 한다. 그게 품격을 높이는 방법 중 하나이기 때문에 입을 열기 전에 스스로에게 질문을 던지는 거다. 지금 하려는 말은 친절한가, 꼭 필요한가, 진실한가, 침묵보다 가치 있는가. 이 말 저 말 쓸데없이 넘쳐나는, 실행은 전혀 없고 찬란한 수사만 나뒹구는 세상에 요리 보고 조리 보아도 참 맞는 이 말에 유독 꽂힌다.

지금 같이 일하고 있는 동료들은 20-30대부터 50대까지 다양한데, 언제부터인지 모르겠지만 20-30대에게는 특히 서걱거린다. 우선 조심스러운 마음부터 앞서게 된다. 아마도 아마존 CEO 제프 베조스가 한 말 때문일 거다. '당신의 브랜드는 당신이 자리를 비웠을 때 사람들이 당신을 두고 하는 말이다.' 그 친구들이 날 어떻게 생각할지, 나란 브랜드가 그 친구들에게 어떻게 비칠지 솔직히 좀 궁금하다. 인정 욕구과 더불어 기대심리도 있다. 협업의 효율성을 위해서 말 같지 않은 말은 확 끊어버리고 내 의견을 내세우고 싶은 마음도 꾹꾹 참아가면서 나 역시 나름대로는 노력하고 있다.

위기관리를 하는 나로서는 시의적절하게 대응을 하고 강약을 조절해야 하는 게 필수 업무라 할 수 있다. 예를 들어 눈이 펑펑 내릴 때 SNS를 통해 '제설 작업 시시각각 올렸음 좋겠다'고 이야기하면 '여기가 기상청이에요?'라든지 코로나19 심각수준에 이르자 관련 홍보를 강화하자 하면 '어휴 또요? 시민들이 질려 하니까 이제 그만해요.' 같은 반응들을 주로 동료나 후배들이 보일 때는 대표적으로 세 가지 생각이 공존한다. 첫째, '이 업무 특성 자체를 모르는 건가?', 둘째, '경험이 많은 내 의견을 무시하는 건가?', 마지막으로 '본인들이 단순히 하기 싫은 건가?' 가능하면 따따부따하지 않고 할 말만 하지만, 나도 모르게 오만상이 찌푸려지는 건 어쩔 수 없다. 자기주장이 강한 성미는 다시 태어나도 고쳐질 수 없을 것 같다.

그러나 예전과 비교해보면 내 '칼날'이 훨씬 마모되고 뭉툭해지긴 했다. 어쩌면 나이 탓에 기력이 딸려서인지도 모른다. 눈을 무섭게 치켜 뜨기엔 눈꺼풀을 지탱하는 힘이 예전만 못하고 따박따박 지적하고 바로잡기엔 이미 그 힘이 젊은 날에 모두 소진된 건지도.

그런데 경청에도, 경청 후 피드백에도 다 에너지가 필요하다는 것을 알고 있는가? 그래서일까? 어르신들이 자기 하고 싶은 말만 하고 자기 듣고 싶은 말만 주로 하시는 건, 그게 경청보다 에너지가 덜 들어서일지도 모른다. 그나저나 드넓은 조선소를 스쿠터 타고 돌아다녔던 팔팔하고 우렁찼던 나의 넘치는 기운이여, 대체 어디로 간 거니? 이젠 정말 안녕일까 싶다.

가을
고등어

여러 번 꾸준히 반복해서 읽는 책들이 있다. 사실 그런 책들이 꽤 많은데 개인 취향이 너무 강해서 선뜻 추천하기는 망설여진다. 용기 내어 그중 한 권의 책에 대해 이야기해보려고 한다.

　낙엽이 우수수 떨어지는 이맘때쯤 내가 항상 꺼내 읽는 책. 고등학생 시절 친척 오빠로부터 선물 받은 후 지금까지 줄곧 매년 가을마다 꺼내 읽어서 이젠 꼬질꼬질하다 못해 책 속에서 벌레가 생길 것만 같은 그런 책이다. 어쩌면 이미 책벌레가 기어 다닐지도 모르겠다. 바로 공지영 작가의『고등어』이다.

　이 책에서는 가을 냄새가 난다. 아마 책의 도입부가 내 뇌리에 너무 선명하게 남아 있어서 그런 것 같다. 도입부를 잠깐 설명하면(스포일러는 아니니 걱정 말고 읽어주길 바란다), 주인공 명우는 아주 흐리고 바람 부는 날씨에 운전을 하고 있다. 바람이 불 때마다 얼마 남지 않은 나뭇잎이 우수수 떨어지는데 명우가 차창을 열자, 낙엽을 날리던 바람이 안으로 훼에엥 불어 들어온다. 명우는 추워서 차창을 닫아버린다. 도입부를 옮겨 적으면서 깨달았다. 아, 이건 옮겨 적는다고 전달될 '갬성'이 아니구나. 그냥 위에 내가 옮겨 적은 글은 무시하고 공지영 작가의『고등어』를 직접 읽어보길 바란다. 공지영 작가의 살아 있는 문체로 읽어야 진한 가을 '갬성'이 고대로 전달될 테니까.

이렇게 탁월하게 가을을 묘사하는 도입부 때문에 이 책에서 가을 냄새가 난다고 느껴지기도 하지만 그뿐만은 아니다. 이 책을 읽고 나면 마음 상태가 구멍 난 듯이 휑해진다고나 할까. 그 '휑함'은 가을이 주는 쓸쓸함과 닮아서 이 책을 보기만 해도, 떠올리기만 해도 늦가을 냄새가 콧속으로 흘러들어오는 것 같다.

이 책은 불륜에 대한 내용을 담고 있긴 하지만 단순한 사랑 이야기는 아니다. 내가 꼬맹이 시절이었던 80년대의 분위기를 정확히 알 순 없지만 이 책을 읽으면서 80년대 청춘들의 꿈, 희망, 사랑에 공감했고 그건 내가 지나온 그것들과 크게 다르지 않게 느껴졌다. '신념과 정의에 불타는 청춘들의 삶은 고되다'라고 말하면 조금 더 잘 설명되려나. 그건 예나 지금이나 마찬가지인 것 같다.

돌이켜보면 나 역시 꽤나 신념이, 어쩌면 고집이 강했다. 그래서 삶이 참 고되었던 것 같고 지금도 이 고됨은 진행 중이다. 그래서 그런가? 공지영의『고등어』를 읽으면

저 80년대 청춘들의 고됨이 남의 일 같지 않았다. 그들은 세상과 사회를 향해 자신들의 신념과 정의를 외쳤고 그것을 지키기 위해 끝까지 싸웠다. 지금 이 시대를 사는 청춘들 역시 그때와는 다른 색깔의 고민을 안고서 저마다의 싸움을 하고 있는지도 모른다. 결국 시대를 관통해서 개개인마다 크고 작은 신념을 지키려다 많이 다치고, 물어뜯기고, 피 흘리고 있는 거다.

한동안 푹 빠져서 보던 국내 드라마 〈이태원 클라쓰〉에서 주인공 박새로이라는 캐릭터가 마음에 참 와닿았다. 그는 누구도 자기 사람들을 건들지 못하도록 그의 말, 행동에 힘이 실리고, 어떠한 부당함에도 누군가에게도 휘둘리지 않는, 삶의 주체가 자기 자신인 게 당연한, 소신의 대가가 없는, 그런 삶을 살고 싶다고 했다.

역설적으로 그런 삶을 사는 것이 정말로 무지막지하게 어렵다는 거다. 여기서 '소신'이라는 단어가 내가 말하는 '신념'과 유사한 의미라고 생각한다. 지금 우리는 신념을 지키기 굉장히 어려운 시대에 살고 있다. 집에서, 학교에서, 회사에서 내 신념을 지키는 것이 얼마나 어려운 것인지 하나하나 따져보면 정말 놀라울 정도로 지키기 쉽지 않다는 걸 발견하게 되니까.

우린 민주주의 시대에 살고 있지만, 또한 자본주의 시대에 살고 있고 자본주의 시대에서 부의 불평등은 보이지 않는 계급을 만들어낼 수밖에 없다. 그런 곳에서 내 신념을

47

끝까지 고수하기란 정말 쉽지 않다. 내 신념을 지키지 못했을 때 누군가가 목숨을 잃게 되는 심각한 상황이 발생하지는 않기 때문에 우리 대부분은 현실과 어느 정도 타협을 하면서 그럭저럭 대충 살아가고 있는 거다. 신념을 지키면서 살아간다는 것이 참 중요한 일임에도 불구하고 무작정 내 신념만을 고수하는 것도 굉장히 위험한 일임은 분명하다.

언젠가 <검객>이라는 한국 영화를 봤는데, 어떠한 신념도 사람의 목숨보다 소중할 수는 없다는 대사가 나왔다. 그게 심지어 임금 즉, 왕의 신념이라 할지라도. 임금처럼 막강한 권력을 가진 이도 자신의 신념 하나 때문에 사람의 목숨을 취해서는 안 된다는 거다. 그런데 사실 역사를 돌이켜보면, 누군가가 자신의 신념을 지키기 위해 여러 사람들의 목숨을 희생양으로 삼은 사례는 굉장히 많다. 국내에서는 초대 대통령 이승만이 있고, 해외에서는 대표적으로 히틀러가 있다. 신념은 돈 있고 힘 있는 자들이 지키기가 쉬운데 그들이 신념을 고수하다 보면 사람의 목숨까지 빼앗는 끔찍한 일이 발생할 위험이 굉장히 크다는 거다. 왜냐하면 그들은 그 정도의 파워가 있기 때문이다. 그리고 그런 위치에 있는 자들은 자신이 누려오던 것을 지키기 위해 고수해오던 신념을 버리기가 쉽지 않으니 이거 정말 무서운 일이 아닐 수 없다. 그래서 비극의 역사는 계속 반복되는 것인지도 모르겠다. 그들의 잘못된 신념을 바로잡으려면 누군가의 희생이 또 요구될 것이다. 그렇게 권력을 가진 이의 잘못된 신념을 바로잡기 위해 희생된 많은 사람들이 있었기에 인류는 반성하고, 다시 앞으로 나아가 발전할 수 있었고, 보다 성숙한 시민의식을 갖추어가는 과정에 와 있는 것이 아닐까.

다시 『고등어』로 돌아가보면, 이 책을 읽고 난 후엔 비극으로 끝난 불륜의 사랑 이야기도 마음을 휑하게 하지만 신념과 정의로 똘똘 뭉쳐 패기 넘치던 우리의 저 찬란한 시절 즉, 푸르게 반짝이는 바다를 누비며 헤엄치던 우리의 고등어 시절이, 현실 타협적이고 이율배반적인 자반 고등어 같은 작금의 모습과 대비되어 마음이 더 쾽해지곤 한다. 휑하고 쾽한 마음을 느끼기엔 계절적으로 가을이 제격이니까 가을에 읽을 것을 적극 추천해본다.

쏜살같이 지나가는 짧은 가을, 가을 '갬성' 가득한 책 한 권과 함께 흠뻑 취해보시길.

고등어에 뜨끈한 쌀밥에
어머니가 날 낳고
잡수셨을 것 같은
미역국이 그리운 스산한 날

변한다

항상 웃고 밝은 모습이 눈에 선한 사람이 본인의 의지로 생을 마감했다. 만나면 눈인사만 가볍게 하는 사이였다. 생을 마감하기 며칠 전 어느 행사에서 그를 지나쳤는데 밝은색의 옷차림이라서 그랬던가 유독 눈에 들어왔다. 희한하다 했는데 게시판에 갑자기 부고가 뜨고 사람들이 웅성거리니 뒤숭숭하고 마음이 복잡했다. 스스로 목숨을 끊는 것은 비겁한 행동이고 절대 해선 안 된다, 죽을 용기로 살아야지, 이런 섣부른 말은 하고 싶지 않다. 남겨진 가족에 대한 안타까운 걱정을 뒤로하고 무엇이 그를 죽음으로 내몰았을까를 생각했다. 그 마음은 감히 상상조차 어려웠고, 실은 그의 단호한 선택과 결연한 실행 자체에 좀더 주목하게 되더라.

호두처럼 알차고 단단한 삶과 결연한 퇴장의 길, 꼽으라면 리영희 기자가 떠오른다. 대표이사로서가 아니라 한겨레신문 논설고문으로 퇴임하고 나서 그는 말했다. "나는 집단 속에서 잘 처신하는 사람이 아냐. 외부 세력과 타협도 못 하고 돈을 가까이하는 능력도 없지. 기껏해야 냉철한 참모야. 커맨더commander는 못 돼."

그는 스스로 각성한 분이었던 거다. 엄청난 양의 독서를 하고 글을 쓰고 성찰하면서 스스로를 깨우쳤을 것이다. 그런 단련 끝에 자신을 정확하게 알게 되는 걸 테니. 어쭙잖은 허영이나 욕심으로 대표이사직을 받아들이지 않는 태도. 그가 보여준 퇴장의 길은 얼마나 우직하고 담백한가. 범상한 우리네는 자기 분수에 맞지도 않은 옷을 입으려 탐욕에 혈안이 되는데 리 선생님은 스스로 내려놓고 겸허하게 자신의 길을 갔다.

참고로 리영희 기자에 대해 궁금하다면『리영희 프리즘』을 추천한다. 이 책에서 〈한겨레 21〉 안수찬 기자가 쓴『진짜 기자의 멸종』에 눈이 오래 머물렀다. 법률이라는 건 조문에 충실하면 되고, 이윤은 셈에 능하면 되지만, 인간과 정의의 관점은 예민하게 갈고닦아야 비로소 얻을 수 있다는 것. 자고로 저널리스트는 고도의 도덕적 지적 긴장을 유지하면서 다양한 사실을 날카롭게 꿰뚫어내야 한다는 것. 그만큼 리영희 기자는 누구나 인정하는 정통 기자였던 것이지.

몇 달 전 나는 별안간 취재를 당했었다. 뭐 하다 시청에 들어오게 되었냐고, 혹시 선거 캠프에서 일했었냐고 취조 식의 물음… 나의 공무 자격에 대한 의심의 베이스가 깔려 있는, 처음 보는 모 종편 기자들의 갑작스러운 물음에 문득 자신을 되돌아봤다. '당신은 누구고 어디서 뭘 들었길래 나를 제대로 알 턱이 없는데도 감히 평가절하해서 질문해?' 불쾌함보단 그 짧은 순간에도 주마등처럼 지나가는, 내 무척이나 고되었던 삶에 참 억울했지. 근데 그 사람들에게 처음 본 나를 무턱대고 인정해달라 하면 결국 나만 불행해지지 않겠는가. 됐다 마 제쳐두고 어서 잊어버리자 했다. 그러고 나를 천천히 곱씹어봤다. 나야말로 한 점 부끄러움 없이 스스로 깨우쳐가는 사람인가. 일에 대한 양심의 품질을 높이고 위선과 겁박에 떠는 옹졸하고 비겁한 사람은 되지 않으리 하고 다짐을 했다.

　사람은 누구 할 것 없이 언제나 어디서나 악착같이 억울해한다. 남과 비교해 멀리 돌아간다고, 지금 서 있는 길 위에 안개가 많이 껴 있어 비교적 운이 나쁘다고 매우 속상해한다. 문제는 그다음이다. 자신의 억울함에 대한 고군분투가 필경 자신과의 싸움이라는 사실을 깨닫지 못한다면 그 억울함은 끝도 없고 그 배틀은 웃기는 짬뽕이 되겠지. 어찌 보면 억울해하고 원망만 하는 것은 참 무기력하고 쓸모 없는 짓일 거다. 내 꼬라지를 제대로 직면하고 마음을 가라앉히는 것, 반성과 깨달음은 내 마음에 책임을 지는 것, 자기 연민이나 억울함과 싸우는 과정에서 실천하고 실행하는 것, 그게 좀더 값지지 않을까?

　신념, 깨어 있는 거, 뉘우치는 거, 일깨우는 거라고 생각한다. 물론 그 깨어남은 마냥 기쁘기만 하진 않고 때로 고통스럽기도 할 것이다. 왜냐하면 각성의 용기에는 반드시 자기 상황을 똑바로 봐야 한다는 전제가 깔리기 마련이니까.

난 나이 들어도 선명하고 의식이 또렷한 사람이 되고 싶다. 내 '꼬라지'를 잔인하고 솔직하게 볼 줄 아는 사람. 더불어 리 선생님께서 말씀하신 것처럼 그걸 실천에 옮길 줄 아는 즉, 실행자. 말은 참 청산유수인데 아무것도 안 하고 뭉개는 사람들 많지 않나? 남의 것을 자기 것으로 훔쳐다가 포장하고 짜잔 하고 내놓는 좀도둑들도. 적어도 그런 사람은 되고 싶지 않다. 그러려면 부단한 자기반성과 훈련이 필요하겠지? 자신의 생과 앎을 일종의 프로젝트로 만드는 것 말이다.

진정한 지식인이고 자유인이라면 자신의 인생을 스스로 정하고 그 결정에 대한 책임을 질 뿐만 아니라 우리가 속한 이 사회에 대한 책임도 가져야 한다는 리 선생님 말로 마무리할까 한다. 결연한 선택과 책임이 동반되는 죽음의 길이 아니라, 삶의 길로. 정말이지 쉽지 않은 세상이지만, 우리, 사는 쪽으로 가자. 나도 그럴 테니.

회사를 생각하는
마음은 다를지라도
우리는 하나

서서히

얼마 전 꽤 떠들썩한 이슈로 회사가 시끄러웠다. 영업이익을 부분적으로 임직원들에게 나누어주는 PS^Profit Sharing가 타 경쟁사와 비교했을 때 현저히 적게 나오는 바람에 임직원들의 사기가 저하되었다. 정확한 PS 기준이 어떻게 되는 것인지 다들 궁금해했고 회사 내에 무성한 소문과 추측만이 돌고 돌았다. 이때 한 임직원이 전사적으로 이메일을 쓴 것이다. 물론 수신인에는 회사의 CEO도 포함되어 있었는데, PS 관련 이해하기 어려운 부분들에 대한 구체적인 질문들로 내용이 이루어져 있었다. 이 사건이 발화점이 되어 다른 기업에서도 속속 회사 측에 임직원들이 목소리를 전달하기 시작했다.

결론적으로 회사는 임직원들의 성난 여론을 해소하기 위해 여러 방안을 제시하였고 임직원들은 그것을 받아들이는 형태로 잘 마무리되었다. 가마니처럼 가만히 있었으면 회사에서 제공하는 PS만 받고 불만 가득히 끝날 뻔한 것을 한 임직원의 패기로 전 임직원이 추가적인 혜택을 받게 된 것이다.

사건이 잘 무마되고 사람들은 이야기했다. 처음엔 웬 세상 물정 잘 모르는 젊은 임직원이 겁도 없이 패기로만 저런 이메일을 전사적으로 뿌리나 싶어 어이도 없고 걱정도 되었는데, 지나고 보니 이제 시대가 바뀐 것 같다고. 그런 젊은 임직원들의 패기와 목소리가 회사를 바꾸어가고 있다고.

이 사건으로 기성세대들이 젊은 밀레니얼 세대를 보는 시각이 많이 달라졌을 것이라는 생각이 들었다. 마냥 대하기 어렵고 예측하기 어려우며 시키는 대로 잘 하지 않는 밀레니얼 세대에 대한 이미지가 어느 정도 긍정적으로 변모하지 않았을까 짐작해본다.

'이들은 우리가 하지 못하는 〈변화〉를 주도하는구나!'

사실 나를 포함한 이전 세대들은 회사와의 관계를 무조건적인 갑을 관계로 인식하는 경우가 많다. 임직원은 절대적인 '을'이었던 것이다. 그래서 싸움(?)조차 시도해보지 않고 지고 들어가는 경우가 다반사다. 이미 수년간의 회사생활을 통해 경험치로 획득한 사례들에 기반했을 때 회사를 상대로 한 이의 제기나 요구사항 제시는 승률이 매우 낮기 때문이기도 하고, 밀레니얼 세대에 비해 회사라는 곳을 매우 중요하고 소중하게 인식하기 때문에 마찰을 최소화하고자 하는 마음이 어느 정도 깔려 있기도 하다.

특히 기성세대들은 일평생 회사에만 충성하면 차도 사고, 집도 사고, 결혼도 하고, 자식 대학도 보내는 등 사는 데 걱정이 없었다. 그리고 나와 같은 낀 세대 역시 회사에 충성하면 어느 정도 먹고사는 데 지장은 없다. 물론 기성세대만큼의 부는 확보하기 힘들어 어느 정도의 재테크를 수반하지 않으면 쉽지 않긴 하지만 그래도 먹고살 수는 있는 것이다. 하지만 밀레니얼 세대는 이야기가 다르다. 이들은 회사만 바라보고 살아본들 안타깝게도 부의 축적 측면에서는 가망이 없다. 회사에서 주는 연봉으로 차는 살수도 있겠다. 하지만 직장에서 가까운 위치에 집을 사기에는 역부족이고, 결혼을 한다 해도 결혼 후 자식을 낳아 키우는 것조차 부모님의 도움 없이 어려운 경우가 많다. 그만큼 임금상승률은 크게 움직이지 않은 반면, 바깥의 물가는 몇 배로 뛰어버린 것이다. 이러한 여건에서 기성세대, 낀 세대, 그리고 밀레니얼 세대는 당연히 각기 회사를 대하는 태도가 다를 수밖에 없을 것이다.

기업 입장에서도 위기가 찾아왔다. 그동안 대부분의 임직원들은 회사에 고마워했다. '집도 사고, 결혼도 하고, 자식도 낳아 키우게 해준 우리 회사, 감사합니다.'라는 마음으로 회사에 다니던 임직원들의 비중은 점점 줄어들고 '쥐꼬리만 한 연봉으로 집은 언제 사냐, PS는 왜 다른 회사 대비 이 모양이지?' 생각하는 임직원들의 비중이 점점 늘어나고 있는 것이다. 사실 이것은 기업만이 떠안아야 하는 문제는 아닐 것이다. 우리 사회의 경제적 구조가 이렇게 되어버린 것이고 정부가 개입해서 해결해야 할 문제일 것이다. 이러한 상태가 장기적으로 지속될수록 기업 경쟁력에 영향을 끼칠 수 있다는 점에서 더욱 신속한 조치가 필요해 보인다. 여전히 우리나라 대부분의 주요 산업은 기술을 기반으로 하고 있고 이러한 기술은 결국 '사람'에게 달려 있다. 기술을 보유한 인력이 해당 기술을 장기적으로 개발해나가고 축적해나갈 수 있도록 지원하는 환경이 마련되어야 해당 산업도 글로벌한 경쟁력을 갖추고 발전해나갈 것이다. 하지만 이런 환경이 마련되지 않아 기술을 보유한 인력이 더 많은 연봉을 주는 회사로 여기저기 옮겨 다니면서 커리어 변동에 개의치 않게 되어버리면 결국 기술의 축적 자체가 어려워진다.

혹자는 이렇게 말할 수도 있다. 예를 들어 반도체 설계 기술 보유 인력이 연봉을 더 많이 주는 다른 회사로 이직한다고 해서 그의 커리어가 변하는 것은 아니지 않나, 결국 반도체 설계 기술은 그 사람에게 계속 축적될 수 있다고. 내 개인적인 생각으로 첫째는, 이 인력이 결국 해외로 옮겨갈 확률도 배제할 수 없다는 점에서 국내 기술 경쟁력 측면에서 손실이 될 수 있다. 둘째는, 반도체 설계 기술이라고 해도 적용 분야가 천차만별일 수 있다. 기업마다 중점을 두고 개발하는 기술 분야가 조금씩 다르고 최종 제품이 무엇이냐에 따라 필요 기술도 다르기 때문에 아무래도

주목받지 못한
긴 세대

잦은 이직을 하다 보면 특정 분야 전문가가 되기는 어려울 수 있다고 생각한다. 본인의 의사가 강경하지 않으면 보통은 회사에서 원하는 개발 업무를 하게 되고 그러다 보면 조금씩 커리어 변동이 생기기 마련이기 때문이다. 물론 다양한 경험 축적을 통해 더 훌륭한 인재로 거듭날 수도 있지만, 이와 별개로 한 자리에서 묵묵히 특정 기술을 파고들며 누구도 범접할 수 없는 해당 분야 전문가가 되는 커리어 패스도 필요하지 않을까 생각해본다.

나의 지극히 주관적인 느낌에 따르면 이번 PS 사태는 세대 간의 작은 통합을 맛보게 해주었다. 서로 절대 이해할 수 없을 것 같았던 세대 간의 통합이 이해관계 앞에서 하나 되어 빛을 발했다. 이건 좀 우스갯소리고 사실은 서로의 입장을 생각해보고 상호 간 이해하기 시작한 계기가 마련된 것 같아 의미 있는 사건이었다고 본다.

수렁 속에서도
별은 보인다지만
개뿔

변한다

전대미문의 감염병 시대에 '갑공(갑자기 된 공무원)'으로서 주말인지 주중인지, 아침인지 저녁인지 모르는 생활을 한 지 어느덧 1년이 넘었다. 건조함으로 헐떡거리는 삶에 책은 일종의 동아줄 같은 존재다. 페이스북에 책 한 권을 읽고 쓰는 끄적거림은 나에게 청량함 가득한 생명수 같다고나 할까. 특히 점심 후다닥 먹고 작은 무선 키보드가 부서지든지 말든지 탁탁거리며 쓰는 글들은 일그러지는 문맥 따윈 상관없이 그냥 그 행위 자체가 힐링이다. 언제부터 이렇게 되었을까 곰곰이 생각해봤는데 4-5년은 훌쩍 지난 것처럼 아득하다. 지금이야 이렇게 독서 기록을 아주 열심히 쓰는 사람이지만 소싯적에 나는 사실 책보단 영화를 좋아하는 영화광이었다.

거제에서 근무하던 시절 CGV가 생겼을 당시 펄쩍 뛰며 미친 듯이 환호했다. 퇴근 후 혼자 커다란 영화관에 덩그러니 앉아 호러 영화를 본 적이 많았다. 편한 자세로 쥐

포나 오징어를 질겅질겅 씹으며 말이다. 그랬던 내가 더이상 영화는 즐겨 보지 않게 되었다. 특히 피가 콸콸 나오고 소리소리 지르면서 보게 되는 호러 영화 광이었던 내가 언제부터인가 흥미를 잃게 된 이유는 일상이 공포이기 때문인지도 모른다. 지금이, 요즘이, 도저히 믿기질 않으니까. 비현실적이니까. 너무 빨리 변하니까. 더한 자극을 굳이 돈 내고 볼 필요가 있나 싶기도 하다.

특히나 견디기 어려운 것은 다들 전염병에, 급변하는 세상에 힘들어 죽겠는데 서로가 서로를 믿지 못하고 공공의 질서를 흩뜨리고 경멸하며 분열하고 이게 도대체 뭐 하는 시츄에이션? 난세에 영웅은 얼어 죽을! 잘난 척에 오지랖에 듣기 싫은 소음뿐이다. 그래서 신문도 방송도 이젠 가려서 본다. 자체적인 필터링을 거쳐서 말이다. 내 소중한 고막을 위해 개소리, 잡소리는 건너뛰고 보게 된다.

왜 이렇게 난리 부르스인지 생각해보니 비단 우리나라뿐만은 아닌 것 같고 사람들에게서 겸손이 사라진 게 아닐까 하는 생각이 든다. 사실 아예 전무하다는 게 맞는 표현 같다. 그러니 말이나 글도 행동도 다 싸지르고 보는 느낌이랄까? 일종의 구토나 배설같이 느껴진다. 와우! 정말 카오스다. 그리고 그걸 또 여과 없이 받아 적고 돈벌이용 가짜 뉴스를 생산하니 여기저기 온통 혼란투성이일 수밖에.

강준만 교수의 『수렁 속에서도 별은 보인다』에서는 민주주의는 겸손 위에서 발전한다고 했다. 무릎을 쳤다. 겸손은 민주주의의 가장 기초적인 덕목인 거다. 자신과 타인의 한계를 인정하는, 자칫 오만할 수 있는 자존심의 독을 빼고 말이다. 이 책에서 언급된 언론인 김학순 교수도 오만은 풍토병처럼 우리의 대지를 휩쓸고 있는지도 모른다고 말했다. 지금이 최고조라 느끼는 건 나만의 느낌일까.

앞서 말한 오만이라는 게 뭘까? 부끄러움을 모르는 거 아닐까 싶다. 수치 즉 부끄러운 마음을 알려면 자기 자신을 되도록 멀리서 봐야 한다. 객관적인 시각은 참으로 어렵겠지만, 가능하면 다른 사람의 관점에서 본인을 바라봐야 할 거다. 그래야지 부끄러움을 느낄 수 있지 않을까. 사회가 정상적으로 부드럽게 돌아가려면 부끄러운 마음을 제대로 알고 있는 구성원들이 많아야 하지 않을까. 그렇다면 언제쯤 고상한 대한민국에서 살 수 있나 참 궁금하다. 우아한 대한민국에서 좀 품위 있게 살 수 있길 진심으로 희망한다.

그러기 위해서는 자만하지 않는 사람들이 제대로 정치를 하고, 자만하지 않는 사람들이 제대로 우리 아이들을 가르치고, 자만하지 않는 사람들이 제대로 기술 개발을 하고, 자만하지 않는 사람들이 제대로 된 물건을 팔았음 한다. 각자의 위치에서 자기 이름을 걸고 비겁하지 않게 자기 주제와 본분을 알고 역할에 충실하며 격을 지키는 것, 그게 그리 어려운 걸까 싶기도 하고 말이다.

악플러를 막기 위해 네이버에서 댓글 프로필을 공개

61

했다고 한다. 익명 뒤에 숨어 배설하는 몰지각한 사람들에게 약간 긴장을 심어줄 수 있어서 일부 효과가 있었다는 기사를 접하기도 했다. 개인적으로는 온라인 댓글 실명제가 도입되는 것도 좋을 것 같다. '나'라는 대명사를 온전히 드러내며 본인의 의견을 제대로 말할 줄 알고 세상에 좀더 호의적이고 품위를 지키는 한 명 한 명이 모인다면 조금이라도 세상은 나아지지 않을까 싶다.

수렁 속에 별은 있다지만 지금은 한 치 앞도 보이지 않는 냉엄한 현실, 내 시력이 안 좋아서 있는 별을 못 찾는 건지도 모르겠지만 말이다. 분명한 건 나야 질펀한 진흙탕에서 적당히 살아도 이미 진흙인지 똥인지 묻혀져 있어 어느 정도 적응된 상태이지만, 내 후배들이나 내 아들은 그렇지 않을 것이다. 이들이 본격적으로 살아가야 할 세상은 한결 나아졌음 한다. 우리 모두 푹푹 빠지는 진흙보단 반듯하고 정돈된 벽돌이 깔렸음 좋겠고 힐난과 조소보단 제대로 된 비평이 가능한 사회길 소망하지 않는가. 그래야 이 세상 좀 살 만하지 않을까?

겸손할 수 있는
용기

서서히

나는 자라 공인 특출한 면이 없는 평범한 사람이다. 그럼에도 불구하고 주변 사람들이 내게 이구동성으로 장점이라며 치켜세워주는 것이 있는데 그건 바로 '경청' 능력이다. 한마디로 사람들의 이야기를 잘 귀담아 들어준다는 거다.

　사람 만나는 것을 좋아하는 성격이라 모임이 많은데 최근 몇 년 전부터 꾸준히 느껴지는 점이 있다. 사람들이 '말하는 것'에 목말라 한다는 것이다. 특히, '내 이야기'를 하고 싶어 한다. 마치 누가누가 더 내 이야기를 많이 하나 경진대회라도 나온 것만 같다. 모임에서는 경쟁적으로 '내 이야기'를 서로 하려고 하고 다른 사람이 말하는 도중 끼어들기와 말 끊기를 능수능란하게 시전하는 사람들이 굉장히 많아졌다. 이제 말을 하는 것도 경쟁력이 필요한 시대가 온 것이다. 경쟁력이 떨어지는 나 같은 사람들은 입한번 뻥끗해보지 못하고 다른 사람 이야기만 듣다가 집에 들어오기 일쑤다. 이러한 나의 부족한 말하기 경쟁력이

'경청' 능력으로 둔갑되어 말하기 좋아하는 사람들이 내게 장점이라고 추켜세워주는 것만 같다. 너무 부정적인 판단이려나? 물론 그중 몇 명은 진심으로 내 경청 능력을 높이 평가해주는 사람들도 있을 것이다.

본의 아니게 내 이야기를 많이 하지 않아 아니, 하지 못해 신비주의를 표방하는 내 입장에서는 모임에 나가서 남의 이야기를 듣는 것이 더 재미있고 익숙한 것도 사실이다. 사람들이 말을 걸거나 질문을 할 경우에만 굉장히 짧게 대답하는 것이 전부인데 그래도 단둘이 만났을 땐 조금 더 말을 많이 하는 편이긴 하다. 결론적으로 누울 자리를 보고 다리를 뻗는다고나 할까? 내가 끼어들어 말할 여지가 있다고 판단되는 일대일 모임에서는 어느 정도 내 이야기를 자주 꺼내지만 다수의 사람들이 경쟁적으로 말하는 자리에서는 입을 닫게 된다. 내가 천성적으로 경쟁을 싫어하는 성격이라서 그런 것 같기도 하다.

바깥에서의 사적인 모임에서는 이러한 말하기 경쟁력 부족이 크게 문제되지 않는다. 오히려 '경청 왕'이라는 애칭까지 얻으며 좋은 이미지로 작용하기도 하니까. 하지만 회사에서는 상황이 다르다. 내가 직장생활을 시작할 때까지만 해도 겸손의 미덕이 중요시되던 시대였다. 1분에 타자를 1,000타 칠 수 있는 능력이 있더라도 결코 내 입으로 '제가 이 지역의 타자 왕입니다.'라고 말하는 것은 아름답지 않은 시대였다. 묵묵히 1분에 1,000타를 쳐서 직접 보여주는 것이 미덕이었고 그렇게 인정받는 것이 자연스러운 문화였다.

최근엔 분위기가 반전되어 내 입으로 직접 자신을 홍보하지 않으면 아무도 알아주지 않는 시대가 되었다. 그만큼 변화의 속도가 빠르고 행동으로 보여줄 만한 시간적 여유가 확보되지 않는 환경에 놓인 것이다. 사람들은 어느 순간부터 행동보다 말로 어필하기 시작했고 말을 그럴듯하게 잘하는 사람이 회사에서도 인정받고 능력 있는 사람이 되었다. 말하기와 설득하기는 직장에서 매우 중요한 능력 중 하나가 되었고 다른 일을 잘 못 해도 이 두 가지만 잘하면 그 특출함을 인정받아 높은 위치에도 오를 수 있는 시대가 되었다고 생각한다.

이렇게 행동보다 말과 같은 보여주기가 중요하게 된 원인은 그만큼 생존 경쟁이 치열해졌기 때문일 것이다. 경쟁이 덜한 사회에서 사람들은 시간이 있었다. 내가 나 자신을 말로 홍보하지 않더라도 행동으로 묵묵히 보여줌으로써 내 능력을 입증하고 인정받을 수 있는 시간. 하지만 요즘엔 시간이 없다. '행동으로 보여줄 테니 기다려봐.' 하며 속으로 다짐하고 있는 순간, 이미 내 고객은 다른 사람을 고용해버린다. 사람들은 너도 나도 자기 홍보에 능해야 살아남는다는 것을 체득하게 되었고 때로는 자신에 대한 홍보가 과대 포장을 넘어 오만과 자만으로까지 번지게 되더라도 그 부분에 있어 예전보다 너그러워졌다.

'말보다 행동', '겸손의 미덕'을 믿으며 살아온 나는 이 시대의 부적응자다. 난 여전히 침묵하고 경청하며 그래서 평범하다. 나 자신을 홍보하는 것이 낯설고 부끄럽고 손발이 오그라든다.

시대의 트렌드를 따라가지 못하는 것은 분명 나의 불찰이자 손해일 것이다. 그런데 한편으로는 이렇게 가다 보면 겸손을 잃어버린 세상이 되어버리지는 않을까 우려가 되기도 한다. '겸손은 곧 용기'이다. 치열한 생존 경쟁 속에서 무조건 나 자신을 홍보하는 데만 열을 올릴 것이 아니라 내가 할 수 있는 것과 내가 할 수 없는 것을 당당히 말할 수 있는 것, 그것이 진정한 겸손이 아닐까.

세상이 빠르게 돌아갈수록 경쟁은 치열해지는데 어찌 보면 '겸손의 부재'라는 현상은 이 시대에 수반되는 당연한 귀결일지도 모르겠다. 우리 스스로가 '겸손할 수 있는 용기'를 갖추는 것도 중요하지만, 겸손할 수 있는 용기를 갖춘 사람을 알아볼 수 있는 '안목'을 갖추는 것도 중요하지 않을까 싶다. 그렇게 안목을 갖춘 사람들이 많아질 때 무의미하고 거짓된 자기 포장이 실력과 능력으로 받아들여지지 않는 세상이 될 수 있을 것이다.

이러한 안목은 진정한 협업을 이끌어낼 수 있는 구성원들을 발굴하여 큰 성과를 창출할 수 있다는 점에서 매우 중요하다. 예를 들어, 말은 없지만 묵묵하게 맡은 업무나 문제 해결에 능한 A와 업무 처리는 미숙하지만 작은 성과도 나

라를 구한 것처럼 엄청난 성과로 보이도록 사람들을 설득하는 데 능한 B가 있다고 치자. 만약 A와 B가 서로를 욕하며 네가 하는 게 뭐 있냐, 일은 내가 다 한다는 식으로 싸우고 있다면 팀장은 이들의 장점을 융합시켜 협업을 이끌어내야 한다. 둘 다 팀 성과 창출에 필요한 역량을 가지고 있기 때문이다. 물론 가장 바람직한 그림은 A와 B가 겸손의 미덕을 갖추고 서로에게 모든 공을 돌리는 것까진 아니어도 스스로의 약점을 인정하는 모습이다. 이런 상황에서 팀장은 팀원들의 강, 약점 파악이 보다 수월해지므로 스스로의 '안목'이 부족하더라도 빨리 협업을 이끌어낼 수 있다.

나 역시 젊은 시절에는 못마땅했다. 나와 함께 일했던 선후배, 직장 동료들은 어떻게 생각할지 모르겠지만 개인적인 생각으로는 위에서 언급한 A가 내 모습이었다. 일은 죽어라 내가 다 하는 것 같은데 선배 또는 동료가 내 성과를 훔쳐가는 것만 같았다. 하지만 이제 와서 돌이켜보면 각각의 역할이 다른 것이었다. 난 문제 해결에 뛰어났지만 발표나 다른 사람을 설득하는 능력이 부족했고 그러한 단점을 다른 이가 보완해준 것이었다. 그것이 팀웍이고 협업이다.

겸손과 안목을 거쳐 팀웍과 협업까지 이야기가 넘어왔다. 혼자가 아닌 타인과 함께 어울려 사는 세상에서 겸손할 수 있는 용기는 어찌 보면 가장 강력한 자기 홍보가 될 수 있지 않을까 생각해본다.

인정 두 스푼,
자신에게
타인에게

변한다

요즘 자정을 잘 넘기질 못한다. 예전에는 꼴딱꼴딱 밤도 잘 샜는데 체력이 점점 저질이 되어간다. 한 덩치답게 한 체력 했는데 점점 맛이 가고 있는 중이다. 책으로 금요일 밤을 불사지르려고 했는데, 김비와 박조건형의 『슬플 때 둘이서 양산을』보라색 책을 얼굴에 얹고 자버렸지 뭔가. 일어나니 옴마야, 9시가 넘었다. 간만에 꿀잠을 잤다.

　출근 때마다 전쟁터에 나가는 전사 같은 심정으로 하루하루 버틴다. 청원에, 제보에, 민원에 그냥 지나치는 조용한 날이 없다. 한 사건 터질 때마다 데드라인에 맞춰 미친 듯이 해결해야 하는 수사반장 같다. 허긴 나만 쫓기는 매일을 살고 있는 건 아니지. 자원이라고는 우글거리는 '사람'밖에 없는 이 손바닥만 한 나라에서 살아남으려니 다들 아귀다툼이겠다 싶다. 광활한 미국도, 여유로운 유럽도 아무리 경쟁이 심하더라도 설마 우리같이 치열하진 않을 거다.

허나 점점 경쟁은 더 과해질 거고, 나자빠지거나 포기하는 사람들도 많아질 거고 격차는 더 벌어질 거다. 더 고잉 크레이지하기 전에 우리에게 필요한 건 서서히가 말했듯 겸손할 용기와 더불어 '각자를 인정할 줄 아는 용기'도 있어야겠다 싶다. 그래야 숨다운 숨을 좀 쉬지 않을까? 매번 좁디좁은 오르막길만 떼거지로 오르면서 어깨 부딪치며 인상 쓰며 살 순 없지 않은가.

이 예가 적절한지 모르겠다. A시의 모 섬유회사에 확진자가 생겼는데, 그걸 기자가 매번 정확한 회사명을 리포트하는 거다. 물론 사실에 기반해서 보도해야 한다. 그런데 사실 한두 번만 정확한 회사명으로 내고, 이후부턴 'A시 소재 모 섬유회사'로 바꿔 적어도 되는 문제라고 생각한다. 즉 잊혀질 권리도 있는 것이다. 시 공식 SNS 계정에도 이동 동선 등을 정확하게 공개하지만 2주 뒤에는 반드시 지워야 했다. 물론 중대본에서 발표한 원칙 그대로 매번 쓰겠다고 주장하는 기자의 꼿꼿함도, 회사 망하겠다며 못 살겠다 고래고래 소리 지르는 사장님도 둘 다 이해는 하지만 적절한 인정과 타협이 필요하지 않을까 싶다. 난 사실 울부짖는 사장님께 70% 넘게 마음이 기울었지만 말이다. 둘 다 맞다는 말은 듣기에는 그럴듯해 보인다. 그러나 때로는 아무런 해결책을 제시하지도 않고 둘 다 맞다고 이야기만 하는 것은 당사자들에겐 사실 아무짝에도 쓸모 없는 소음일 뿐이다.

인정과 양보에 박한 사람들을 잘 뜯어보면 열등감과 그걸 들키고 싶지 않은 두려움이 충만하다. 우리 최소한 그런 옹색한 사람은 되지 말아야겠다. 얼마 전 모 방송에서 아동 친화 도시에 관한 대담을 했다. 마치고 오는 길에 내가 동료한테 말했다.

"세상에는 정말 똑똑한 사람들 천지야. 내가 아무리 날고 기어봤자 그런 사람들에 비하면 한참 모자란 것 같아."

지나친 비약일까? 주위를 둘러보면 하나하나 버릴 게 없다. 찬찬히 잘 보면 배울 점들은 적어도 하나씩 있다. 그런데 우린 너무 쉽게 재단하고 쉽게 비판하고 무리하게 똥고집 부린다. 그렇게 시간을 내 소중한 에너지를 낭비하고 싶진 않다. 과연 그게 누구에게 도움될까? 나만 손해일 텐데.

졸린 눈을 쑤시면서 책이든 뭐든 보고 배우며 느끼며 기록하려 하는 것은 내 머리에서 쉰내가 덜 났음 하는 바람에서 비롯된 것이다. 마윈의 말이 갑자기 생각나는데 40대는 자기가 잘하는 일에 집중하고 50대는 자기가 잘하는 일을 후배에 물려주고 60대는 손주나 보라고 한다. 아니 요즘 같은 100세 시대에 60대는 정말이지 청춘인데, 손주나 보라는 황혼 노동을 강요하다니! 이 무슨 막말인가 싶다가도 일단 40대, 우리부터 잘하는 일에 집중하면서 제법 괜찮은 어른으로 천천히 늙어갔으면 한다.

    '갑공'이 되기 3년 전만 보더라도 세상 제일 태평한 분들이 공무원인 줄 알았다. 최소한 노력조차도 게을리하는 고인 물이라고 생각했었다. 오마이 갓. 와보니 전혀 아니다! 시청 고작 3년 다녀보고 뭘 함부로 말할까 싶다만, 민원 전화 고작 하루에 몇 통 받아보는 걸로 대민 업무를 다 안다 할 수 있겠냐 싶다만, 선거 역시 직접 해본 적은 없다만, 행사나 눈과 비 대비하는 것 그리고 코로나19를 온몸으로 겪어내는 것을 통해 공적 서비스의 힘을, 그 가운데 특히 공무원들이 얼마나 고생하고 애쓰고 있는지를 똑똑히 알게 되었다. 회사에만 있었으면 전혀 알 턱이 없었을 거다. 갑공 생활이 무지한 나에게 렌즈삽입술 이상 개안을 해준 셈이다. 분명한 건 우리 누구든 다 쓰임이 있고 그만한 가치가 있다는 것. ○○다움은 내가 찾는 것, 누군가 찾아주거나 알려주거나 씌워주는 게 아니라는 거다.

    혹시 공무원에 대해 더 알고 싶으면 영지의 『애썼다, 오늘의 공무원』 책을 읽어봤음 좋겠다. 마음이 정말 뭉클할 정도로 감정이입 제대로 되었다. 그래, 다들 꽃처럼 아름답다. 겹눈으로 주위를 둘러보고 허투루 생각할 것은 아무것도, 그 어떤 것도 없다. 우리 그렇게 서로를 인정하고 양보하고 살았음 한다. 물고 뜯고 할퀴고는 고양이나 하는 것으로 약속했으면 한다.

팔과
시나몬만큼의
차이

현재 회사엔 나와 함께 경력직으로 입사한 동기들이 있다. 나를 포함해서 총 다섯 명. 몇 명 되지 않아 그런지 우린 입사 이후 자주 뭉쳐 다녔고 서로 금방 친해졌다. 다섯 명 중에 내가 제일 나이가 많았는데 이 사실은 술자리에서 항상 빠지지 않는 이야깃거리가 되곤 했다.

"81년생이요? 와! 대감님 아닙니까? 옛날 같았으면 우리는 대면하지도 못하실 분인데."

"우린 밀레니얼 세대인데 이분은 밀레니얼 학번이시네!"

간혹 몸이 좀 안 좋다는 말이라도 한마디 흘리면, 동기들은 하이에나처럼 달려들어 물고 뜯었다.

"그 정도 연세 되시면 안 아픈 곳이 없으시죠. 얼른 들어가서 쉬세요."

"건강검진 잘 받고 계시죠? 40대부터 정밀 검진 받으셔야 합니다."

뭐 이런 식이었다. 다들 친했기에 기분 나쁜 놀림이 아니라 우리끼리 우스갯소리로 주고받는 대화였고 나 역시 흔쾌히 놀림감이 되어주곤 했다.

그런데 이들이 그럼 나와 몇 살 차이가 나느냐? 가장 나이가 어린 동기가 86년생이었다. 즉, 나와 다섯 살 정도 차이 나는 것이다. 86년생이 두 명, 85년생이 한 명, 83년생이 한 명이었다. 한마디로 다 고만고만한 연령대였던 것이다. 물론 이들이 이 문장을 읽게 된다면, 분노할지도 모르겠다. 마치 음성지원이 되는 것만 같다.

"고만고만하다뇨? 대감님, 무슨 말씀이십니까? 저희는 그래도 밀레니얼 세대인데 대감님은 아니잖아요."

물론 난 자타 공인 밀레니얼 세대가 아니다. 네이버나 구글의 정의를 굳이 빌리지 않더라도 내가 살아온 인생을 돌이켜보면 난 밀레니얼 세대인 적이 한 번도 없었다. 그런데 자칭 밀레니얼 세대라는 동기들과 대화를 해보면 크게 나와 세대 차이가 느껴지지 않았다. 이들은 나만 알고 있을 줄 알았던 '카트리지 연필'도 알고 있었고 88올림픽도 주워들은 정보가 많아서 그런지 나보다 더 선명하게 설명하고는 했다. 요즘엔 인터넷을 통한 정보 획득이 워낙 수월해서 그럴 수도 있겠지만 어찌 되었든 대화를 나누어보면 막힘이 없었다. 그뿐만이 아니다. 회사에서 '빡치는 시추에이션'이나 그 포인트도 비슷하게 느끼고 그 상황에서 누가 어떤 액션을 취해야 하는지 해결 방안에 대한 생각도 비슷하다. 이 정도면 이들이 선을 그으려 노력하든지 말든지, 나 스스로는 그냥 같은 세대로 보아도 무방하지 않을까 생각했다.

하지만 사건은 전혀 예상치 못한 엉뚱한 곳에서 발생했다.

어느 날 동기들끼리 모여 회사 식당을 벗어난 바깥의 외부 식당에서 점심을 먹고 커피 타임을 가지기로 했다. 즐거운 수다와 함께 맛있는 식사를 하고 우리는 디저트를 먹으러 작은 와플 가게로 이동했다. 난 처음 와보는 곳이었는데 동기들 중 몇몇은 이미 와본 곳인 듯 익숙하게 키오스크를 이용하기 시작했다. 키오스크상에 다양한 와플 종류들이 그림으로 나타났다. 일순간 정적이 흐르고 다들 도스토옙스키의 소설을 읽는 것보다 더 집중해서 메뉴를 정독했다. 모두 배가 부른 상태였기 때문에 와플은 두 개 정도만 주문하자는 것에 합의를 보고 우리는 두 개의 메뉴를 고르기 위해 갑론을박을 시작했다. 내가 먼저 운을 떼었다.

"여기 팥 들어간 와플 종류 하나 먹고 싶은데 어때요?"

"전 팥 못 먹어요." "저도요." "저도 못 먹어요."

"앗. 저 빼고 다들 팥을 못 드시는 거예요? 아, 몰랐네. 그럼 다른 거로 하죠. 음, 그럼 애플 시나몬 어때요?"

"네, 그레요."

결국 내가 말한 애플 시나몬 와플과 누군가가 고른 바나나 초콜릿 와플을 주문하고 우린 편안한 소파에 앉아 다시 수다를 시작했다.

얼마 뒤 나온 와플은 그럭저럭 비주얼은 먹음직스럽게 보였으나 다들 배가 많이 부른 상태여서 그런지 누가 먼저 쉽게 포크를 가져가진 않았다. 점심시간이 끝날 때쯤 되어서야 시간에 쫓기듯 와플을 먹기 시작했는데 이상하게 다들 바나나 초콜릿 와플만 먹는 것이 아닌가.

"이것도 좀 드세요. 애플 시나몬도 먹을 만한데."

"저 사실 시나몬 못 먹어요." "저도 시나몬 안 좋아해요." "저도 계피향 자체를 싫어해서……."

그렇다. 다들 팥 와플을 거부한 후 연이어 자신들이 좋아하지 않는 시나몬 와플을 제안한 내게 미안해서 말도 못하고 그냥 주문하게 두었던 것이다. 결국 애플 시나몬 와플은 그대로 남겨졌고 동기 중 누군가 그걸 또 알뜰하게 포장해서 내 손에 쥐어주었다.

"대감님, 시나몬 맛이니까 가져가서 많이 드세요."

세대 차이란 정말 이상한 지점에서 느끼게 된다. 난 그때부터 이들과 나는 다른 세대라는 것을 명확히 인지했고 이들의 놀림이 단순한 우스갯소리가 아니라 어느 정도 현실 반영적인 블랙 코미디라는 것을 인정하고 있다. 물론 여전히 기분 나쁘거나 불쾌하진 않다. 재미있게 놀림을 즐기고 있다.

그날의 쇼크는 내게 꽤 크게 다가왔는데 이들과 내가 입맛이 다르다는 점, 내가 할머니처럼 팥과 시나몬을 좋아한다는 점에서 온 쇼크가 아니었다. 이들이 자신들이 먹지 않는 음식을 제안한 내게 그 메뉴는 싫다거나 별로 안 좋아한다고 편하게 말을 하지 못했다는 점이 더 큰 충격이었다. 아무리 입사 동기이고 친하게 지낸다고 해도 이들에게 난 친구나 후배처럼 편한 존재일 순 없었던 것이다.

어찌 보면, 세대라는 것은 태어난 출생연도로 구분하는 것이 아니라 서로 마음 편하게 대화를 주고받을 수 있냐, 없냐의 문제가 아닐까 생각해본다. 서로를 잘 모르고 이해하지 못하더라도 그 부분까지 모두 드러내 놓고 마음 편하게 이야기할 수 있다면 같은 세대로 보아도 무방하지 않을까.

노력하되
분투하지 말라고?

변한다

30대 정윤호의 열정 발차기를 본 적이 있는가. 40대 정지훈의 혼신 춤을 본 적이 있는가. 근데 40대 보통 아줌마가 뭔가에 고군분투하면 '아, 멋있어!' 자동적 찬사가 나올까. 거기서 뭘 더 하려고 해! 욕망 탐욕 덩어리 이야기가 먼저지 않을까. 쉰소리 그만하고 투머치 이글거리는 불꽃들에 조용히 찬물을 끼얹은 책 하나를 소개한다. 모라 애런스-밀리의 『나는 혼자일 때 더 잘한다』는 열정의 질주는 절대 해답이 될 수 없다고 한다. 영혼이 탈탈 털리고 널브러지고 싶을 때 셰릴 샌드버그의 『린 인』, 말콤 글래드웰의 『아웃라이어』, 앤절라 더크워스의 『그릿』을 보며 주먹을 불끈 쥐었는데, 살짝 부끄러워지네?

저자는 '린아웃'을 할 줄 알아야 한다고 이야기한다. 린아웃은 로드 바이크의 코너링 기술 가운데 하나로 회전 반경이 예상보다 짧아 위급할 때 사용하는 기술이다. 자전거를 안쪽으로 더 기울이고 상체의 무게 중심을 자전거

주목받지 못한
긴 세대

의 중심선 바깥쪽에 둔 채로 코너를 도는 것을 말한다. 삶의 무게 중심을 이상적인 일과 삶의 균형보단 일과 삶의 조합으로 두는 것. 맞다, 스스로에게 여유로운 공간과 시간을 준다면 뜻밖의 꿈을 찾고 결국 이뤄낼 수 있다는 것. 또 다른 방향의 성장에 대한 거다.

저자는 이를 위해 적정한 노력을 자주 실천하면 중대한 목표를 이루기 위해 숨을 돌릴 여유가 생기고 결과에 대한 공포를 제거함으로써 온전히 일에만 집중, 그 과정조차 음미할 수 있다고 한다. 근데 갸우뚱, 도대체 적정하고 적합한 노력이 뭘까? 분투까지는 아닌 애매모호한 노력, 무언가를 잘해내지만 지나치게 몰입하지 않는 태도, 이게 가능한가. 그렇다면 이렇게 바꿔 말해보면 어떨까? 중요하지 않은 것은 곁눈으로도 거들떠보지 말고 선택과 집중을 해 노력의 강약을 조절하자고 말이다. 그러기 위해선 이젠 무엇보다 맺고 끊는 '단호함'이 필요하다.

옌스 바이드너의 『나는 단호하게 살기로 했다』에 나오는 단호함 테스트를 했는데 글쎄 50점 만점에 47점…… 나는 이미 아주 단호하게 잘 살고 있었다. 자신이 누구인지를 결정하는 힘은 결국 그 사람 내부에 있다. 내가 관리자라면 단호한 관리자로서 결정하는 힘이 내 안에 있는 거고 그것까지 누군가 기획해주거나 제시해주길 바라는 건 가짜다. 좀 거칠게 말해보자. 쓴소리는 하고 싶은데 상처 주기는 싫다고? 말이야 방구야.

개방적이고 리액션 좋으며 주로 동의만 하는 리더로 행동하는 것은 당장의 상대방 기분을 즐겁게 해줄 수는 있지만 그럼으로써 전혀 의도치 않은 결과로 흐를 수 있다. 리더는 팔로어가 아니라 책임을 지는 자리인데 마냥 청중의 역할을 하는 건 적절치 않다. 인기에 주로 편승하는 리더들이 그만큼 생산성이 같이 따라주면 다 셀럽 되게? 그러니까 좋은 게 좋은 게 아니란 거다.

내가 만약 관리자라면 중간 과정에서 결과물을 체크해야 할 때 솔직하게 지적하며 솎아내야 하고, 그걸 누군가에게 미루거나 아예 하지 않을 수는 없는 거다. 사실 나는 빨간펜 선생님은 체질적으로 맞지 않는다. 허나 내 관점에서 봤을 때 별로인 걸 가지고 그냥 '할많하않'으로 넘어가면 그게 내게 부여된 임무는 아닌 거라는 생각은 늘 해왔다. 얼굴을 붉히기 싫은 그 멋쩍은 순간을 참고서라도 맺고 끊고 하라고 내가 있는 거겠지.

그래서 영상, PPT 등 각종 홍보물을 보는 데 있어서 내가 디자인 전공자는 아니지만 전체적으로 느낌이 어떠하냐고 물어봐주는 후배나 동료에게 '솔직히 확 와닿지는 않지만 일단 내 의견을 물어봐줘서 고맙다. 너가 전문가니 당신의 판단력을 믿겠다만 이 부분은 다시 고려해봤음 좋겠다.' 이 정도 의사 표시는 지금까지 하고 있다.

물론 내가 지금껏 겪어본 윗사람들은 디자인 전문가도 아니면서 색깔부터 고르고 앉아 있는 경우가 많았다.

보스라면 전체적인 방향을 제시하고 성과를 내기 위해 노력하는 직원들 사이에서 조율하면 될 뿐, 세부 결정은 전문가 직원에게 맡겨야 하지만 유독 전지전능해 보이고픈 조급한 마음을 드러내는 분들이 상당수였다. 그런 힘으로 어쩌면 그 자리까지 갔는지는 정말 모를 일이지만 나에겐 일종의 반면교사다.

　나부터 불 조절이 용이한 불꽃이 되어야지. 짜릿하게 타오르기도 하고, 훈훈하게 온기를 주기도 하고, 차갑게 식기도 하는 그런 불꽃. 그렇게 되려면 이젠 우리 낀 세대는 본인의 열정으로 여러 명 '앗, 뜨거워' 하기 이전에 추스르고 끊는 단호함부터 갖추는 게 급선무 아닐까. 단호함 테스트 50점 만점에 47점 맞아 참 쉽게 하는 말일지도 모르니 새겨들을 것만 귀에 쏙 담아주세요.

유리천장을
대하는 자세

유리천장에
관심을 가져야 하는
이유

서서히

유리천장. 상상해보면 정말 아름답지 않은가? 유리로 쫙 펼쳐진 천장이 머리 위에 존재한다고 생각해보라. 투명한 유리를 통해 우리는 하늘과 태양과 날아다니는 새들을 볼 수 있을 것이다. 갑갑한 불투명 콘크리트 벽에 갇혀 살고 있는 보통의 우리 입장에서 유리로 만든 천장은 상상하면 아름답고 시원하며 홀가분한 느낌을 준다.

하지만 이 유리천장이라는 용어가 부정적인 의미를 내포하게 되어 유감스럽다. 1970년대 미국의 경제 전문 일간지인 월 스트리트 저널에서 처음 '유리천장Glass Ceiling'이라는 용어를 사용하기 시작했다고 한다. 그때부터 특히 여성에 대해 이 유리천장이라는 용어가 사용되어왔고, 보통 고위직을 밀지 못하거나 연봉 상승의 제한 등 여러 가지 차별을 의미하게 되었다.

유리천장은 그 존재 여부가 명확하게 드러나지 않고 증명하기가 까다롭기 때문에 여전히 사회적으로 많은 논란을 불러일으키고 있다. 하지만 피해자가 분명 존재하기에 우리는 유리천장의 존재를 인식하고 이를 해결하기 위한 노력을 해야 한다.

유리천장이란 용어는 일반적으로 충분한 능력을 갖춘 여성이 성적 또는 인종적 차별로 인해 불이익을 받는 경우에 한정되어 사용되었으나 최근에는 여성뿐만 아니라 모든 소수자에 대해 범용적으로 적용되기도 한다. 나 역시 이 부분에 대해 정확한 학문적 지식은 없지만 유리천장의 의미를 생각해보았을 때 꼭 여성에 국한해서 사용되어야 하는 용어는 아니라고 생각한다. 남성 역시 특정 집단 내 특정 부분에 있어 소수자에 속한다면 유리천장을 경험할 수 있다고 본다.

예를 들어, 사내 S대 라인이 있어 서로 밀고 끌어주는 커뮤니티가 형성되어 있는 경우 S대 출신이 아닌 직원은 남자든, 여자든 그 라인에 낄 수 없다. 그들은 라인에 끼지 못했다는 이유로 승진이나 연봉에 불이익을 받을 수 있는 것이다. 그렇게 유리천장은 여러 가지 형태로 확장되고 있고 이제는 비단 여성에게만 해당되는 사항은 아닐 것이다. 물론 여전히 여성을 중심으로 유리천장이 강하게 형성되어 있다는 것을 부인할 수 없을 것 같다. 왜냐하면 내가 다니는 직장뿐만 아니라 주변의 친구 및 지인들이 다니고 있는 직장에서도 여성 간부나 임원은 정말 찾아보기 어렵기 때문이다. 직장 내 여성인력 자체의 비중이 적은 경우를 감안하더라도 이렇게 여성 팀장 또는 임원이 없을 수가 있나 싶을 정도로 정말 심각하게 찾아보기 어렵다.

앞서 말한 대로, 유리천장은 다양한 형태로 확장되고 있고 차별의 종류도 다양해지고 있다. 예전에는 성Gender 차별이 중심이었다면 최근에는 학벌, 출신 지역, 보유 재산, 부모님의 직업, 술이나 담배를 하는지 여부 등이 모두 차별의 대상으로 적용되고 심지어 이에 따라 직장 내 불이익을 받기도 한다.

내가 아는 한 선배는 회사 내 촉망받는 신생 부서로 부서 이동을 하게 되어 매우 기뻐했다. 들어가기도 까다롭고 아무나 뽑지 않기로 소문난 부서였기 때문에 선배는 자부심을 가지고 열심히 일했다. 그런데 아무리 열심히 일해도 고과 평가 결과가 늘 좋지 않았다. 심지어 승진 대상이었던 해에는 승진에서 누락되고 팀 내 아직 승진 대상자가 아닌 다른 팀원이 먼저 발탁되기까지 했다. 그 선배가 팀 내에서 쌓은 실적이 높았기에 본인도 수긍하기 힘든 결과였고 나를 포함한 주변 사람들조차 매우 의아하게 생각했다. 승진 발표가 모두 끝난 후 그 선배는 놀라운 사실을 발견했다. 부서에서 본인을 제외한 나머지 팀원들 모두 아버지가 현 회사 계열사의 임원들이었던 것이다. 선배는 이 사실을 알게 되자마자 퇴사를 했다. 더 이상 그 부서에서 열심히 일해본들 '높으신' 아버지를 둔 다른 팀원들의 고과를 밑에서 받쳐주는 역할밖에 할 수 없으리란 것을 직감했던 것이다.

남녀노소 우리 모두가 유리천장에 관심을 가져야 하는 이유가 여기에 있다. 우리는 어떤 분야에서는 메이저리티에 속할 수 있지만, 또 다른 분야에서는 마이너리티에 속할 수 있다. 항상 안전한 메이저리티에 속하기 어려운 세상이라는 거다. 유리천장은 다양한 차별 기준을 생성해 내면서 맑고 푸르며 누구에게나 공평한 하늘을 점점 더 뒤덮고 있다.

어떠한 분류 기준이 들이닥쳐도 메이저리티에 속할 자신이 있는가? 그래서 늘 메이저리티에 속하기 위해 영혼까지 팔 각오로 전전긍긍하며 살 것인가? 아니면 메이저리티, 마이너리티 구분 없이 편안하고 공정한 세상이 되도록 관심을 가지고 목소리를 내며 유리천장의 확장을 막을 것인가? 선택은 당신의 몫이다.

얼어 죽을
가족 같은 회사는
무슨

변한다

'또 하나의 가족'을 표방한 회사를 오래 다녀 참으로 익숙한 그 이름, 가족 같은 회사. 예전이나 지금이나 어째 탐탁하지 않다.

유새빛의 『우리에게는 참지 않을 권리가 있다』를 떠올려봤다. 신입사원이 성희롱을 당하고 100일 동안의 실제 이야기인데 서서히와 변한다는 어땠었나. 감히 때려 맞히건대 '할많하않'보다 '할많하귀(할 말은 너무 많지만 하기 귀찮다)'에 가까울 것 같다. 순도 99% 남성 중심 회사에 오랫동안 다녀 젠더에 무디고 둔감해진 측면도 결코 간과할 수 없다.

저자에게 악몽이었던 2017년이나 지금이나 예전이나 이 시셔운 놀림노래 같은 뻔한 이야기에 사실 머리 지끈거리는 건 매한가지다. 그런데 말이다. 예전부터 늘 궁금했던 게 있다. 먼저 서서히와 변한다가 다녔던 가족 같은 기업, 저자가 다녔던 여성 친화 회사 이런 걸 들으면 드는 생각 하나, 왜 무시무시한 전장에서 가족이고 꽃 같은 걸 찾는지 도대체 번지수가 틀려먹었다. 단언컨대, 가족은 가정에, 꽃은 꽃집에 있다.

문제는 말이다. 가족, 친화란 이 착하고 포근한 단어들이 쳐 놓은 덫으로 인해 우리는 불편한 말들과 도 넘는 행위와 예의 없는 상황을 보고 듣고도 뜬눈으로 그저 꿀꺽 삼킬 때가 있다는 거다. 사실 내 경우는 일일이 지적하기 어려울 정도로 일상이 되어버렸다. 이보다 가장 큰 문제는 언제부터인지 모르겠지만 싹 다 외면하고 싶은 내 본마음이었다. 하나하나 따지다가 제풀에 꺾여 쓴웃음으로 모른 척… 그만큼의 괴로움으로 마음은 곪아갔다. 그래, 어쩌면 곪다 터져 신고하거나 문제를 제기하는 사람, 이를 뜯어말리고 협박하거나 조언이랍시고 훈수를 두는 사람, 이조차도 모른 척 방관하는 사람, 각자의 위치에선 그게 가장 최선이었다며 위로하면서.

참지 않고 샤우팅할 권리는 누구에게나 있다. 허나 그 권리의 행사를 하나 마나는 사실 본인 몫이다. 강요하거나 다그치는 건 분명 선을 넘는 거다. 뭐든 꼭 그래야 한다는 법은 없다만 나이 들수록 점점 확실해지고 단단해지는 것은 더는 비겁하고 싶지는 않다는 굳은 마음. 더는 지나치지 않으리, 더는 매몰되지 않으리.

부디 저자가 여성 친화 기업에서 퇴사하지 않고 잘 다

유리천장을
대하는 자세

넜음 좋겠는데 말이다. 어딜 가도 뒤통수 후려칠 의외의 변수는 늘 있으므로 지금 처한 현실서 벗어나고자 무턱대고 도망치지 말았음 좋겠다. 냉정하게 스스로 책임질 수 있을 만큼만의 책임은 지면서 말이다.

결국 소득이나 승진뿐만 아니라 진정 '존중의 불평등'이라는 악순환을 끊어야 그 속에 속한 남자도 여자도 다 행복해진다는 그 진리는 정말 맞다. 사실 행복은 별 게 아니니까. 『행복의 기원』 저자 서은국 교수님께서 말씀하셨듯이 행복은 아이스크림 같은 거니까. Being에 맞추는 것, 아이스크림은 녹으니까 입속에 들어가면 끝이니까 지금 현재 라잇 나우에 충실하면 돼.

문득 떠오르는 뚜렷한 기억 두 가지.

하나, 어느 뷔페식당에서 내 옆에 있던 분의 멘트.

"나랑 변한다랑 부부 같지 않니?"

양 사이드에서 흔들리는 수많은 동공들, 나 참, 부부로 보이면 도대체 어쩔 거요!

둘, 거제 어느 횟집에서 게슴츠레 뜬 눈으로 내 앞에 있던 분의 멘트.

"아, 질펀하게 섹스하고 싶다."

후다닥 자리를 파하고 헐레벌떡 뛰쳐나왔던 그 다급했던 순간. 뭐 누구랑 뭘 하고 싶다고? 내가 관심법 궁예도 아니고 애써 분석할 필요까진 없지. 진짜 나를 가족같이 생각해 무심결에 튀어나온 마음의 소리인지, 격무에 시달려 그동안의 욕구불만인지 뭔지 알게 뭐냐. 지겹다, 정말.

그래, 그건 결국 청자인 변한다를 존중하지 않는 거였다. 불행이나 참담까진 쓰지 않겠다만 황당, 당황 정도로 해두자. 그러니까 '존중'이 필수적이라는 거다. 존중을 받는 이 순간이 행복이고 내 존엄이 지켜지는 이 찰나가 행복인 거다. 즉 총량보다 빈도고 하나의 점이다. 그 점이 모여 삶 전체가 되는 거고. 인간은 어차피 망각의 동물이기 때문에 당 떨어질 만하면 초콜릿 먹듯 행복도 똑같다.

우리가 하루에 보통 여덟 시간에서 길게는 열두 시간 넘게 있게 되는 회사라는 공간이 살가운 가족 같기보단 우선 인간다운 존엄이 지켜지는, 그때그때 행복한 곳이었음 좋겠다. 만약에 창업을 하게 되면 1순위는 그런 공간을 지켜내는 일관성을 꼭 지닐 거다. 정말 약속한다.

끝나지 않는
유리천장
앞에서

서서히

2006년, 업무 차 지방의 어느 한적한 시골 마을로 출장을 가게 된 H는 신이 났다. 입사 2년 만에 첫 출장이었고 혼자 가는 것이었기에 막중한 책임감을 띠고 일할 수 있기 때문이었다.

업무 성취감을 중요하게 생각했던 H는 이번이야말로 내가 혼자서도 이 정도의 일은 가뿐히 처리해낸다는 것을 보여줄 수 있는 기회라고 생각했다. 산골 마을에 위치한 회사의 연수원에서 특정 직군의 관리자급을 모아 놓고 교육을 진행했는데, H의 역할은 교육이 성공적으로 마무리될 수 있도록 지원하는 것이었다.

교육이 성공적으로 잘 끝나고 산골 마을에서 겨우 찾은 돼지고깃집에서 다 같이 석식을 진행하였다. 얼굴도 모르는 웬 임원이 참석하신다고 했고 다들 살짝 긴장되어 보였다. 모두 술이 얼큰하게 취할 때쯤 그 임원이 도착했고 그때부터 술자리는 다시 시작된 듯 보였다.

누군가 말했다.

"교육 출장은 이렇게 밤에 술 마시는 재미로 오는 거지~!"

거나하게 취한 사람들이 마침 식당에 있던 노래방 기계로 노래까지 열심히 부른 후에야 회식은 끝이 났다. 연수원 숙소로 돌아가는 건 식당에서 제공한 조그마한 승합차를 이용할 수 있었는데 인원이 많아 다들 좁게 붙어 앉아야 했다. 교육생들을 먼저 태우고 맨 마지막으로 승합차를 오르던 H는 빈자리가 하나도 없음에 당황했다.

그때 또 누군가 말했다.

"H씨는 상무님 무릎에 앉아 가면 되겠네!"

그 말에 승합차 안에 있던 거나하게 취한 사람들 모두 '하하하하' 웃음꽃을 피웠다. 어디 앉아야 할지 몰라 작은 승합차 안에서 엉거주춤하게 앉지도 서지도 못하는 H를, 중앙에 혼자 널찍한 자리를 차지하고서는 편히 앉아 있던 그 임원이 잡아끌어 본인의 무릎에 앉혔다. 순식간에 일어난 일이었고 사람들은 그때까지 '하하하하' 웃고 있었다.

그렇게 차는 출발했고 숙소까지는 비교적 짧은 거리였지만 H에게는 몇억 년의 시간인 듯 느껴졌다. 찰나의 시간이라 무슨 말을 해야 할지, 어떤 반응을 보여야 할지 혼란스러워하는 사이 숙소에 도착했고 차가 멈추자마자 H는 부리나케 문을 열고 뛰어내렸다.

다음 날, 회사에 복귀한 H는 팀장에게 이 사실을 곧바로 알렸고 자신이 보고 듣고 느낀 모든 것들을 글로 적어

유리천장을
대하는 자세

제출했다. 팀장은 H에게 본인이 빌 테니까 제발 이 사건을 공론화하지 말아 달라고 부탁하며 애원했다. 그날 H를 무릎에 앉힌 임원이 팀장 자신의 고과 평가를 담당하고 있어 본인에게 불이익이 생길까 우려했던 것이다. H가 그동안 보고 겪은 팀장은 좋은 사람이었다. H는 팀장의 부탁에 마음이 약해져 그날의 일을 마음속에 묻었지만 이후 업무 관련 모든 출장에서 배제되었다.

2013년, K는 회의실에 팀장과 마주 보고 앉아 있었다. 이번 고과 평가에 대한 면담 자리였기에 분위기는 매우 무거웠다. 조용한 회의실에 휑뎅그렁하게 걸려 있는 동그란 사무용 벽시계만이 째깍째깍 소리를 내고 있었고 그 소리가 침묵 속에 굉장히 크게 느껴졌다.

마침내 침묵을 깨고 팀장이 말했다.

"K씨(K의 직급은 과장이었으나 여직원은 이상하게 직급보다 '~씨'로 불렸다)는 남편도 같은 업종에 있댔지? 회사가 어디랬어?"

"A사요."

"아이고, 좋은 회사 다니네. 거기가 우리 회사보다 연봉도 많이 주는 걸로 알고 있는데. K씨까지 돈 벌 필요 있어?"

"……."

"알고 있는지 모르겠는데 B과장이랑 C차장 다 외벌이야. 애도 둘씩이나 있대. 어쩌겠어. 고과라도 챙겨줘야지.

K씨 열심히 한 거 다 아는데 이번엔 좀 양보해줘. K씨는 남편도 벌고 애도 아직 없잖아. 안 그래?"

2020년, P는 경력 채용을 통해 차장 직급으로 입사했다. 팀장은 P에게 종종 이렇게 말하곤 했다.

"우리 와이프가 P차장이랑 동갑이에요."

팀장과 불과 서너 살 차이였던 P는 그럴 수도 있겠거니 생각하고 대수롭지 않게 넘겼다. 하지만 이후 팀장은 말끝마다 P에게 '우리 와이프'를 들먹였다.

"P차장이 말하는 게 딱 우리 와이프랑 똑같아요. 아, 기분 나빠질라 그래. 집에서도 맨날 혼나는데."

"P차장도 그렇게 생각해요? 우리 와이프도 그러던데…… 여자들은 다 똑같구만."

"P차장이 우리 와이프였으면 와…… 생각만 해도 끔찍합니다. 전 같이 못 살 것 같아요."

팀 내 유일한 여직원이었던 P는 생각했다. 왜 회사에서 자꾸 유독 내게만 '우리 와이프'를 들먹이는 건지……. 여직원을 보면서 '우리 와이프'를 떠올리는 팀장을 이해하기 어려웠다. 남직원, 여직원 구분 없이 공적으로, 업무적으로 공평하게 대하면 여직원에게 자꾸 '우리 와이프' 따위의 단어를 내뱉을 일이 없지 않을까? P는 팀원들 앞에서 팀장이 자신에게 자꾸 '우리 와이프'를 들먹거릴 때마다 얼굴이 화끈거리고 수치심을 느꼈다.

'팀장은 나를 다른 남직원들과 평등한 〈직원〉으로 보는 게 아니라 〈여성〉으로 보고 있구나'하는 생각이 들었고 관련된 언행을 자꾸 팀원들 앞에서 표현함으로써 그의 이런 생각을 팀원들에게까지 알게 모르게 전이시키고 있는 것 같아 매우 불쾌감을 느꼈다.

알지도 못하는 팀장의 '우리 와이프'와 비교당하는 것도 모자라 회사에서 '직원'이 아닌 '여성'으로 받아들여지고 있다는 그 점이 P는 정말 싫었다. 차라리 팀장이 다른 직원과 업무 능력이나 성격 측면에서 비교를 했다면 그게 더 참을 만할 것 같았다.

누군가와 비교한다는 것 자체가 훌륭한 리더십이라고 여겨지진 않았지만 그래도 기왕이면 동등한 그라운드에서 비교당하고 싶었다. P는 왜 팀장으로부터 그의 와이프와 비교당해야 했을까.

위 사례들은 내가 직접 겪은 것과 주변에서 들은 것을 혼재해서 적었다. 내 또래 40대 여성 직장인 중 이러한 류의 일을 겪어보지 않은 사람은 극히 드물 것이라고 본다. 시대가 그러했고 사람들의 의식 수준이 그러했으며 제도적, 구조적 환경이 그리했나.

특정한 누군가, 무언가만 탓할 수는 없다. 상황에 맞닥뜨렸을 때 공허한 주먹질 한번 해보지 못하고 침묵한 채 당하기만 했던 우리 역시 무죄일 순 없을 것이다.

네이버에 검색해보면, 유리천장은 '여성과 소수민족 출신자들의 고위직 승진을 막는 조직 내의 보이지 않는 장벽'이라고 정의되어 있다. 내가 열거한 내용들은 성희롱, 폭언 등의 다소 무거운 사례들을 가져왔으나 이 역시 유리천장의 일종이라고 생각한다. 여성들이 직면해왔던, 직면하고 있는, 앞으로 직면하게 될 이런 사례들이 결국 그들의 조직 내 성장과 승진을 가로막는 큰 요소로 작용한다. 성희롱, 폭언 앞에서 승승장구할 수 있는 씩씩한 여성 직장인은 많지 않다.

우리는 흔히 두 번째 사례와 같이 여성으로서 받는 승진상 불이익에 한정해서 유리천장이라고 표현해왔지만 사실은 여성 직장인이 맞닥뜨리는 모든 부조리하고 불공정한 사건, 사고들(심지어 성범죄도 포함)이 이들의 발전을 가로막는 유리천장인 것이다.

크고 작은 유리천장들을 감내하면서 꿋꿋이 직장생활을 유지해온 지금의 40대 직장 여성들에게 진정 박수를 보내고 싶다. 일부 남성들이 승진을 위한 업무 능력 확장, 고위 임원과의 술자리/담배 타임 및 사내 정치에 집중하며 승승장구할 때, 일부 여성들은 성희롱을 당하면서 전전긍긍하고, 남성이라면 들을 필요도 없는 폭언에 밤잠 설치며, 불공정한 평가에 억울한 눈물을 흘리며 세월을 보냈다. 그들에게 업무 능력 확장이나 사내 정치 기회는 주어지지도 쟁취하기도 어려운 꿈이었다.

다소 도전적인 소수의 여성 직장인은 이 와중에도 사내 정치를 꿈꾼다. 남자들처럼 윗사람들과 어울려 자주 술을 마시고 피지도 않는 담배 연기를 맡으며 담배 타임에 따라나선다. 그러나 남직원만큼 수월하지 않다. 이들은 고려할 게 많기 때문이다. 소위 '잘나가는' 라인에 붙기 위해 윗사람과 친해지고 싶어도 여직원은 쉽지 않다. 친해지기 위해 어쩌다 식사나 술자리라도 가지게 되면 사람들은 '남녀 프레임'을 씌우며 수군수군댄다. 이런 경험을 한 고위직 임원은 여직원을 피하기 시작한다. 점점 더 많은 기회와 친분이 남직원에게 집중되고 여직원은 점점 한직으로 밀려나곤 한다.

물론 일부 사례를 가져온 이야기이므로 대한민국의 모든 회사가 이럴 것이라는 오해는 금물이다. 하지만 유리천장은 앞으로도 끝나지 않을 것이다. 실력만으로 평가받는 직장생활을 후배들이 영위할 수 있도록 지금 내가, 당신이, 우리가 꾸준하게 목소리를 이어가는 수밖에 없다.

위기의 강을
꿋꿋이
건너는 중입니다

변한다

'난 누우면 바로 기절이야.'

동갑인 동료에게 이야기했다. 그도 그렇다면서 나이가 들면 잠이 잘 안 온다는 게 현실 불가능한 거짓말 같다고 했다. 나 역시 침대 곁에 가자마자 바로 블랙아웃 수준이다. 누가 꼬집어도 발로 차도 모른다. 아마도 현실을 잊고 싶은 강렬한 의지에서 비롯된 융단 폭격 딥 슬립인지도 모르겠다만.

숨 가쁘게 조여오는 복잡다단한 일상 속에서는 하완의 『하마터면 열심히 살 뻔했다』 같은 책들로 한숨 몰아쉬는 것도 좋을 것 같다. 노력하지 않는 삶은 실은 본인도 처음, 그럼에도 불구하고 자신의 인생을 내건 모험 같은 실험이라고 털어놓는 저자의 반의 반만큼이라도 나는 과연할 수 있을까. 천성이 그리 여유롭지 않은 내 꼬라지를 너무나 잘 알기에 실천을 단행한 저자에게 존경을 표한다.

종.종.거.리.다. 내 지난날들을 다섯 글자로 표현하면

유리천장을
대하는 자세

그러하다. 어디에 내놔도 참 부끄럽지 않게 열심히 아둥바둥하며 살았다. 조선해양공학과도 아니고 기계공학과도 아닌 '문송(문과라서 죄송합니다)'인 내가 하고많은 회사 중 중공업을 갔던 이유는 딱 두 가지였다. 더 단단하게 보장된 정년과 높은 연봉, 그동안의 지리했던 분주함과 고생을 달래줄 당근이었기에 혹하지 않을 수 없었다. 정말 영원할 줄만 알았고 그 선택을 추호도 의심하지 않았다. 임원 면접 때 거제에 뼈를 묻겠다고 당당히 이야기했으니까. 물론 입사하고 하루라도 빨리 시골 촌구석을 탈출하려고 안간힘을 쓰긴 했다만.

허나 어디든 완벽한 유토피아는 없었다. 보장된 미래도 현실엔 존재하지 않는다는 걸 극렬히 깨닫게 해줬다. 입사 후 나는 막막했던 롤러코스터 내리막길과 저 멀리 끝이 보였던 오르막길 둘 다 신나게 경험을 했지. 여태껏 아니라고 부정했지만 지금 와서 생각해보면 전 직장은 14년 삶의 전부였고 비빌 언덕이었고 더 큰 나로 성장해준 성장판 같았다. 두 손 꼭 모아 고마울 뿐.

물론 지금까지 버텼다면 어떻게 지내고 있을지 잘 모르겠다. 만족이나 하고 있을지, 또 다른 고민에 휩싸여 있을지 가늠조차 힘들다. GO인지 STOP인지 헤맬 때 때마침 회사 사정도 어려웠고 승진도 내 맘대로 되지 않았으며 대기업 그늘에 가려 내 아이덴티티를 회사에 꾸역꾸역 맞추는 건 딱 그만하고 싶은 마음이 컸다. 마흔쯤에 내 커리어에 제대로 열을 내고 싶었고 '사는 것처럼 살아내려면 가끔 일어나는 마찰, 소요 따윈 굳이 겁낼 필요는 없잖아. 한번 사는 인생 대충 뭉개고 살고 싶진 않았어. 좀더 쓸모 있는 인생이 뭔지 찾아나서야겠다'는 생각에 시청으로 자리를 옮기게 되었다.

40대 중반을 향하는 지금은 마음 단단히 먹고 하는 퇴사 등의 극단적인 실험보단, 평범한 일상 속에서 작은 재미부터 찾아보려고 시도 중이다. 세월아 네월아 걸어가든, 헐떡이게 뛰어가든, 팔을 휘휘 내저으면서 빠른 걸음으로 가든, 나를 지나쳐가는 풍경들은 빠짐없이 눈에 담고 싶다. 매번 소소한 흥미를 느끼면서 말이다.

퇴근 후 5킬로미터 남짓한 근처 천을 따라 걷는다. 가끔가다 개 줄을 묶지 않고 자유롭게 산책하는 주인에게 강렬한 레이저 눈빛을 발사하기도 하고, 농구대 네트가 헤졌으면 관련 과에다 수리를 요청하기도 하고, 송가인이 하는 모 광고 플래카드가 나무 사이에 걸려 펄럭이고 있으면 바로 신고하기도 한다.

바람에 실려 오는 꽃내음 맡으며 천연기념물 큰고니 가족이 왔다는데 우연히 마주치진 않으려나 부푼 기대를 안고 차분히 걷다 보면 회사에서 입으로 눈으로 욕하고 분투하며 내내 널뛰었던 내 마음도 서서히 가라앉는다. 요이땅! 구령에 맞춰 느끼는 게 아닌데 우린 너무 행복에 대한 기대를 하고 준비를 한다. 참으로 미련스럽게 말이

유리천장을
대하는 자세

다. 마치 뭐 대단한 것처럼 벼르고 벼른다. 그러고는 쉽게 실망하기도 한다. 세상이 나를 버렸네, 다시 태어나야 하네, 운이 더럽게 없다네 등…….

솔직히 행복이 뭐 별거냐. 그리스의 시인이자 소설가인 니코스 카잔차키스는 행복에 대해 말한다. 모든 불행을 견디는 것이라고. 50년 영화 인생 끝에 〈미나리〉를 통해 한국 배우 최초 오스카 연기상을 받은 윤여정 선생님을 보며 콧잔등이 시큰거렸다. 특히 두 아들의 응원 덕분에 일을 놓지 않았다는 말에 눈물이 왈칵, 가슴이 쿵.

암울했던 시간을 꿋꿋이 버티고 이겨내고 자신의 일을 반복적으로 해왔던 '존버'의 승리가 아니고 무엇이더냐. 그래, 만약 우리가 지금 위기의 강을 건너는 중이라면 일단 건너보는 거다. 건너지 않고는 막상 어디에도 도달할 수 없으니 헤치고 가긴 가야 하는 것. 군소리 말고 한 발 내딛어보는 거야. 힘 좀 빼고, 기대도 말고, 평범한 어제처럼 오늘처럼 내일처럼.

고난은
더 큰
고난으로

서서히

오늘 하루를 망쳤다. 누구 탓도 아니고 나 스스로 마인드 컨트롤을 못한 탓이다. 나이가 마흔이 넘어도 마인드 컨트롤 하나 제대로 하지 못한다는 것이 부끄럽기도 하고 속상하기도 하다. 이 지긋지긋한 직장생활에서 이제는 알 거 다 알고, 포기할 거 다 포기할 수 있는 시기도 되었건만 왜 이렇게 아직도 구질구질하게 마음 관리 하나 제대로 못하는지 스스로가 참 답답한 그런 날이다.

　직장생활은 정말 쉽지 않다. 신입사원 시절부터 지긋지긋하게 겪은 숱한 차별과 부조리함, 그러한 일들이 반복되며 가슴속에 축적된 괴롭고 억울한 마음들. 나이 마흔이 되면 그것들로부터 자유로워질 수 있을 줄 알았다. 마흔이 '불혹'의 나이라던데 여전히 내 마음은 표면적으로 정의를 부르짖고 내적 은밀한 곳에서는 욕심을 불태우며 미혹되고 있다. 내 위주로 결론 지은 차별과 부조리함을 계속해서 곱씹으며 그 육즙으로 온몸을 적시며 스스로를 괴롭히

유리천장을
대하는 자세

고 있는 것이다. 나쁜 생각은 꼬리에 꼬리를 물고 '나는 옳고 그들이 틀렸다.' 또는 '나는 그들의 부조리함을 멸종시키기 위한 정의를 부르짖고 있는 것이다.'라는 식의 프레임을 형성하며 점점 강력하게 내 마음을 지배한다.

오늘이 딱 그런 날이었다. 암울함 프레임에 스스로를 가둔 나는 거기서 쉽사리 벗어나지 못했고 종일 우울한 기분 속에 침잠되어 있었다. 불행 중 다행인 것은 내가 술을 좋아한다는 것이다. 이 우울한 기분에서도 술은 마시고 싶었던지, 사무실 옆자리에 앉아 계신 분이 저녁 때 삼겹살에 소주를 제안했을 때 살짝 기분이 좋아졌다. '그래, 삼겹살엔 소주지.' 하면서 말이다.

새로운 조직으로 이동한 후, 옆자리 분과 자연스레 친해졌는데 둘이서 저녁을 먹은 건 처음이었다. 그분은 아이를 두 명 키우고 있는 워킹맘이었는데 회사에서 항상 밝게 웃고, 예의 바르고, 윗분들에게도 정말 깍듯한 터라 내 눈에는 마치 부처님같이 느껴졌다. 정말 화나고 미치고 팔짝 뛰어야 할 상황이 와도 흔들림 없이 웃으면서 자기 자신을 바짝 낮추는 그런 분이었다. 늘 그렇게 문제를 해결해가는 모습이 내겐 굉장히 인상적이어서 본받고 싶었다.

도톰한 삼겹살을 구우며 회사에서 나와는 너무 다른 평온한 모습에 반했다며 그분에게 살며시 비결을 물었다. 그랬더니 그분이 정색하며 대번에 하는 말.

"시어머니랑 6년 정도 같은 집에서 살아보세요. 직장

생활? 아무것도 아닙니다."

이 말이 참 웃기면서도 마음이 아팠다. 결국 고난은 더 큰 고난으로 이겨내야 하는 것인가.

'오, 하나님, 부처님, 존재하는 모든 신들이시여, 왜 인간에게 이렇게 끝없는 고난의 굴레를 주시나이까. 도망갈 구석은 정녕 없는 것이옵니까!?' 진심으로 묻고 싶었다.

마치 마취제 없이 배를 가르는 수술을 할 때 다리를 먼저 잘라내는 것과 같은 원리라고 할까. 다리를 잘라버리면 그 고통에 배를 가르는 고통은 못 느끼는 거다. 기적의 논리라서 무릎을 칠 뻔했다.

나 참, 우리 인생 너무 '빡쎈' 거 아닌가? 더 큰 고난을 맞닥뜨려본 적이 없어서 고작 회사생활에 분통 터뜨리는 나 자신이 참 곱게 자란 온실 속에 화초 같다는 생각이 들었다. 삼겹살을 더욱 바삐 구우면서 반성하고 또 반성했다.

'이 돼지의 목숨을 한 끼 식사로 앗아갈 만큼 나라는 인간은 존재 가치가 있는가. 아직도 세상은 내가 모르는 질서와 원리와 규칙이 수두룩하고 그것들에 의해 돌아가는데 그것의 백만 분의 일도 이해하지 못한 채 티끌만큼 사소한 일들로 일희일비하며 하루를 허비한 나 자신은 과연 이 돼지를 먹을 자격이 있는가. 차라리 숯불에 누워 사람을 이롭게 하는 이 돼지의 삶이 더 존재 가치가 있구나.'

만감이 교차하며 머리가 복잡했다.

최근 들어 시어머니와 함께 사는 며느리들을 내 주변

에서는 거의 보지 못했다. 특히, 20-30대 부부 중엔 특별한 이유가 있지 않고서는 정말이지 눈을 씻고 찾아봐도 없는 것 같다. 내가 결혼할 즈음까지만 해도 시부모님을 모시고 신혼 생활을 시작하는 친구들이 꽤 있었다. 물론 나의 윗세대는 말할 것도 없이 그 비중이 더 높았을 것이다.

내 또래의 40대 부부들도 신혼 초 주거, 육아 문제 등으로 시부모님과 함께 살다가 시간이 흐르면 대부분 분가해서 따로 살고 있는 경우가 많다. 그런데 사무실 옆자리 분을 발견한 것이다. 비교적 최근까지 시부모님을 모시고 살아온, 정말 희소성 있는 보석 같은 분이다. 심지어 이분은 남편이 해외에서 근무 중이라 혼자 아이 둘을 데리고 시부모님과 함께 살았다고 한다. 아이를 시어머니께서 봐주셔서 많은 도움을 받기도 했지만 남편도 없이 시어머니와의 갈등을 홀로 견디며 6년이라는 시간을 보내는 동안 이분은 마음의 병이 생겼다. 그때 생긴 불면증과 신경증으로 지금까지 정기적으로 약을 복용하고 있다고 했다.

얼마 전, 집에 엄마가 다녀가셨다. 지방에 계신 엄마가 우리 집에 오는 건 거의 2년에 한 번 정도 있는 매우 드문 일이라서 난 조금 설렜다. 엄마가 오시면 맛있는 것도 많이 먹고 여기저기 좋은 곳에 모시고 다녀야겠다고 생각했다. 하지만 생각과 달리, 엄마가 계신 집은 솔직히 불편했다. 내가 불편했을 정도면 엄마는 정말 한시바삐 뜨고 싶으셨을 것이다. 오랜 시간 다른 공간에서 각자 생활하던 사람들이 모여서 한집에 산다는 것은 정말 쉽지 않은 일이다.

엄마는 집 안 곳곳을 들쑤시며 잔소리를 하기 시작했고 엄마의 방식대로 뭐든 바꿔 놓으려 하셨다. 난 우리 집까지 와서 쉬지 않고 집안일을 하려는 엄마가 안쓰럽고 속상해서 결국 소리를 질렀고 그제야 엄마는 모든 집안일에서 손을 떼셨지만 이미 감정은 상하신 뒤였다. 모녀간의 추억 돋는 시간 만들기를 내심 기대했던 엄마도 나도, 결국 상처뿐인 기억만 안고 헤어지게 되었다.

불과 사흘 정도의 시간을 다른 분도 아니고 우리 엄마와 집에서 보내는 것도 쉽지 않았는데, 시어머니와 6년을 함께 지냈다는 그분의 인내와 노고는 감히 상상하지도 못하겠다. 그분을 살아 있는 보살로 인정하기로 했다. 내가 감히 따라 하거나 범접할 수 없는 경지에 계신 걸로.

직장생활이 힘든가? 집에 가도 마음이 편치 않은가? 더 큰 고난을 일부러라도 맞닥뜨려보라. 지금의 고난이 정말 대수롭지 않은 먼지처럼 여겨질 것이다. 나름 신박한 해결책 아닌가?

내 인생의 추어탕을
남김없이 먹는
마음으로

변한다

한 인터넷서점에서 광고를 세게 하는 걸 봐서 참 궁금해 『나의 하루는 4시 30분에 시작된다』를 읽었다. 그래, 요즘 나 이대로 쭉 살아내기 싫었나 보다. 봄바람도 살랑 부니 미완의 변화라도 깔짝거리는 시도가 필요했던 모양이다. 참 더할 나위 없이 부지런하고 정열적인, '넘사벽'인 저자를 보고 화들짝 놀라버렸다.

4시 30분에 일어나 독서, 운동을 하고 6시 30분에 출근해 일하다 점심시간 동안 영상 편집 등 자기 취미 생활도 하면서 하루를 참 바쁘게 쪼개어 잘 활용하더라. 이제 기억도 제대로 나지 않는 내 2030은 뭘 했던가, 회한이 스멀스멀 밀려왔지만 일단은 묻어둔다.

책을 보니 월트 디즈니의 밥 아이거 회장님도 애플의 팀 쿡 사장님도 다 새벽 4시 언저리에 일어나신다. 근데 4시에 일어나려면 12시 전에는 자야 될 텐데 그러려면 가족의 루틴도 비슷해야 하는데 말이다. 내 일상으로 돌아

와보면 틀림없이 '미션 임파서블'일 테니 참 아쉽다.

화목금은 학원 때문에 아들이 8시는 넘어 들어온다. 토요일은 남의편님이 느지막이 시작한 MBA 공부 때문에 내가 아이를 전담 케어해야 한다. 그래, '그래도 내가 낳은 내 새끼인데 최소한의 의무는 해야겠지' 하는 오직 그 마음 하나로.

따박따박 숙제 검사는 물론이거니와 '선행학습은 잘 되어가냐. 너네 선생님이 보살이 아닌 보통 사람이니까 눈치껏 개겨라. 온라인 수업 때 딴짓하면 핸드폰 버려버린다. 이걸 다 맞았다고? 설마 답 보고 하는 건 아니지. 네 이놈 답지 어딨어?' 등등 아들 이 모 군과 주거나 받거나 상대하다 보면 시간은 쏜살같이 가고 금세 정말 자야 되는 '미드나잇'이 되곤 한다.

그럼에도 불구하고 종종 듣는 말은 다음과 같다.

'엄마가 하는 일이 도대체 뭐 있어? 집안살림 다 할머니, 아빠가 하고 엄마는 책만 읽는데, 무슨 책 읽는 게 일이야?'

그래, 그럴 법도 하지. 생모는 출산 휴가 3개월만 쓰고 남쪽 도시로 일하러 내려갔고 할머니 손에 컸으니 아들에게는 엄마가 갈아 넣은 열정과 시간은 도무지 보이지 않을 수도. 그래서 무자식이 상팔자라는 말이 있나 보다.

사실 난 언제부터인가 추어탕을 보면 맛이 없든 있든 한 점의 국물도 남김없이 먹는 버릇이 생겼다. 미꾸라지를 삶아 체에 곱게 걸러 그 구수하고 걸쭉한 국물을 내기까지 얼마나 끓이고 끓였을까. 누군가의 피, 땀, 눈물에 실로 감정이입이 되곤 한다.

그래, 매일 인정 투쟁하는 나같이, 평판을 조금이라도 신경 쓰는 사람들은 '엄마가 되어서 아이에게 그렇게 시간을 투자 못 하냐'고 '공부는 다 때가 있는데 놓치고 후회하지 말라'는 약간 삐딱한 시선과 숙덕거림 앞에서 치밀어 오르는 분노와 울분을 놔버리지 못할 때도 있다. 내 온몸은 갈아져서 어딘가에 투입해 적재적소에 쓰이고 있다고 자기 합리화를 함에도 불구하고 예고도 없이 불쑥 올라와 흘러넘치는 용암 같은 화는 어쩔 도리가 없다. 그러다가도 그렇게 내 수고를 더 이상 쓰지 말자 되뇐다. 자책감이나 불편한 시선은 '뭐 그까짓 것. 어디 한번 와볼 테면 와봐. 다 덤벼!' 하는 마음으로 너무 거기에 몰입되지 말고 스스로 옥죄는 끈을 조금씩 풀어보려 한다.

그래, 어차피 자신의 인생은 온전히 본인의 몫이다. 매일 숙제 검사 받는 사람처럼 종종거릴 필요가 없다. 인정받기 위해 혹은 그저 살기 위해 투쟁만 하면서 살기엔 모든 인생이 너무 짧다. 그러니 '뭐든 해! 무슨 생각을 혼자 그리 오래 해? 걱정 말고 그냥 들이대는 거지 뭐! 일찍 일어나고 싶음 눈에 멘소래담이라도 바르고 일어나. 늦은 밤 진한 카페라떼 먹고 싶음 먹어. 잠 좀 안 오면 어때. 벌건 눈으로 안 자면 되는 거지.' 하고 토닥토닥 나 스스로에게 말해주고 싶다.

고요한 밤,
야릇한 밤

서서히

회사에서 자리 이동을 했다. 이번 조직 개편에 따라 내가 속한 조직과 자리가 다 바뀌어버렸다. 다행히 먼 곳으로 가진 않고 원래 18층에 위치하던 내 자리가 지금은 16층에 있다. 대부분의 사람들이 퇴근한 조용한 시간에 하나씩 짐을 옮기는데 마음이 참 쓸쓸했다. 자리도 사람처럼 정이 드는지 내 자리를 옮기는 것이 왜 그렇게 싫던지.

새로운 조직에서 새로운 시작을 하는 것, 20-30대 젊은 시절엔 그렇게 바라던 '새로운 삶'이었는데 나이가 들수록 새로운 것을 받아들이는 것이 정말 낯설고 쉽지 않음을 느낀다. 그래서 나이가 들수록 진보보다는 보수 성향을 택하게 되는 건가 싶기도 하고. 점점 '변화'를 받아들일 용기도, 역량도, 에너지도 충분하지 못해서 그런가 보다 싶기도 하고. 별의별 생각이 다 든다. 벌써 이러면 안 되는데 큰일이다. 아무튼 오늘의 이 감성, 잊지 못할 것 같다. 뭔가 기분이 멜랑꼴리하다고 해야 할까.

유리천장을
대하는 자세

신입사원으로 입사한 첫 회사에서는 내 발로 변화를 찾아다녔는데 이제 40대가 되고 보니 한곳에 안주하고 싶어도 환경이 자꾸 나를 변화의 소용돌이로 밀어 넣는 느낌이다. 운명이라는 것이 참 얄궂다는 걸 느낀다.

　　요즘 운명처럼 느껴지는 사건들이 많아서 오늘 운명과 숙명의 차이를 찾아봤다. 운명은 운전할 운運, 목숨 명命을 써서 목숨을 스스로 운전해나간다는 의미이다. 즉, 동적인 의미를 내포하고 있는 거다. 숙명은 잘 숙宿, 목숨 명命을 써서 자고 있는 목숨 즉, 정적이고 수동적인 의미를 내포하고 있다. 내 선택에 의해 지금 이 회사, 이 자리까지 온 것이니 난 결국 운명에 의해 여기 앉아 있는 거라고 봐야 할 것이다. 이끌려 온 것이 아니라 내가 이곳으로 나 자신을 이끌어 온 거다. 그러니 내 행동에 책임지는 것도 당연한 거고. 그렇게 생각하니 불평불만할 이유가 전혀 없다. 책임지는 것, 난 또 잘하니까. 복잡한 계산 없이 단순 무식하게. 새로운 이곳에서 내 선택에 책임지며 잘 버티면 되는 거다. 가끔 지인들에게 전화해서 뛰쳐나가고 싶다느니, 퇴사하겠다느니 징징거리겠지만 뭐 이젠 지인들도 그러려니 하고 이해해줄 것이다. 어디 한두 번이어야지.

　　그렇다면 숙명으로 여겨야 할 일은 뭐가 있을까. 내가 아무리 발버둥 쳐도 이미 그렇게 될 수밖에 없었던 일? 난 아직 소녀 감성이 남아 있는지 '숙명' 하니까 러브스토리가 떠오른다. 피츠제럴드의『위대한 개츠비』에서 개츠비가 데이지를 사랑할 수밖에 없었던 일. 톨스토이의 『안나 카레니나』에서 브론스키와 안나가 서로 사랑할 수밖에 없었던 일. 괴테의 『젊은 베르테르의 슬픔』에서 베르테르가 로테를 사랑할 수밖에 없었던 일. 그런 비극적인 사랑은 숙명이라고 말할 수 있지 않을까? 자의로 비극의 구렁텅이에 들어가려는 사람은 없을 테니까. 아니면 사랑에 빠져 허우적대다 비극으로 치닫고 나서야 무언가 깨달은 척 핑계를 대는 걸까? "아, 이 사랑은 숙명이었어." 하고 말이다.

진짜 강렬하고 슬프고 비극적인 사랑은 '숙명적인 사랑'이 아닐까 싶다. 이성적으로 생각하면 가야 할 방향이 아니지만, 감성적으로 깊은 사랑에 빠져 방향도 모른 채 흘러가다 맞닥뜨리는 뜨거운 불맛. '앗, 뜨거!' 하는 순간 이미 늪에 빠져 있는 거다.

반면 '운명 같은 사랑'이라는 말은 얼마나 밝고 자기 주도적인 사랑인지! 운명적인 사랑은 어떤 고난과 역경이와도 헤쳐나가는 모습이 펼쳐져야 그림이 맞을 것 같다. 하나하나 문제를 해결해나가면서 사랑을 현실화하는 모습이 운명적인 사랑이다. 이건 비극과는 거리가 멀게 느껴진다. 그래서 극적인 요소가 없고 현실적이다. 전혀 드라마틱하지 않다. 하지만 아직도 많은 슬픈 로맨스 영화, 막장드라마, 구슬픈 대중가요에서는 '운명 같은 사랑'을 외치곤 한다. 이제 좀 바꾸어야 하지 않나? '숙명 같은 사랑'으로?

유리천장을
대하는 자세

사랑에 있어서는 극적인 '숙명 같은 사랑'이 훨씬 매력적으로 다가온다. 하지만 삶에 있어서는 숙명적으로 살아서는 안 될 것 같은 느낌적인 느낌이다. 내가 운전하는 삶을 살아야 하는데 내가 끌려가는 삶을 살아서는 안 되니까.

우리는 가정에서, 회사에서, 또 다른 어딘가에서 늘 선택의 순간을 맞이한다. 그때 단 한 가지 명료한 판단 기준은 '내 마음이 이끄는 것이 과연 무엇인가?'이다. 이 판단 기준으로 내 마음이 이끄는 대로 선택의 기로를 넘길 때마다 우리는 운명 같은 삶을 살게 되는 게 아닐까. 내 마음이 이끄는 하나하나의 선택들이 모여 내 삶을 구성하고 그 삶의 방향 자체도 내가 진정 원하는 대로 흘러가는 게 아닐까 생각한다.

그러니까 제발! 사랑하는 우리 아이들이 엄마를 찾고 있고, 빨리 가서 아이들을 보고 싶다면 일 분 일 초도 고민하지 말고 집으로 퇴근하길 바란다. 쌓인 일이 많다고? 내일 처리해도 늦지 않은 일이 대부분이다. 만약 매일 처리하고 처리해도 긴급 업무가 줄지 않고 산재해 있어 정시 퇴근을 할 수 없다면 지금 당신은 잘못된 메커니즘으로 운영되고 있는 직장, 부서에 속해 있는 것은 아닌지 되돌아볼 필요가 있을 것이다.

집에 아이들은 할머니가 보면 된다고? 그래서 난 남아서 야근을 하겠다고? 물론 그럴 수 있다. 당신의 마음이 이끄는 것이 그것이라면 그렇게 하면 된다. 여성의 유리천장타파에 일조하고 높은 업무 성취감을 확보하기 위해 남보다 더 열심히 일하는 모습과 엄청난 성과를 보여주고자 하는 그 열정도 존중받아야 한다. 다만 마음의 소리에 신중히 귀 기울여 나중에 절대 후회 없는 선택이 되어야 할 것이다.

퇴근 후 어떤 재미있는 일을 할지, 아이들과 어떤 활동을 함께할 것인지 등과 같은 사소한 선택들이 하루하루, 매일같이 모여 당신의 삶의 방향을 결정한다. 그러니 하루, 매 순간의 선택이 얼마나 중요할지 상상해보라. 내 마음의 소리를 외면하고 주변 사람들 눈치 보느라 잘못된 선택을 계속 하는 순간 노르웨이로 가야 할 배가 아르헨티나로 가 있을 수 있다. 아르헨티나에서 다시 노르웨이로 방향 키를 조정해서 이동하기엔 우리 인생이 너무 짧고 한 번뿐이라는 게 문제다. 망망대해에 표류하는 삶이 아닌 내가 방향 키를 쥐고 주도하는 삶을 살아야 하지 않을까.

그나저나 내 남은 삶에 숙명 같은 사랑은 이제 오지 않겠지? 와서도 안 되고. 운명 같은 사랑을 하면서 가족과 행복하게 잘 살아야겠다고 다짐해본다. 그래도 가끔 상상은 할 수 있지 않을까? 난 개츠비를 상상하고 브론스키를 열망하며 베르테르에 공감하면서 오늘 밤 꿀잠을 청해보련다. 부디 제게 야릇한 밤을 주시옵소서. 꿈속에서만이라도.

진짜 사람들이
보이기
시작했다

변한다

자기 효능을 제대로 알지 못하고 기대만 넘치는 사람들은 어딜 가나 정말 많다. 나르시시즘적 성격장애증에 사로잡혀서 본인을 잘 보지 못하는 사람……. 유아는 태어나 자기 생각만 하다가 어느 순간 '나'에서 '당신'으로 관심의 폭이 넓어지는데, 그들은 아직 유아 수준에 머물러 있는 것이다. 난 그렇다. 내 꼬라지가 어떤 수준인지 잘 모르고 멍청이처럼 남들에게 살랑거리며 '네네' 하고 사는 것보단 들이박고 부딪치고 깨지더라도 날 알아가는 게 더 좋다.

　내가 혐오하는 건 '내로남불'이다. 자기 효능을 모르는 거까지 좋은데 본인은 선반 위에 고이 얹어 놓고 남 지적질하고 훈계하는 것, 참 나쁜 거다. 예를 들어, 쓴 책에서는 잔뜩 공정이 어떻고, 정의가 어떻고, 무소유가 어떻고 한참 부르짖다가 까보면 지도 할 거 다 한다. 아니 심지어 우기기까지 한다. 그러고서도 이런 이야기가 설득이 될 거라 생각하는지? 사람들이 다 자기 믿고 바보 멍충이라 생각하는 것인지? 이런 자칭 학력주의자들의 오만함에 환멸을 느낀다.

한 장씩 꼭꼭 씹어 물 없이 넘겨버리고 싶을 정도로 진짜 내가 좋아하는 책, 야마구치 슈·구스노키 켄의 『일을 잘한다는 것』을 보면 눈치 코치, 주로 센스에 대한 이야기가 나온다. 프로이트 감각의 사후성을 예를 들어 설명하는데, 자신을 최대한 객관화하고 고객의 입장에서 자신을 보는 일에 집중하다 보면 이러한 감각들이 생긴다는 거다.

실로 헉 소리 나오는 초고스펙이지만 '저세상 텐션'인 사람들 많이 봐왔다. 물론 인사팀에선 주로 화려한 스펙 보고 가져다 놨겠지만 구실을 못 하고 시간이 가면 갈수록 아웃사이더로 귀결, 결국 본인도 주위 사람들도 다 알게 된다. 일은 스펙만으로 되는 게 아니라는 걸 말이다. 더불어 학력주의자들의 문제는 감각의 근거를 주로 권위에서 찾는다는 점이다.

전 직장에 다녔을 때는 정말 몰랐다. 아니 몰랐다기보다 아예 관심이 없었다. 기업은 적당히 고만고만하고 균질적인 사람들이 다니는 곳이니까 업의 다양성 같은 걸 생각할 환경이 되지 않았다. 시청에 들어와보니 시장 상인분들, 택배기사분들, 택시기사분들, 청소하는 분들, 음식 장사하시는 분들, 경호하는 분들 하나하나 촘촘히 보이기 시작하는 거다. 이런 분들도 우리 시민들이다. 세상이란 시스템 안에 나도 너도 우리 모두 다들 각자 역할을 하고 있으니 안온한 일상이 잘 꾸려지는 거라는 생각이 들기도 한다.

에이미 추아·제드 러벤펠드가 쓴 책『트리플 패키지』를 보면 미국에서 특정 이민자들이 성공한 세 가지 유전자를 우월콤플렉스, 불안, 충동 조절이라고 한다. 물론 인내하는 자가 원하는 것을 얻을 수 있고 고생 없이는 얻는 것도 없으니 위험 부담을 안고서도 근면하는 게 기본이겠지? 이는 다들 아는 사실이겠지만, 중요한 건 따로 있다 생각한다. 사회에서 어떤 위치를 차지한다면 그에 맞게 어떻게 처신하느냐, 즉 자신의 가치를 어떻게 증명하느냐가 핵심인 것 같다. 물건을 팔든 운전을 하든 청소를 하든 각자 주어진 몫과 책임을 다하는 게 성공 아니겠는가.

각종 알바들을 섭렵한 후 17년째 안락한 회사에서 주는 따뜻한 밥을 먹고 있는 내가 힘든 노동의 '노' 자를 어떻게 알겠냐만, 누구든 함부로 연탄재를 차지 않았음 한다.

2021년 4월, 평택항 부두에서 일하던 한 청년 노동자가 300킬로그램 철판에 깔려 세상을 떠났다. 비슷한 시기, 한강변에서 술을 마신 뒤 실종되었던 의대생이 숨진 채 발견되었다. 둘 다 20대였다. 섣불리 위로의 말을 건넬 수 없는 참혹한 이별들이었다. 그런데 내가 예민해서일까. 세상의 시선에는 더 중요하고 덜 중요한 죽음이 있어 보였다고 말한다면 과한 표현일까. 청년 노동자의 산업

재해는 상대적으로 적게 다루는 언론 보도를 보며 씁쓸한 마음이 드는 건 어쩔 수 없었다.

나 역시 공무원 생활을 하면서 이제야 좀더 진짜 사람들을 보고 있다. 부디 이 무례하고 함부로인 시대를 모두 같이 잘 살아낼 수 있기를, 고통받는 사람들이 내는 작은 목소리에 힘을 보탤 수 있기를…….

여러분,
모험하세요!

서서히

얼마 전, 회사 구내식당에서 이벤트를 했다. 식당에서 사원증을 태깅하고 식사를 하는 대신 예쁘게 포장된 미니 꽃다발을 가져갈 수 있었다. 수량이 한정되어 있어서 사전 신청을 받았는데, 무슨 생각이었는지 모르겠지만 나도 신청을 했다.

　사실 난 꽃을 그다지 좋아하지 않는다. 관리도 힘들고 금방 시들어버리는 걸 잠깐의 기쁨을 위해 꽂아두고 시각적으로 즐긴다는 것이 내 스타일과는 거리가 멀었다. 난 변치 않는 선인장 과를 차라리 더 선호한다. 크게 관심을 주거나 관리하지 않아도 자기 자신의 힘으로 살아가는 선인장. 꽃처럼 화려하고 아름다우며 향기 나지 않아도 묵묵히 나름의 가시 돋친 매력을 뽐내는 선인장. 그런 게 내 스타일이다. 그런데 어쩐지 그날은 이상하게 꽃다발을 한번 신청해보고 싶었다. 그 꽃다발을 받게 될 사람은 '같은 집에 사는 남의 편'밖에 없고 남편 역시 나처럼 꽃보다 선인장

과임을 누구보다 잘 알고 있었지만 그럼에도 불구하고 신청해보았다.

미니 꽃다발은 생각했던 것보다 작고 볼품없었다. 솔직히 많이 실망스러운 수준이었다. 미니 꽃다발이라고 해서 보통의 꽃다발보다 작을 거라고는 예상했지만 그래도 꽃'다발'이라 어느 정도의 풍성함은 있겠지 기대했는데, 실상은 내 주먹만 한 크기에 몇 안 되는 꽃들이 듬성듬성 꽂혀 있었다. 꽃 자체가 일단 정말 작았다. 그래도 집으로 가져와서 남의편에게 증정식을 마치고 투명한 컵에 물을 받아 꽃을 꽂아두었다. 우리 집에 생화가 버젓이 놓여 있다는 생경스러움이 며칠 지나도 적응이 안 되었다. 결국 내가 그 생경스러움을 극복하기도 전에 꽃은 시들어버리고 말았다. 투명한 컵 속에서 시든 채 바싹 말라가는 꽃을 아직도 버리지 않고 지켜보고 있다. 아마 꽃이 스스로 바스라져 없어질 때까지 저렇게 두고 볼 것만 같다.

행동심리학적 지식은 없지만, 가만히 내 행동을 돌이켜보면 난 그냥 '변화'가 필요했던 것 같다. 꽃을 좋아하지 않는 내 취향이 어느새 신념으로 변모해서 난 꽃을 살 수 없는 사람이 되어버린 건 아닐까? 나 스스로 자신을 '그런 사람'이라 정의하고 그 신념대로 살아오고 있는 것은 아닐까? 꽃보다 선인장을 더 좋아하는 건 진정한 내 모습이 맞을까? 아니면 내 신념이 만들어낸 내 취향일까?

나이가 들어갈수록 나라는 틀에 갇힌 기분이 든다. 그

리고 조금 더 오버스럽게 생각을 전개해보면, 이렇게 자신이 만든 틀을 깨지 못하는 사람들을 우린 '꼰대'라고 부르는 게 아닐까 싶기도 하고. 자신만의 신념을 갖는 것은 틀림없이 중요하고 필요한 일이라고 생각하지만 그 신념이 옳은 삶으로 이끄는 가치관, 삶의 기준이나 잣대에 관련된 것이어야 멋있는 거다. 지극히 개인적인 취향, 사소한 선택의 문제를 신념으로 삼으면 매력 없는 꼰대로 전락하고, 다른 사람에게도 피곤한 잔소리만 늘어놓는 독선가로 비칠 수 있다.

특히 조직생활을 할 때 이러한 '예측 가능한 사람'이 되어줄 것을 우리는 무의식적으로 요구받을 때가 많다. 개인의 다양성이 너무 드러나면 조직 관리가 어렵기 때문이다. 획일적인 생각, 행동, 반응을 보이는 사람들로 구성된 조직은 관리가 쉽고 문제 발생 확률이 적다. 하지만 그러한 조직에서 창의력이나 새로운 개발 및 개선을 기대하기는 어렵다. 최근에는 신선한 아이디어 하나로 부를 창출하는 비즈니스가 급부상하면서 개인의 다양성이 이전보다 많이 존중되는 추세로 바뀌어가고 있다.

이런 시대적 흐름에 발맞추어 나 역시 누구도 나 자신을 예측 가능한 사람으로 보지 못하게 계속 사소한 변화를 추구하고 싶다. 예를 들면 이런 거다.

"아메리카노 좋아하실 줄 알았는데 쌍화차에 계란 노른자 넣은 것도 후루룩 잘 마시네요?"

"조용하고 여성스러운 분인 줄만 알았는데 술 마시면 또라이 같네요?"

"소주 한두 잔 정도 마시는 줄 알았는데 한두 병도 모자라네요?"

타인에게 이런 사소한 의외성을 선사하는 거, 꽤 쾌감 있는 일이다. 그리고 이런 변화를 통해서 진정 나는 어떤 사람인지, 내가 무엇을 좋아하는지 찾게 되기도 한다. 이렇게 스스로 변화를 자주 택하는 사람은 적어도 자신만의 틀에 갇힐 위험이 많이 낮아진다. 타인이 아닌 나 스스로의 선택에 의해 다양한 경험을 하고 그 과정을 통해 나 자신이 어떤 사람인지 찾아가는 사람들은 자신만의 틀에 자신을 가두지 않는다.

지금 버티고 있는 직장 내 유리천장의 무게가 그리고 일상의 무게가 결코 가볍지 않겠지만 역설적으로 그 무거움이 우리를 더욱 빛나게 하는 것 아닐까? 친한 친구들을 만나서 오늘 있었던 해괴망측하고 어이없고 분노를 불러일으킨 사건, 사고들을 수다로 늘어놓을 때 우리 얼굴에서 빛이 나는 것과 비슷한 원리이다. 스스로 느끼는 것이다. '나 이런 해괴망측하고 어이없고 분노 가득한 사건이 있었는데 나니까 이거 잘 버티고 있는 거야. 잘 해결됐어.' 그리고 의기양양하고 뿌듯한 표정을 가득 담아 친구들에게 일종의 무용담을 전달할 때 하루의 피로가 쭈욱 풀린다. 이렇게 일상의 무거움을 '존버' 정신으로 버티고 견디는 모습을 스스로가 뿌듯해할 때 그 사람에게서는 반짝반짝 빛이 난다. 결국 사람은 타인의 인정보다 나 자신으로부터의 인정을 가장 갈구하고 필요로 하는 게 아닐까.

그리고 삶의 무게를 극복해내는 방법 중 하나가 사소한 변화를 추구하는 것이다. 내가 변화시킬 수 없는 환경 속에서 무거운 짐을 짊어지고 살아야 한다면, 내가 변화시킬 수 있는 사소한 것 하나만 변화시켜 보자. 의외의 사소한 변화 하나로 삶이 다르게 보일 수 있다. 버스에서 내려 늘 걷던 길로만 걷지 말고 다른 길로 걸어보자. 회사에서 휴가 한 번 쓰지 않는 성실한 '출첵' 100% 이미지라면 휴가 한 번 내고 일을 쉬어보자. 중국집에서 항상 짬뽕만 시켜 먹었는데 오늘은 짜장면을 한번 시켜 먹어보자. 모험은 사람을 설레게 만든다. 일상의 사소한 변화로 설렘을 자주 만들어나가는 삶은 그 무게가 조금씩 가벼워진다.

누군가 삶은 여행이라고 했던가. 예측 가능해서 앞길이 뻔하고 앞으로 걸어 나가기에만 급급하기보다는 모험과 설렘으로 가득한 미지의 길을 걸어보는 게 이왕이면 재미있지 않을까. 물론 이것 역시 개인의 취향이다. 모험이 싫고 정해진 대로 계획된 길을 걷는 것이 편하고 익숙한 사람들도 있을 테니까. 적어도 내 경우에는 오늘, 이번 주, 이번 달, 올해는 또 어떤 변화를 통해 모험을 만들어낼지 궁리하느라 행복하다. 사실 모험 속에 몸을 맡길 때보다 모험을 계획할 때가 더 행복한 것 같다. 기대심리가 증폭되고 다가올 모험을 기다리는 짜릿함이 있기 때문이다. 이제 친한 지인들에게는 이렇게 인사해볼까 궁리 중이다.

'수고하세요.' 대신 '모험하세요.'

'건강하세요.', '행복하세요.'까지는 좋은데 '수고하세요.'는 왠지 기분이 썩 좋지 않다. '뭘 더 얼마나 수고하라는 거야.' 싶은 것이다. 막상 '수고하세요.'를 대체할 인사말이 딱히 없다. 보통 뭔가 고생스럽게 일하는 사람에게 안쓰러움과 고마움과 그 일이 잘 마무리되길 바라는 마음에서 '수고하세요.'라고 인사하는데 이런 상황에 딱 맞는 다른 인사말이 없다. 난 그래서 '그 일이 당신에게 뻔한 노동이 아니라 새로운 변화를 주는 모험이 되길 바랍니다.'라는 의미로 '모험하세요.'를 쓰기로 결심했다. 친구들아, 이제 내가 '모험하라'고 말하면 그런 뜻으로 이해해주길 바랄게.

추신.

변한다 언니에게.

언니, 술 안주에도 변화와 모험을 좀 추구해줬으면 좋겠어. 먹태 지겹지도 않아? 대체 먹태를 얼마나 더 잡아 먹어야 직성이 풀리는 거야. 술 마실 때 안주로 먹태만 시켜먹을 게 불 보듯 뻔한 사람이 되지 말자구. 모험하세요!

내려놓는
마음

점심 때 잠깐 후배를 만났다. 그 친구도 A사 다니다 A시 소재 모 공공기관으로 자리를 옮겼는데, 입사한 지 1년쯤 되었나? 내려놓기 연습을 하다 하다 지금은 '육휴' 중이란다. 아니 나도 안 되는 그 어려운 걸 85년생이 벌써 한단 말야?! 재택근무 중인데 갑자기 오프라인 미팅을 호출하질 않나, 재택근무 자체를 노는 걸로 생각하는 등 팀장이 너무 '불통 꼰대'라 돌기 일보 직전이라고 하더라. 옆에 있는 변호사는 지가 기안을 하고도 문제가 생기면 모른다 발뺌하며 책임지지 않고… 혼자 마피아 게임 같은 걸 하나 보다.

그러니 그 빠릿빠릿한 친구가 가만히 보아하니 단전부터 올라오는 빠침에 난리 부르스면 지만 손해인 거다. 결론은 자체적 내려놓기를 해야 하는 처지라는 걸 깨닫고 혼자 조용히 울부짖는 거다. 이 친구 이야기를 들으면서 우동을 먹었는데 코로 우동 가락이 '갑툭튀'할 만큼 '웃펐

다'. 경력직이 기존의 조직에 스며들기 위해선 본인부터 스스로 내려놔야지 별수 있을까. 특히 평생 생사고락을 함께하는 공공기관에선 두말하면 잔소리.

지역신문에 내가 언성 한번 높였다고 갑질한 형편없는 사람으로 보도된 적이 있었다. 허나 그 당시 내가 한 판단과 결정에는 지금도 변함없이 옳다 생각한다. 물론 50대 나이 든 여자분께 40대 나이 어린 여자가 데시벨 높인 태도 자체는 무례할 수 있었다. 사과도 했다만 내 머릿속 회로는 '갑질'이라는 단어로 인해 며칠 동안은 정지되었던 게 사실이다. 갑질은 본디 본인의 힘과 권력을 이용해 조직의 이익보다 사사로운 이익을 취하는 걸 말하는데, 그때 내가 취한 행동이 내 사익을 위한 거였나를 돌아보게 되었다. 사실 내 사익, 즉 내 개인 인기 관리에 신경을 좀더 썼더라면 그냥 좋은 게 좋은 거라고 쓴웃음 짓고 넘어가면 됐었다. 말하고 싶은 걸 꾹 삼키고.

아, 바보였다. 좀 참았으면 되는데, 잘못된 걸 그냥 넘어가지 않은 걸 두고 '갑질'이란 단어 하나로 쉽게 매도된 거다. 이 또한 나에 대한 하나의 평가인 걸 어떡하랴. 사실 내가 여자기에 더 야박하지 않았나 싶기도 하다. 자고로 여자 비서란 고분고분 좀더 예의 발라야 하고 따박따박 따지지 않아야 한다는 일종의 고정관념이 있으니까.

맹목효과라고 있다. 사람들은 주로 보고 싶은 대로 보고 듣고 싶은 대로 본다. 그렇다면 내가 어떤 사람인지

군이 타인에게 설명할 필요가 없는 거다. 물론 남에게 오해를 받으니 기분 참 더러웠다. 근데 잘 생각해보면, 나 역시 무의식중에 같은 방식으로 다른 사람들을 그리 대할 때가 있을 거라는 거다. 잘못된 판단이나 억측을 한 번도 안 한다는 보장이 어디 있겠는가 말이다.

그래, 이렇든 저렇든 변화가 필요하다. '나는 태생적으로 내려놓기가 안 돼!' 하고 버틸 게 아니라, 취향에도 관계에도 일에도 조금의 꿈틀거림이 요구된다 싶다. 서서히 말처럼 살려면, 살아내려면 좀 변할 필요가 있다.

날 갑질녀로 명명한 그 기자는 막걸리 한 사발에 잊었지만 나를 언론사에 제보한 그분들은 아직도 잊을 수가 없네그려. 아, 근데 잊지 않으면 어쩌리. 서서히가 추천한 것처럼 늘상 먹던 먹태에서 꾸덕꾸덕한 노가리로 미온적 변화를 준 것처럼 나도 이제 바뀌려 한다.

먼저 나이 들수록 이 꼴 저 꼴 보기 싫어 사람의 시선과 평가에서부터 적당히 나를 놓으려 하는 마음이 무척이나 강렬해졌다. 그래서 다짐한다. 하고 싶은 일이 많은데 나를 부정적으로 평가하는 사람들과 얽히고설켜서 시간을 허투루 쓰지 말자고. 자기 자신을 인생의 중심에 두지 않고 타인의 평가에 집착하며 아웅다웅하기엔 우리 삶이 너무 짧고 고되기에.

분명한 건, 자신의 주관에서 한 발짝 물러나 전체를 보면 선택과 집중을 어떻게 해야 하는지 답이 좀 나온다는 것이다. 만약 그렇게 해도 답이 나오지 않으면 아직 우리린 경험치가 부족한 거고 숙성의 시간이 필요하다는 것. 그래서 나는 요즘 내가 움켜쥐고 있었던 방향 키를 내 맘대로 조금씩 틀기 시작했다. 관계든, 업무든, 뭐든 말이다. 이래서 40대가 진정한 질풍노도의 시기가 아닌가 싶다. 우린 지금 그 망망대해 한가운데 있는 거고. 그래서 우리는 아직 예측 불가능하다.

퇴사 이유에 대한
사색

서서히

현재 다니는 회사가 세 번째 회사이다 보니 많이 듣는 질문이 있다.

'이전 회사에서는 왜 나왔어요?'

사실 그 누구에게도 진실을 명확히 설명해본 적이 없다. 진실은 불편하다. 그래서 불편하지 않은 적당한 이유를 그때그때 둘러대며 상황을 모면하곤 했다. 아마 내게서 퇴직 이유를 들은 사람들이 모이면 나를 거짓말쟁이로 생각할 수 있겠다. 모두 다른 이유를 들었을 테니까.

좀더 솔직하게 말하면, 불편한 진실이라 꺼내놓기 싫었다기보다 짧고 명료하게 설명해낼 재간이 없었다. 원래 말주변이 없는 데다가 누군가에게 설명하기 위한 목적으로 퇴직 이유를 스스로 정리해본 적이 없기 때문에 갑자기 질문을 받으면 엉뚱한 대답을 하기 일쑤였다. 누군가에게 제대로 된 설명을 하려면 일단 나 스스로 먼저 사색을 통한 정리가 되어 있어야 가능하다. 적어도 나는 그렇다.

오늘 이 글을 쓰면서 스스로 퇴직 사유도 정리하고 향후 누군가 내게 퇴직 이유를 물으면 이 글을 보여주면 되니 얼마나 편한가.

첫 직장은 아직까지 내게 좋은 기억으로 남아 있다. 다시 가서 일하고 싶을 정도이다. 내가 다녀본 몇 안 되는 회사들 중 상대적으로 제일 합리적이고 공정한 메커니즘으로 흘러갔던 회사. 다시 그런 회사에서 일해볼 수 있을까 싶다. 적어도 업무 수행 기회나 평가 측면에서 누구에게나 공평했고 사내 파벌도 특별히 없었다. 내가 일한 만큼 인정받았고 일하면서 회사와 내가 함께 성장해갔다.

그런데 그렇게 좋았던 회사도 시황 앞에서는 무너져 내렸다. 영원한 호황은 없듯 회사가 속한 업종이 급 하락세로 돌아섰다. 어느 날 임원들은 A4 한 장짜리 종이를 들고 다니며 개별 면담을 하기 시작했다. 그 종이에는 명단이 적혀 있었는데 희망퇴직을 권유해야 할 직원들의 이름이었다. 명단을 누가 만들었는지 우린 몰랐다. 사실 알고 싶지도 않았다. 그렇게 면담이 시작되었고 임원에게 불려갔던 사람들은 얼마 지나지 않아 하나둘 퇴사했다. 희망퇴직이라 회사에서 퇴직금 외 많은 돈을 추가 지급해준다고는 들었지만 그것만으로 위안이 되진 못했다.

내가 속한 팀에서는 약 10여 명이 퇴직했는데 그중 과반수가 여직원이었다. 다른 팀도 마찬가지였다. 애 딸린 워킹맘이 1순위로 명단에 오른 것 같았고 그 외 희망자를

129

유리천장을
대하는 자세

받는 순으로 진행되었다. 여직원 중에서도 사내 부부는 거의 0순위에 가깝다는 루머가 돌았다.

'부부가 같이 이 어려운 회사에 다니면서 연봉을 두 배로 받아 가면 쓰나' 하는 인식이 연기처럼 퍼져 나갔고 사내 부부들 중 특히 여직원은 출근하는 것도 눈치가 보였다. 마치 출근하면 '쟤는 왜 아직 회사에 나와? 회사가 이 모양인데 너무 이기적인 거 아니야? 언제 퇴사하지?' 하고 모두가 수군거리는 것만 같았다.

당시 나 역시 사내 부부였다. 다행히 내 이름은 명단에 없었고 임원에게 면담 요청을 받지도 않았다. 하지만 회사의 분위기는 사내 부부인 나를 옥죄었고 남편까지 옥죌까 봐 난 하루하루 가시방석이었다. 사실 이때 버티고 회사에 남은 사내 부부들도 꽤 있다. 이들은 지금까지 잘 다니고 있다. 어려운 시기를 버티고 회사가 지금은 다시 회복기에 접어들어 그들도 걱정 없이 잘 다니고 있다고 했다. 그러나 이런 상황이 다시 오지 말란 법도 없지 않은가 하는 생각에 난 그때 퇴사를 결심했다. 나를 위해서도 남편을 위해서도 우리 부부가 다른 직장에서 일하는 것이 낫겠다 싶은 판단에서였다.

정말 우스꽝스럽게도 내게는 퇴직이 쉽지 않았다. 내가 속한 팀의 임원은 본인이 소유한 명단 외의 인력이 빠져나가는 것을 원치 않았고 내 이름이 명단에 없었기에 희망퇴직 위로금 지급은커녕 퇴직 서류에 서명도 안 해줄 것처럼 굴었다.

　운 좋게도 다른 회사에 합격한 나는 지금 시기를 놓치면 더욱 퇴사가 어려워질 것만 같아 희망퇴직 위로금을 포기해서라도 퇴사해야겠다는 생각에 마음이 급해졌다. 결국 당시 임원분께 죄송스럽지만 신병상의 이유를 핑계로 퇴사할 수밖에 없다고 거짓말을 했고 정말 어렵사리 회사를 그만둘 수 있었다. 당시 희망퇴직한 사람들 모두 두둑하게 챙겨 간 위로금을 난 결국 받지 못했지만 크게 아깝지 않았다. 다른 회사에서 새 출발을 하면서 돈은 또 벌면 되지, 하는 생각이었고 노동의 대가 없이 굴러들어온 돈에 대해 큰 가치를 부여하지 않는 성격이었기 때문에 가능한 일이었다.

　이렇게 정리하고 보니, 내가 첫 직장을 그만둔 이유는 간단명료하게 '남편과 다른 회사에서 근무함으로써 어느 한쪽의 회사에 위기 상황이 닥치더라도 경제적 안정을 확보할 수 있는 환경 구축을 하기 위함'이었다.

　자, 그동안 저에게 다른 이상한 퇴직 사유를 들으셨던 분들, 진심으로 사과드립니다. 저 스스로 생각이 정리되지 못해 '아무 말 대잔치' 했던 것 같아요. 저의 퇴직 사유가 뭐 여러분의 삶에 중요한 요소로 작용하진 않았을 거라 확신하지만 혹시나 중요한 영향을 끼쳤다면 다시 한번 진심으로 죄송하다는 말씀 전합니다.

유리천장을
대하는 자세

하지만 간단명료하게 말씀드리기 어려웠던 점도 이해 부탁드립니다. 저도 제 마음을 정리하는 데 시간이 필요했어요. 경제적 안정 확보가 제 퇴사 이유의 100%는 또 아니거든요. 희망퇴직이 진행되는 동안, 업무에 실질적인 도움을 주지 못하는 듯 보이던 정년 앞둔 부장급들이 나갈 줄 알았는데 오히려 여직원이 1순위, 사원이나 대리급의 젊은 일꾼들이 2순위로 나가더라고요. 이때 느낀 회사에 대한 실망감은 정말 컸고 절망적이었습니다. 한창 실무를 척척 해내던 손발 빠른 간부급 여직원들이 싹 사라지고, 무언가 시키면 적극적인 자세로 해내며 학습능력이 높던 사원, 대리 들이 사라진 회사는 정체 상태였습니다. 실무자들의 업무는 배가되었고 부장급들은 돕지 못하는 머쓱함을 오히려 업무에 도움되지 않는 불필요하고 잘못된 지시로 표출하며 업무 진행에 훼방을 놓기 시작했죠.

우리는 흔히 이야기하죠. 어려울 때 친구가 진짜 친구라고. 회사도 마찬가지인 것 같습니다. 잘나가는 회사는 진짜 모습이 보이지 않습니다. 회사가 어려워지면 그 회사의 진면목이 보입니다. 그들이 어떻게 직원들을 생각하고 대하느냐, 그들이 어떠한 플랜으로 회사를 다시 일으켜 세우려고 하느냐가 그 회사의 진짜 모습입니다. 제가 퇴직한 이유요? 경제적 안정이 보장되는 환경 구축도 필요했지만 회사의 진짜 모습을 봐버렸거든요. 하지만 전 제 첫 직장을 여전히 사랑합니다. 왜냐하면 다른 회사도 더하면 더했지 크게 다를 바 없거든요. 회사는 인격이 없는 법인이잖아요. 그러니까 회사를 욕한다고 해서 너무 기분 나빠 하지 맙시다. 회사를 욕하는 것이 그 회사의 CEO를 욕하는 건 아닙니다. 엄연히 주체가 다르잖아요. 제가 말하고 싶은 건 회사의 생리입니다. 회사라는 법인은 그 속성을 유지하기 위해 많은 임직원들의 몸과 마음을 다치게 하는 선택을 때론 해야만 합니다.

그러니 우리도 회사한테 너무 정 주지 말자구요. 회사는 사람이 아니니까요. 애사심이 넘쳐흘러 새벽 달 보고 출근해서 새벽 달 보고 퇴근하는 그런 사람들도 많더라구요. 하지만 그 사랑과 열정을 인격을 가진 사람에게 쏟아보면 어떨까요? 회사는 당신의 그러한 애정을 느끼지 못하는 무미건조한 무생물입니다. 애사심을 가지지 말라는 이야기는 아니구요. 다만, 적당한 애사심으로 맡은 업무는 제대로 수행해낼 수 있어야겠죠.

당신의 성공적인 회사생활을 위하여, 그리고 그보다 당신의 행복한 삶을 위하여 늘 응원하겠습니다. 파이팅.

그래,
걱정 한 번에
한숨 세 번

변한다

사건번호 20091230-1.

'어머니 시간 좀 있으신가요? 금방 할 쉬운 이야기는
아니라서요.'

기다리고 기다리는 점심시간 전 갑작스러운 아이의
담임 선생님 전화. 웬만한 강심장도 놀랄 수밖에 없었다.
요는 아이가 어떤 친구의 사진을 편집해 몇 명에게 전송
했는데 그걸 학교폭력으로 신고해 순식간에 내 아이가 학
교폭력의 가해자가 되어버린 거다.

가.해.자. 이 단어 하나가 가진 위력을 차마 무시할 순
없었다. 땅속으로 꺼져들어갈 듯한 나의 긴 한숨 소리. 사
실 알고 있었다. 아이 카톡 프로필 사진에 웬 장난기 많은
다른 아이의 얼굴이 떠서 이상하다고 바로 지우고 본인의
사진으로 교체하라고 했다. 그렇게 별일 아니라고 지나쳤
던 작은 일이 학교폭력으로 커졌던 것. 당사자 아이가 학
교에 신고할 때까지 나나 내 아이는 전혀 모르고 있었다.

사건번호 20091230-2.

'××만 원이나 결제했어, 글쎄.'

남의편님의 다급한 카톡. 해방둥이보다 1년 늦게 태어나신 내 아부지가 음식물 봉투를 사러 갔는데 카드가 정지되어 알아보니 아들이 할아버지 카드로 모바일 게임에 쓸 아이템에 ××만 원을 긁었더라. 머리에서 김이 나고 눈앞은 캄캄하고 목은 뒤로 젖혀지고. 손자라면 늘 헤벌쭉하던 우리 아부지, 이번엔 안 되겠다 싶어 경을 치셨는데 아들이 다섯 시간 동안 집을 나가버렸다.

내 한 달 용돈을 초과하는 엄청난 금액보다, 다소 긴 시간 동안의 가출보다, '절도'가 나에겐 충격이었다. '쿠쿠루삥뽕'만 외치는 귀엽고 포동포동한 초등학교 6학년으로만 알았던 아이가 어느새 할아버지 카드로 몰래 게임 아이템을 사는 대범함과 비밀번호를 여러 번 조합해 기어이 알아내는 집요함을 가지고 있었던 거다. 아니 내 뱃속으로 낳은 내 새끼도 제대로 알지도 못하면서 도대체 뭘 하자는 건지, 그동안 내가 인지한 그놈의 쿠쿠루삥뽕이는 내 속만 편하자고 그저 아름답게만 알고 싶었던 것은 아닐까 싶기도.

온갖 생각들이 소나기처럼 폭포수처럼 쏟아진다. 잘 못 키웠나. 헛수고였나. 내가 내 새끼 하나 단속도 못하는데 회사는 다녀서 뭐 하나. 무너진다. 가라앉는다. 까마득하다. 진짜 '현타'가 온 거다.

사실 요즘 불쑥 화가 치밀어 오를 때가 잦았다. 내가 내 목소리를 들어봐도 알겠다. 샤우팅의 옥타브가 높아졌고 빈도도 잦았다. 격무에 시달리고 가까스로 집에 들어와 보면 해야 할 숙제를 그 늦은 밤 9시, 10시까지 안 하고 나올 때까지 말간 얼굴로 기다리고 있는 그놈의 쿠쿠루뺑뽕이를 대하면 말이다. 자기주도학습을 익힐 나이에 엄마로서 제대로 된 부모 노릇을 못하는 건가 하는 생각도 든다. 그래서 내로라하는 분들이 다 집에 들어앉아 아이를 돌보는 데 온 힘을 다하나 싶고 자꾸 내 현주소를 되돌아보게 된다.

사실 얼마 전 전문상담센터를 찾아가봤다. 혹시 학원 가서 집중을 못 하는 이유가 요즘 코로나19 때문에 집에 있는 시간이 늘면서 하는 게임 때문은 아닐까 해서 말이다. 다행스럽게도 크게 걱정할 것은 아니라는 조언을 듣긴 했지만 찜찜한 기운이 그대로인 건 사실이다. 그런데 말이다. 요즘 불쑥대는 화의 원인을 찾노라면 아들은 촉매제일 뿐 어쩌면 근원은 나에게 있는지 모른다는 생각이 든다.

어떤 화는 화가 아니라 걱정과 근심의 다른 이름이라고 하더라. 그래서 그 감정을 잘 보살피고 세밀하게 들여다보고 무엇 때문에 자신의 바람이 좌절됐는지 이해해줄 필요가 있단다. 감정이란 누구도 명료하게 확신할 수 없는 것임에도 불구하고 우리는 쉽게 정의를 내려버리고 불안의 원인을 남의 탓으로 돌린다. 내 멋대로 상상하고 걱정하지 않는 마인드 컨트롤이 필요한데, 책을 보면서 컴다운하는 건 사실 그때뿐이다.

생각의 오류 중 '마음의 색안경'이라는 게 있다. '선택적 추상화', 현재 가지고 있는 나쁜 생각을 강화하는 것만 보고 그에 반대되는 것은 보지 못한다는 뜻이다. 그동안 아들이 열 번 잘했는데 한 번 잘못을 저질렀을 때 여태껏 제법 잘 따라줬던 것은 생각하지도 않고 무조건 문제가 있을 것이라 의심하는 경우도 이에 해당할 것이다.

"엄마, 선생님이 뭐라 하셨어? 좀 기다려주면 안 돼? 센터에 갔다 온 보람이 없잖아."

아들이 방문을 닫고 온라인 수업을 하면 혹시 딴짓할까 봐 방문을 벌컥, 문제집을 들춰보며 실눈을 뜰 때마다 매번 듣는 말이다. 중학생 아들을 키우고 있는 동료가 추천한 이승훈의 『말 안 듣는 아들 성적 올리는 법』에는 엄마 선언문이 나온다. 엄마 선언문에서 단연 눈에 들어오는 구절은 '첫 번째, 아들에게 마음에 걸리는 점을 먼저 말하지 않고 교감하겠습니다.'

어떻게 보면 내 어린 시절보다 더 재미있고 자극적인 게 많은 요즘 시대에 나 닮아 호기심 가득한 아들이 상황적으로 심정적으로 이해되지 않는다는 건 새빨간 거짓말이다. 가급적 윽박지르지 않고 허벅지를 찌르며 화를 참으며 마늘과 쑥 따위를 먹으며 지켜봐야지 별수 있겠는가.

부족한 내가 더 노력해야지. 이래서 공감이 힘든 거

다. 정혜신 박사의 『당신이 옳다』에서 공감은 온몸을 갈아가며 자기성찰을 하는 것이었다. 수양이 참으로 부족한 나는 겉으론 쿨내 진동하는 척하지만 속마음은 다르다. 그래, 문제는 아들이 아니라 걱정하는 나다. 불안해하는 나다. 공감 못 하는 나다.

너도 처음 하는 아들, 나도 처음 해보는 엄마, 참 어렵다, 어려워. 그렇다. 돌아버릴 것 같은 순간만 한숨 세 번으로 흘려보내면 어느새 마음의 평화가 찾아온다. 그 누구에게나 차별은 없다. 단 빈도나 강도의 차이는 있을 뿐. 다 같이 해보자. 하, 근데 요 말썽꾸러기 녀석! 수학 문제 안 풀린다고 던진 연필 한 자루에 TV 스크린 아작, 피 같은 250만 원 날렸네그려. 이놈을 죽여 말아, 또 반복되는 나날들. 분노와 걱정 뭉텅이 한 개에 땅 꺼질 듯한 한숨 세 번이지만, 그럼에도 불구하고 번뇌 가득한 하루하루를 끝끝내 살아내야 한다. 쿠쿠루뻥뽕 아들의 엄마란 이름으로. (엄마 변한다에게 번뇌 가득한 일상을 선물하는 이 아이에게 정신 번쩍 들 문자 좀 보내주세요. 010-××××-××××)

밀레니얼 세대에게
보내는
공감

서서히

이전 직장에서 친하게 지내던 후배가 얼마 전 이직을 했다며 연락이 왔다. 내가 근무하는 곳에서 가까운 거리에 있는 회사로 옮긴 거라 저녁 약속을 잡고 만났다.

후배는 이직한 회사에서의 생활에 기대 반, 걱정 반 설레 보였고 내게 자신이 맡고 있는 프로젝트와 앞으로의 포부 등을 구체적으로 쏟아냈는데, 그 모습이 참 행복해 보였다. 내가 또 경청의 왕이다 보니 난 지친 기색도 없이 후배의 이야기를 주의 깊게 온전히 집중하며 들어주었다. 오랜만에 만난 후배도 반가웠지만 그가 불행하거나 지쳐 보이는 게 아니라 이렇게 신나고 행복해 보일 때 그 기쁨은 배가 된다.

식사를 하고 부른 배도 꺼뜨릴 겸 산책로를 따라 한 바퀴 걷기로 했다. 겨울이 막 끝나갈 무렵이라 많이 춥진 않았고 해가 빨리 져 어둑어둑하고 조용한 산책로가 운치 있게 느껴졌다. 산책로를 따라 곳곳에 탄천이 나왔는데 탄천에 비친 달과 건물의 네온사인이 반짝거렸다.

후배도 이곳의 분위기가 조용하고 꽤 괜찮았는지 갑자기 주머니에서 스마트폰을 꺼내더니 음악을 틀었다.

"이거 요즘 제가 거의 매일 듣는 노래인데 참 위로가 되더라고요. 한번 들어보세요."

얼마 전 TV에서 노래 경연을 모티브로 한 방송이 있었는데 그 프로그램에서 한 참가자가 부른 노래였다. 나 역시 그 TV 프로그램을 즐겨 보던 차라 그 참가자의 이름은 익숙했지만 노래는 처음 들어보는 곡이었다.

후배와 천천히 걸으며 그 음악이 다 끝날 때까지 조용히 감상했다. 조용한 발라드곡이었는데 그 여성 참가자의 감성이 노래에 아주 깊게 녹아들어서 여운이 꽤 깊이 남는 노래였다.

"야, 이 노래 진짜 좋다! 제목이 뭐야?"

하고 후배를 돌아보는 순간, 후배가 울고 있는 것이 아닌가?! 난 놀라기도 하고 분위기 전환도 할 겸 장난스럽게 말했다.

"너 울어? 와, 너 이렇게 감성적인 사람이었냐? 노래 듣고 우는 거야, 지금?"

처음엔 우는 게 아니라며 눈에 뭐가 들어갔다고 말도 안 되는 거짓말을 하던 후배도 좀 지나더니 솔직히 이야기하기 시작했다.

"아, 제가 이 노래만 들으면 이상하게 눈물이 나요. 노래가 저를 위로해주는 것 같아요."

그러면서 시작된 후배의 이야기는 그 노래보다 더 슬 펐고 내가 해줄 수 있는 것은 무한한 공감과 응원뿐이라는 사실에 더욱더 마음이 아팠다.

후배는 어린 나이에 결혼을 했고 아이가 셋이나 있었 다. 첫 직장이 지방에 있었기에 가족들 모두 그 지역에 터 전을 잡고 살았는데 이번에 후배가 수도권으로 이직하면 서 가족과 생이별을 하게 된 것이었다. 갑작스레 수도권에 서 집을 마련하려고 보니 집값이 너무 비쌌다. 아무리 싸고 싼 집을 구해보려 해도 지방에 있는 집을 팔아서 수도권에 서 전세나 월세를 구하기엔 벅찼다. 후배의 아내는 전업주 부로 아이 셋을 키워야 했기에 직업을 가질 수 없었고 후배 의 월급만으로 가족이 생활해야 하는 상황이었다.

남편 없이 홀로 아이 셋을 키워야 했던 후배의 아내는 점점 힘이 들었다. 주말마다 내려가는 후배에게 짜증을 내 고 폭언을 하기 시작했다. 후배가 주말 동안 아내를 쉬게 하려고 아이 셋을 돌보고 가사일을 도맡아 해도 아내의 힘 듦을 나누어 짊어지기엔 역부족이었다. 아내는 후배에게 주말에만 잠깐 와서 일하는 척한다며 그 노고를 무시했고 후배는 최선을 다하고 있는 자신을 이해해주지 않는 아내 에게 점점 실망감이 늘어갔다.

상호 간 불화는 후배의 이직 문제로까지 불거졌다. 후 배는 지금보다 연봉도 높고 더 좋은 조건의 직장으로 이직을 결심하고 나름 노력해서 성공시킨 것인데, 후배의 아내는 가족 모두 이동할 수 있는 방안도 없이 홀로 수도권으로 이직한 것에 대해 분개했다. 후배가 이직 준비를 하면서 합격할 줄 모르고 아내에게 미리 말하지 않은 것이 화근이었다. 현재로서는 언제 가족 모두 함께 살 수 있을지 기약이 없는 상황이었기에 후배의 아내는 스트레스가 컸다.

"주말마다 집에 가도 즐겁지가 않아요. 아이들 보는 건 좋은데 아내가 또 화내고 저한테 막 뭐라고 하니까 이제 솔직히 출장을 만들어서라도 안 가고 싶어요. 제가 아내를 사랑하지 않는 게 아닌데 자꾸 만나서 이야기하면 서로 싸우고 오해가 생기니까 어떻게 해야 할지 모르겠어요."

후배의 눈물은 단지 노래가 감동적이고 자신을 위로해주는 것 같기 때문만은 아닐 것이다. 지금 처한 상황과 환경이 스스로 어찌할 수 없는 벽과 같아 막막함과 무력감에서 오는 소리 없는 절규가 아니었을까.

왜 우리나라는 대기업에서 평균 이상의 연봉을 받아도 가족과 함께 살 수 있는 집 한 칸 마련하기 어려운 사회가 되어버렸을까. 심지어 대기업 재직자도 아니고 평균 이상의 연봉을 받지 못하는 이들은 더욱 말할 것도 없는 고통을 겪고 있다. 불과 10년 전만 해도 소금의 무리와 의지만 있으면 대출을 통해 수도권 중심 지역은 아니더라도 내가 살 집 한 칸은 마련할 수 있었다. 그러나 이제는 불가능하다. 불과 몇 년 사이, 번듯한 직장과 수입이 있더라도 집

한 칸 마련하기 어려운 사회가 되어버린 것이다.

이것을 내 후배와 같은 밀레니얼 세대가 어떻게 받아들여야 할까. 그들의 입장에서 보자면 그들보다 특별히 잘난 것도 없어 보이는 '나이 많은 사람들'은 그냥 일찍 태어났다는 이유만으로 좋은 집도 있고, 좋은 차도 있는 것이다. 그리고 그들에게 더 절망적인 것은 자신들이 그 '나이 많은 사람들'의 나이에 도달했을 때 그들만큼의 부를 축적하지 못할 것 같다는 불안감이다. 이젠 그들에게 '너희들도 직장에서 연차가 어느 정도 차면 집도 생기고 차도 생기겠지.' 이렇게 쉽게 말하지 못할 것 같다. 연차와 축적되는 부가 비례했던 시대는 이제 사라져버렸을 수도 있다. 그저 이렇게 말하고 싶다.

'공감하고 응원해주는 것 말고 해줄 수 있는 게 없어서 너무 미안합니다.'

회사에서
배울 게 없다는
그대들에게

"배울 게 없어요."

2010년 이후부터 쏟아져 들어온 후배들 중 몇몇이 입버릇처럼 하는 말이었다. 그 말을 접할 때면 '배움을 찾아서라면 퇴근 후 위인전이나 읽어.' 말하고 싶어진다. 직장은 놀이터도 쉼터도 학교도 아닌 격정적이고 치열한 전쟁터인데 한가하게 멘토를 찾고 앉았으니 일이 되겠냐고. 마치 자기가 일 못 하는 이유가 보고 배울 사람이 없어서 그렇다는 식의 변명은 뻔하디 뻔하다. 본인의 무능력을 남에게 기대거나 책임 소재를 모호하게 하는 그 못된 어벙함에서부터 비롯된 거다. 이해하기가 어렵다.

건축가 안도 다다오의 건축사무소에는 '공포감으로 교육한다'고 적혀 있다더라. 그 정도로 회사는 정말이지 불꽃 튀는 치열한 전투장이다. 이런 엄하고 살벌한 상황에서 무슨 선생님 타령이냐고! 조용히 그 발화자들의 손목을 잡아끌고 도서관으로 가고 싶다. 애먼 멘토 찾지 말고 책이나 같이 읽어보자 어르고 달래고 싶다.

고미숙 선생님을 아는가? 당장 공부하라 하신다. 공부하면 나중에 훌륭하고 멋진 사람이 되고 뭔가 크게 얻을 거라고 말하면 안 된다고. 책을 읽고 공부하는 바로 이 순간, 공부와 공부 사이에 있다는 바로 그것이 공부의 이유여야 한다는 것. 즉 공부는 존재의 다른 이름인 것이다.

자, 그렇담 풀처럼 쉬이 누울 수 있고 깃털처럼 가벼운 우리가 당장 제대로 존재하려면, 지탱하려면, 우뚝 서려면 책부터 부여잡아야 되지 않겠는가.

○은 청년에게 음식이 되고, 노인에게는 오락이 된다.

부자일 때는 지식이 되고, 고통스러울 때면 위안이 된다.

○은 짐작했겠지만 바로 책이다. 캬! 고대 로마까지 거슬러 올라가 잘 알지도 못하는 작가 키케로까지 언급할 줄은 몰랐지만, 키케로의 저 말은 제법 멋지지 않나? 내가 미흡하나마 이렇게 글을 쓰게 된 이유도 책을 밥처럼 좋아해서일지 모르겠다. 매일 먹는 밥처럼, 하루라도 먹지 않으면 아쉬운 밥처럼.

특히 이직 후 그리 삶이 평화롭지 못했던 작년, 재작년에만도 400권 넘게 본 것 같다. 혹자들은 그런다. 목차만 본 거 아니냐부터 책을 눈으로 보긴 본 거냐까지 각종 혹평은 귓등으로 가뿐히 흘려버리고 나에게 독서는 뭐였다? 힐링 공부, 신경안정 공부 개념이 강했다. 그렇다면 지금 이 책이 독자 여러분께는 어떤 의미로 다가갈지 자못 궁금하다.

소신 있는 삶을 살기가, 줏대 있는 인간이 되기가 어디 쉬운가만 태풍까진 아니더라도 산들바람 정도는 가벼이 여기고 휘청거리지 않으며 이 바람이 끝나길 기다릴 줄 아는 정도의 인내심과 묵직함을 가진 인간이 되고 싶다. 어디에 있든 무엇을 하든 오직 독서를 통해 탄탄히 다져 나가고 싶은 아줌마도 아저씨도 아닌 그냥 40대 사람.

우연이든 필연이든 우리의 첫 책을 접한 그대들이여, 웰컴 투 서서히 변한다 월드!

독서를 통해 세상을 넓고 길게 볼 수 있는 안목을 길러보자. 허황되게 도사님 같은 것 찾지 말고 지금 바로 도서관으로 서점으로 고고씽!

웰컴 투
좀비 월드

웰컴 투
좀비 월드

서서히

난 자타 공인 좀비물을 좋아하는 인간이다. 좀비가 등장하는 영화, 드라마, 애니메이션을 대부분 거르지 않고 모두 찾아서 보는 편이다. 좀비물은 보통 'B급'으로 취급되어 시간 죽이기용으로 많이들 본다고 하지만 난 정말 진지하게 감상하는 편이다. 좀비가 등장하는 세계, 즉 좀비 월드는 지금 우리가 살고 있는 세계와 너무 닮아 있다는 생각이 들기 때문이다. 좀비 영화를 보면, 바이러스에 의해 좀비가 된 사람들은 피에 굶주려 있다. 그들은 정상적인 사고를 하지 못한 채 가족도 친구도 알아보지 못하고 본능에 충실한 채 인간의 피를 향해 돌진한다. 살기 위해 어쩔 수 없는 선택이다. 좀비는 피의 향을 풍기는 인간을 뜯어 먹지 못하면 굶주리고 쇠약해진다. 살아남기 위해서 어쩔 수 없이 다른 이를 뜯어 먹어야 하는 것이다.

그럼 우리가 사는 세상은 어떨까? 다소 비약이 있을 수 있겠지만 전반적으로 크게 다르지 않다. 돈, 성공, 인정 등 각각의 사유에 우리는 감염되어 있다. 이 바이러스는 사람마다 원인이 다르고 다른 방식으로 영향을 끼치기 때문에 어찌 보면 일률적인 좀비 바이러스보다 더 무섭다. 자신이 감염된 사유에 너무 몰입하다 보면 이성을 잃고 정상적인 사고를 하지 못한 채 잘못된 방향으로 돌진하는 삶을 살게 된다. 이 과정에서 사랑하는 사람에게 상처를 주고, 그들을 다치게 하고, 그들을 밟고 일어서게 된다. 냉혹하고 비정한 현실이지만 내가 살기 위해서는 어쩔 수 없는 선택인 경우도 많다. 좀비가 바이러스를 이겨내지 못하고 바이러스의 지배를 받듯, 우리 인간도 자신도 모르는 사이 스스로 중요하게 여겼던 그 무엇에 잠식되어 결국 그것의 지배를 받는 삶을 살게 된다.

좀비물은 항상 이런 측면에서 내게 경각심을 준다. 너무 돈에 얽매이는 삶을 살고 있지는 않은지, 인정의 욕구에 지배당해 선후배나 동료를 무시하고 나 혼자만 잘났다며 회사생활을 하고 있지는 않은지. 가끔은 어느 순간 이성이 마비된 채 좀비가 되어 있는 나를 발견하고는 소스라치게 놀라기도 한다. 한 가지 다행인 점은 우리 인간의 경우 이러한 취약성을 가지고 있는 반면, 이를 스스로 깨닫고 바로잡을 능력이 있다는 거다. 이것이 영화 속 좀비 월드와 현실 속 좀비 월드 간의 큰 차이점이라고 할 수 있겠다. 영화에서 좀비들은 스스로 바이러스를 이겨내지 못한다. 그들은 타인에 의해 구제되거나 죽음을 통해 평안해지는 방법 외에 스스로를 구원할 수 없다. 하지만 현실 속 좀비 월드에서 우리는 끊임없이 스스로 보다 나은 인간이 되기 위해 노력한다. 오늘 못되게 군 후배에게 내일 커피를 들고 다가가 먼저 사과하기도 하고, 직장생활이 바쁘다는 핑계로 부모님과 통화할 때 짜증만 냈던 것이 문득 떠올라 종종 양손을 무겁게 해서 부모님 댁으로 서프라이즈 방문을 하기도 한다. 인생을 살면서 진정 중요한 것을 잊고 가짜인 것들에 묻혀 살아왔던 것을 스스로 돌아보고 반성할 수 있는 유일한 존재는 인간이다. 그래서 현실 속 좀비 월드는 영화보다 희망적이다. 가끔은 영화보다 더 참혹한 장면도 목격하게 되지만, 그래도 치료제가 우리 내부에 존재한다는 점에서 생존 확률이 높다.

얼마 전 유튜브 채널을 보던 중 배우 조인성이 나와서 이런 뉘앙스의 말을 했다. 그가 언급한 정확한 문장은 기억이 나지 않아 뉘앙스만 옮겨본다.

'예전엔 무얼 해야 행복해지는 것인지 찾으려고 했는데 이제는 무얼 꼭 하지 않아도 아무 일도 없는 지금이 행복하다.'

작년에 회사에서 '행복'을 주제로 아이디어 회의를 했는데 팀장이 팀원들에게 질문했다.

'행복이 무엇일까요? 행복하다는 건 어떤 걸까요?'

그때 난 이렇게 대답했다.

'불행하지 않은 상태요. 그게 행복한 게 아닐까요?'

이 기적의 논리를 내 머릿속에 탑재한 이래 정말 신기하게도 삶의 대부분의 시간이 행복해졌다. 크게 불행한 일이 없으니 자동적으로 행복하게 된 것이다. 이런 마인드로 살고 있던 내게 조인성의 말은 매우 공감되었다. 그냥 아무 일도 일어나지 않는 고요한 지금 나도, 조인성도 행복하다고 느끼고 있는 것이다. 왠지 조인성과 같은 것을 느끼고 있다는 것이 뿌듯하기도 하고.

우리가 살고 있는 이 세상은 분명 거칠고 험악하고 비열한 좀비 월드이다. 아마 세상을 살아가면 갈수록 더욱더 인생의 쓴맛은 진하게 다가올 것이다. 하지만 치료제는 특별한 혈액을 가진 한 소년이나 지구 반대편 이름 모를 산속에서 괴물들을 물리치며 쟁취해야 하는 약초 속에 있는 것이 아니라 우리 모두 분명 지니고 있다. 좀비 월드에서 세상을 구하는 길은 기하급수적으로 늘어나는 좀비를 분산시키고 수를 줄이는 것이다. 좀비들은 수가 불어나면 세상을 붕괴시킬 막강한 파워를 지니게 된다. 그러니 좀비로 변신하지 않기 위해 내 마음속 치료제를 자주 꺼내어 삶에서 진정 중요한 가치를 좇고 일상의 행복을 자주 느끼면서 살아가야 하지 않을까 생각해봤다.

그나저나 조금 전 넷플릭스에 신규 좀비물이 떴다. 당장 보러 가야겠다.

어서 와,
밑도 끝도 없는 건
처음이지?

변한다

나도 마찬가지, 밑도 끝도 없었다.

참으로 황당무계했다. 거제에서 대형버스로 올라와 많은 인원들이 본사 근처 오피스텔에 묵기에 침구, 휴지 등 가재도구들을 챙겨주라는 오더를 상사에게 받은 적이 있었다. 아니 내 집 이불도 개지 않고 발로 차고 나오는 사람한테 뭐라? 무엇보다 이 회사는 나를 이런 용도로밖엔 쓸 수 없는 건가, 씁쓸했다. 나 원 참… 허나 배 째고 덤빌 수가 없었다. 그 당시 서서히도 곁에 있었고 보는 눈이 많았다. 가까스로 숨을 고른 후 꾸역꾸역 화를 참아내며 그래도 해당 일을 군말 없이 깔끔하게 완수한 걸로 기억난다. 나 참, 그래도 배는 고프더라. 끝나고 나서 그 근처 삼겹살집에서 푸지게 먹었던 것까지 기억난다. 마치 여섯 시간 뼈 빠지게 일한 이삿짐센터 직원처럼 먹었다.

물론 그깟 일 시켰다고 삐쳐? 회사 일에 경중이 어딨어? 누군가는 속 좁다고 할지도 모른다. 허나 내 말을 좀

들어보시라. 남들 참 하기 뭐한 일들, 설거지 스타일의, 주인 없는 것들은 희한하게 내 몫인 경우가 더러 있었다. 이유는 특별하게 묻지 않았으나 남성 90%이 넘는 회사에서 여자라 아줌마라 야무지게 잘할 것 같다? 로 생각할 수밖에 없다. 예전에 설계 인원 2천 명의 교육 체계를 잡는 데도 어김없이 투입되었다. 참고로 나는 문과 출신이고 설계 경력이 전혀 없다. 와, 생각만 해도 아찔하지 않은가. 물론 우여곡절 끝에 사내에서 주는 큰 상도 받았고 1년의 짬이 생기니 해양 플랜트 개론을 좔좔좔 읊을 정도가 되었으니 그동안의 피 땀 눈물은 뭐 말해 무엇하겠는가.

몇 년 전 보스를 모시고 미국 라스베이거스에서 해마다 열리는 세계 최대의 전자제품 전시회 CES에 갔었다. 연결된 비행기가 늦게 떠버려 인천행 비행기를 놓쳐버렸다. 오밤중에 공항 근처 방을 수소문 끝에 간신히 잡았고 하루를 묵는 데까지 온갖 생쇼를 다 했지만 그다음 날 아무 탈 없이 편안히 귀국할 수 있었다. 그뿐만 아니다. 호텔 방 키를 안에 두고 온 동료부터 커뮤니케이션을 할 줄 몰라 무척 얼어 있는 동료들까지 민원을 스스럼없이 해결했다. 난 어느새 현지 베테랑 가이드와도 다름없었다. 물론 그동안 숱한 출장 경험에다가 20년 전화 영어가 크게 한몫했다. 돌아오는 비행기에서 참 다사다난했지만 여러모로 쓸모 있는 멀티탭 같은 존재라는 걸 상기하면서 혼자 엄지 척을 몇 번 했는지 모른다.

이렇듯 작고 보잘것없고 하찮은 경험과 순간들이 밀 알처럼 모여 그럴싸한 나의 역사를 이룬다는 걸 알기까지 는 참으로 많은 세월과 인내가 필요하다. 당연한 것을 꾸 준히 해내는 일이야말로 어쩌면 참 어려운 일이니 그 지 리한 시간을 묵묵하게 참아내기까지의 과정 또한 말로 형 용할 수 없이 고단하고 벅차다. 얼마 전에 상담사 선생님 께도 말씀드렸다. 요즘의 나는 사방팔방에서 내게 공을 던져대는데 여기저기 막 급하게 받아내고 있다고. 사실 언제까지 곡예를 하는 서커스단원처럼 공을 받아내야 하 는가는 아직 모르겠다. 사람들은 어떤 일이든 일종의 반 복의 절대치가 있다고 하는데 그거 아는가. 기다림에도 기한이 있다는 걸 말이다. 잘 보면 현명한 자들은 결국 기 다림의 그 끝을 잘 안다. 40대 그리고 여자 사람인 나는 그 기다림의 끝을 결정할 수 있는가. 분명한 건 그 징글징 글한 끝을 분명히 맺을 단호한 명분과 절체절명의 정확한 시점 둘 다 정말 잘 판단해야 한다는 것. 일생이 늘 멈추지 않는 고됨의 연속이겠지만, 모든 건 앞으로 내가 증명하 기에 달렸다.

여자는
여자의 적敵이 아닌
적籍

서서히

어렸을 때 가장 부러웠던 건 오빠나 언니가 있는 친구들이었다. 또래보다 항상 정보도 빠르고 오빠나 언니가 있어 든든해 보였다. 물론 동생을 가진 친구들도 오빠나 언니를 가진 친구들만큼은 아니었지만 조금은 부러웠다. 단지 혼자가 아니라는 것이 막연하게 부러웠던 것 같다. 무남독녀 외동딸인 나는 부모님의 배려로 꽤 풍족하게 유년 시절을 보냈다. 형제, 자매가 없어서 그런지 부잣집은 아니었음에도 부족함 없이 자랄 수 있었다. 라면을 하나 끓여도 오빠나 언니에게 빼앗기지 않으려 경쟁적으로 빨리 먹어야 했던 또래 친구들에 비해 난 항상 여유롭게 온전히 내 것을 향유할 수 있었다. 음식을 먹는 속도가 현저히 느렸기 때문에 친구들과 같이 밥을 먹을 때면 생소한 속도감에 놀라곤 했다. 무경쟁 환경 속에서 성장해온 나는 점점 더 경쟁에 취약한 인간이 되어갔고 지금까지도 경쟁하는 것을 좋아하지도, 잘하지도 않는다.

한편 학창시절 내내 남녀공학만 다녔던 나는 여자들 간의 심리 싸움이나 질투에도 취약한 편이다. 사실 그런 것을 직접적으로 느껴볼 기회도 없었을뿐더러 만약 그런 환경에 휘말린다고 해도 내가 그것을 간파해낼 수 있을지 의문이다. 이 무딘 감성으로 그런 게 지나갔었는지도 모를 확률이 매우 높다. 설상가상으로 대학 졸업 후 시작한 직장생활도 조선업, 방위산업, 반도체로 이어지며 주로 남성들과 함께 어울려왔기에 여전히 나는 여자들 간의 미묘한 심리전에 취약한 상태이다. 사실 잘 알고 싶지 않고 이대로 무디게 살아가고자 한다.

그러던 어느 날, 사건이 일어났다. 직장생활 3-4년 차 정도에 접어들 무렵이었던 것으로 기억한다. 당시 한 동료 여자분이 남자 동료와 여자 동료를 대하는 태도가 180도 달랐는데 내게는 너무 신기한 광경이었다. 그런 쪽으로 무딘 감성의 나조차 느껴질 정도였으니 아마 밖으로 드러난 그분의 두 가지 태도 간 온도 차이는 꽤 컸을 것이다. 그분의 경우, 여자 동료가 말을 걸거나 대화를 시도하면 짧은 단답형으로 대꾸하거나 심지어 대꾸도 잘 하지 않았는데 남자 동료가 같은 행동을 하면 일단 목소리의 데시벨이 두 배 이상 높아졌다. 주변의 모든 사람이 쳐다볼 정도로 목소리 자체에 생기와 활력이 넘쳐흘러 수다쟁이로 변하는 그 여자분을 볼 때마다 너무 신기해서 넋을 놓고 바라보게 되었다. 그분이 특정 남자 동료에게만 그러는 것은 아니었다. 만약 그랬다면 단지 그 남자분에게 관심이 있구나 하는 정도로 사건은 마무리되었을 것이다. 하지만 그분의 태도는 상대가 남자 또는 여자인지에 따라 극명하게 바뀌었다. 조금 과장해서 말하자면, 같은 성별의 인간과는 대화하기 싫은 듯 보였다. 남자 동료들은 그분을 밝고 싹싹하고 친절한 동료로 기억하는 반면, 여자 동료들의 경우 어둡고 차갑고 불친절한 동료로 기억하고 있었다.

내 입장에서는 처음 보는 캐릭터였기에 그분이 싫거나 불편하기보다는 그냥 신기했다. 그분의 변모하는 태도와 목소리의 데시벨로 어떤 성별의 인간과 대화하고 있는지 짐작하는 일은 직장생활에 있어서 하나의 재미 요소이기도 했다. 당시 난 그분에게 오히려 최선을 다했다. 그분이 위기에 처하면 다른 동료들보다 먼저 그분을 감싸고 지지했고(물론 별다른 힘은 없었지만), 그분이 남자 동료하고만 대화하고 커피를 마시려고 해도 끊임없이 홀로 대답 없는 시그널을 그분에게 보냈다. 나도 대화에 끼려고, 함께 커피 마시려고 주구장창 들이댄 셈이었다. 그랬더니 그분이 적어도 나에게만큼은 경계를 살짝 푸는 것 같았다. 혹자는 이렇게 말했다. 요즘 같은 개인주의 시대에 굳이 너가 그렇게까지 해서 그분이랑 잘 지내는 게 무슨 의미가 있냐고. 그냥 서로 안 맞으면 억지로 잘 지낼 필요 없지 않냐고. 물론 맞는 말이다. 돌이켜보면, 내가 얻는 건 별로 없었던 것 같다.

조직이 바뀌면서 그분과 헤어지게 되어 더 이상 교류하지 못했기에 여전히 그분을 잘 알지 못한다. 하지만 그때도, 지금도 나는 그분이 성별에 차이를 두고 사람을 대하게 된 것에는 그만한 이유가 있지 않을까 생각한다. 처음부터 그렇진 않았을 것이다. 나처럼 운 좋게(?) 성장 과정에서 경쟁을 모르고 자랐거나 여자들 틈에서 치열한 심리 싸움을 겪지 않은 사람이 아닐 수도 있는 것이다. '그분의 삶은 나보다 더 치열했겠지.' 하고 지레짐작하면 그분의 지금 행동도 으레 '그럴 수 있겠구나.' 하고 이해가 된다. 상처나 트라우마는 외면하고 흙으로 덮어서 없어지는 것이 아니라 연고 바르듯이 따뜻한 사랑과 보살핌으로 겹겹이 발라줘야 서서히 스며들면서 치유된다. 그분이 만나왔던 여자들이 모두 적敵이었다면, 다 인생에 도움되지 않고 해코지만 하는 사람들이었다면 나는 적어도 그분에게 그런 여자로 기억되고 싶지 않았다. 그분에게 좋은 여자 동료도 존재한다는 것을 보여주고 싶었다. 그렇게 그분의 상처가 치유되면 그것이 선순환되어 다음번에는 그분이 다른 분의 상처를 치유해주면 좋겠다는 생각이 들었다. 비록 선순환의 결과는 확인할 수 없지만 그분이 어딘가에서 다른 여성 동료들과 까르르 웃으며 잘 지내길 바란다.

세 치의
혀는
수련의 문제

변한다

세 치의 혀, 인간관계에서 가장 소중히 다뤄야 할 것 중 하나다. 자칫 잘못하면 행복 끝, 불행 시작…… 진정한 헬게이트가 열릴 수 있다. 그렇기에 적당히 삼키고 경청 속에 침묵을 했어야 했다. 후배가 선배에게서 피임, 성관계 등의 성희롱적 거북한 말들을 들어 현장에 같이 있었던 자로서 의협심에 불타 억울함을 풀어주고자 거드는 말들과 행동을 했건만 웬걸! 내 본연의 취지와는 완전히 다르게 많은 혀들의 파도를 파도를 타고 넘어가 나는 말간 후배를 이용해 어떻게든 선배를 찍어 누르고 위해를 가해보려는 천하의 나쁜 년이 되어버렸다. 부지불식간에 이해가 아닌 오해를 부르고 사실이 아닌 과장이 더해 진실은 왜곡되었으며 나는 몇 년간 그 평판을 두고두고 억울하고 원통했다.

특히 조심해야 할 건 누군가의 말을 옮기는 것이다. 무릇 말이라는 것은 물과 같아 따옴표 안에 있는 문장 통

159

째를 그대로 전달했다고 하더라도 누가 옮기냐에 따라 한두 마디 보태지고 생략되어 본연의 뜻은 어느 정도 맞겠지만 그 안에 숨어 있는 함축적인 의미는 누가 어떻게 해석하냐에 따라 확 달라지기 마련이기 때문이다.

속된 말로 입이 싸다는 말을 할 때 남의 말을 잘 전하고 수다스러운 여성이나 크게 생각이 없이 재잘거리는 꼬마아이들을 두고 이야기한다. 하지만 내 쩜을 비춰봤을 때 분명히 말할 수 있는 건, 남의 말을 옮기고 싶어 하는 건 호기심 많은 인간의 품성과 수련의 문제지, 젠더나 연령의 문제가 아니라는 것.

고전인문학자 배철현이 쓴『수련 : 삶의 군더더기를 버리는 시간』을 보면 '수련'이야말로 훈련으로 인해 갈고 닦고 덧입혀지는 게 아니라 덜어내는 것이다. 즉 입은 다물고 귀는 열고 머리는 생각하고 필요 없는 말이나 생각 등을 더하지 않고 비우는 거였다. 지금 당장 할 말은 꼭 해야 하겠다는 마음을 꾹꾹 눌러버리고, 길고 깊은 한숨으로 옆을 온통 뿌옇게 전염시켜서라도 입을 다무는 것이야말로 진정한 수련인 거다.

무엇보다 중요한 것은 거리 두기, 유체이탈을 통해 다급한 마음을 잡고 평안과 고요를 찾아야 한다. 어찌 보면 상처받는 마음을 갖고 괴로워하는 내가 문제지, 나를 훼손하는 사람이나 그렇게 만든 상황을 탓하는 것은 어리석지 않은가. 본질은 제대로 수련되지 않은, 여물지 않은 본인인 것이다.

단 불의를 보고 마냥 침묵하는 것과는 또 다른 문제다. 나이가 들수록 맞서지 않으려 하고 좋은 게 좋은 거라며 회피하는 비겁한 자기 위로와는 다르다. 사실 그렇다. 이제는 내 말로 인해 상대방이 어떻게 반응할지 몰라서 생기는 공포심이 아니라 곡해된 현실에 모멸감을 참지 못해 순간 폭발하는 내 비루하고 짠한 모습이 스스로 감당이 되지 않는다. 다신 그런 꼴을 보기 힘들다는 공포가 나이가 들수록 더욱 압도한다.

그래서일까. 일단 말은 침과 함께 삼키는 대신, 혼잣말과 궁시렁이 늘어간다. 오래간만에 전화 받은 후배에게 비스무리한 이야기를 했더니만 쏟아진 잔소리, "언니 참으면 병 생겨, 그냥 생긴 대로 살아. 여하튼 희한하게 촌스러워." 요망한 것의 사이다 발언에 현타가 태풍처럼 몰려오긴 한다만 샤를 드골의 말마따나 침묵은 권력의 최후 무기다. 적어도 할 말은 일단 삼키고 생각을 숙성하는 시간을 갖는 내 수련은 멈추지 않아야 한다 정도는 늘 머릿속 저장 버튼 꾹!

루틴의
미학

서서히

첫 직장은 의미가 크다. 학업을 끝내고 직장이라는 곳에 들어가는 순간, 더 이상 우리는 아마추어가 아니라 프로가 된다. 프로의 세계는 냉혹하다. 맡은 소임을 열심히, 잘 해내야 하고 기대치를 달성하지 못했을 때 그에 상응하는 대가를 감당해야 한다. 이러한 냉혹한 세계에서도 모든 것이 용서되는 수습 기간이 있는데 그 시기가 바로 신입사원 시절이다.

신입 시절이 중요한 이유가 여기에 있다. 짧게는 몇 개월, 길게는 몇 년간의 수습 기간 동안 평생 직장생활에서 필요한 많은 것들을 최대한 배워두어야 한다. 아니, 어떠한 것이라도 배울 수 있는 역량을 길러두어야 한다는 게 더 정확하겠다. 모든 것을 단 몇 년 동안 배울 수는 없기 때문이다. 다만, 어떠한 일이 주어졌을 때 어떻게 처리해야 할지 사고하고 실행하는 방법론을 배워둔다고 보는 게 맞을 것 같다. 이 시기를 어떻게 보내는지에 따라 평생 직장생활이 좌우된다고 해도 과언이 아니다.

　나는 스스로 생각해볼 때 꽤 '빡쎈(?)' 신입 시절을 보냈다. 무엇이든 열심히 하고자 하는 열정이 누구보다 넘쳐흘렀다고 자부할 수 있고 신입 시절을 보낸 환경 자체도 호락호락하지 않았다. 그렇기에 자의 반, 타의 반으로 고되고 힘들게 그 시기를 보냈다. 그러나 직장인을 붙들고 물어보면 아마 열에 아홉은 나와 비슷한 대답을 할 것이다. 자신의 신입 시절이 널널하고 편했다고 반추하는 사람은 매우 드물지 않을까?

　어찌 되었든 그런 호된 시기를 오래 겪었기에 어느 회사, 어떤 부서에서 일해도 웬만해서는 힘들지 않았다. 일이 많다, 윗사람이 별로이다, 출장이 많다 등등 사람들이 힘들고 어렵다는 부서를 막상 가서 일해보면 내게는 크게 부담되는 곳이 아닐 때가 많았다. 그만큼 일 처리에 자신감도 있었고 타인으로부터 내가 가지고 있는 업무적인 역량도 비교적 높게 평가받아왔던 것 같다. 그러다 보니 점점 욕심이 자라났다. 일에는 귀천이 없다지만, 막상 직장생활을 해보면 일에는 귀천이 있다. 누구나 참여하고 싶어 하는 일과 아무도 하고 싶어 하지 않는 일이 명확히 존재한다. 누구나 참여하고 싶어 하는 일은 보통 회사에서 매우 중요하게 여겨져서 온갖 임원진들의 관심이 집중되어 있는 일 또는 성과 획득이 수월해서 그 일에 참여했을 때 보상이나 인정이 쉽게 따라오는 일이다. 반면, 아무도 하고 싶어 하지 않는 일은 그 반대로 볼 수 있다. 아무리 열심히 하고 훌륭하게 잘 수행해도 회사의 임원진들이 전혀 관심 없거나 그에 대한 보상이 뒤따르지 않는 일이다. 보통 매일 반복적으로 루틴하게 흘러가는 업무들이 이에 해당된다. 이렇게 루틴한 업무들은 도중에 중단되면 큰 사고가 발생하지만, 정상적으로 잘 수행해도 티가 나지 않는다. 그래서 잘못하다 사고가 발생하면 회사 내에서 '쉬운 일도 제대로 처리 못 하는 무능력자'로 찍힐 수 있고, 너무 잘해서 아무런 사고도 터지지 않으면 그런 일이 존재하였는지조차 아무도 모른 채 조용히 그리고 당연하게 그냥 흘러가는 것이다.

회사생활이 수년째 접어들자 나 역시 보통의 인간으로서 욕심이 생겼다. 아무도 하고 싶어 하지 않는 일은 피하고 싶었고 누구나 하고 싶어 하는 일을 맡아서 하고 싶었다. 똑같은 시간 투자를 해서 회사생활을 하는데 누구나 그에 대한 보상이 큰 일을 하고 싶을 것이다. 그래서 몇 번은 굵직한 업무를 맡아서 성과도 창출하고 그렇게 바라던 인정도 얻어냈다. 하지만 그런 기회는 한 사람에게만 반복적으로 집중되지 않는다. 물론 그런 행운을 직장생활 내내 가져가는 이들도 분명 어딘가에 존재하겠지만 적어도 내 경험상으로는 본 적이 없다. 어느 순간 내게도 그런 행운이 더 이상 찾아오지 않고 반복적이고 루틴한 업무들만 계속 주어지기 시작했다. 제대로 해내지 못하면 채찍이 기다리고 있고, 잘 수행해도 아무 보상 없이 당연한 그런 일들 말이다. 그런 일들을 하고 있자니 반발심이 마음 가득 차올랐다. '왜 나는 이런 일만 해야 해?', '쟤는 나보다 일도 못하는데 왜 그런 굵직한 업무를 혼자서 다 차지해?' 이런 생각들이 꼬리에 꼬리를 물고 머릿속을 잠식했고 나 자신을 끊임없이 괴롭혔다. 모든 임원진의 관심을 한 몸에 받는 중요한 프로젝트를 하는 친구들이 내 주변에 존재할 때면, 그런 반발심은 자괴감으로까지 이어져 더욱더 나를 괴롭혔다. 그들이 중요한 프로젝트를 하느라 소홀히 할 수밖에 없던 루틴한 업무들은 나와 같은 주변인에게 넘어왔고 그럴 때마다 피해의식을 느낌으로써 나 자신이 매우 하찮은 인간이 된 것 같은 자괴감이 들었던 것이다.

그런데 자괴감 속에서 루틴한 일들을 하다 보니 조금씩 생각이 바뀌기 시작했다. 루틴한 업무는 손에 한번 익으면 대부분 어렵지 않고 수월하게 처리할 수가 있어 '워라밸'을 즐기는 생활이 가능했다. 임원진의 관심이 집중된 업무는 그 프로젝트가 종료될 때까지 보통 워라밸을 반납해야 하는 경우가 많고 수시 보고와 보고 후 피드백 반영으로 바쁜 나날을 보내야 하는 반면 루틴한 업무는 내 일정을 내가 조정해가면서 일할 수 있었다. 그리고 루틴한 업무도 효율적으로 잘 해내면 그 업무에 있어서 나름 전문가가 될 수 있고 미약하지만 약간의 인정도 받을 수 있다. 무엇보다 인정과 보상을 다 떠나서 초연한 마음가짐으로 회사생활을 하니 나 스스로 마음이 평안하고 행복해졌다. 내가 아닌 타인으로부터의 인정과 회사생활에서의 성공, 승진이 중요하다며 자신을 채찍질하며 지내던 시기를 돌이켜보면 정말 행복하지 않았다. 고과 평가에 일희일비하고 가족은 내팽개친 채 밤새워 야근하면서 상사의 신임에 목매던 그 시기는 지금 돌이켜보면 우매한 시절이었다고 밖에는 느껴지지 않는다. 삶의 90% 이상이 회사생활로 점철된 삶은 이제 더 이상 전혀 부럽지 않다. 회사생활을 최소화하고 남은 시간을 내가 좋아하는 사람들과 즐거운 활동을 하면서 보내는 지금의 시기가 진정 행복하다.

회사 업무는 루틴한 업무가 사실 대부분을 차지한다고 생각한다. 누구나 중요하고 반짝이는 일을 하고 싶겠지만 그러한 일은 비중이 적고 대부분의 사람은 루틴한 일을 해야 하는 구조이다. 루틴한 일을 하는 사람도, 하지 않는 사람도 그 일을 무시해서는 안 된다. 루틴한 업무가 있기에 소위 '중요하고 회사 경영에 큰 영향을 끼치는 굵직한 일'들도 운영될 수 있는 것이다. 아직도 내가 하는 일이 너무 보잘것없고 소모적이라는 생각으로 괴로워하고 있다면, 생각의 전환으로 루틴함에서 오는 행복을 만끽해보았으면 좋겠다. 고개를 좌에서 우로, 위에서 아래로 돌리는 것만큼 쉬운 생각의 전환만으로 엄청난 삶의 행복을 누릴 수 있다.

착각은 자유가 아냐,
무능이고
비극이지

변한다

'사또야, 너는 뭐가 되고 싶니?'

'전 킹메이커가 되고 싶어요.'

전 직장에서 모셨던, 나를 유일하게 '변사또'라 부르셨던 분께서 내게 물으신 적이 있다. 그때 내가 말한 게 다름 아닌 팔로어십이었다. 리더의 의중을 잘 이해하고 구체적으로 실행하는 능력, 근데 이게 없으면 정작 리더도 되지 못한다. 평생 대리, 과장일 수는 없는 거 아닌가. 나도 팀장 등 리더가 될 텐데 팔로어십부터가 도전 과제라 생각했다. 아 참, 남을 따르지 못하는 법을 알지 못하는 사람은 좋은 지도자가 되지 못한다. 아리스토텔레스도 비슷한 말을 했다.

그렇다. 한 인간의 능력은 얼마나 많은 너와 변연계 공명을 할 수 있느냐에 달려 있다고 한다. 변연계 공명이란 예를 들자면 팀원이 시각, 눈빛 등을 통해 팀장과 공감대를 형성해나가는 걸 말한다. 물론 타인을 이해하는 일은 결코 쉽지 않으므로 변연계 공명, 조절 같은 건 긴 시간과 노력이 요구된다는 것은 당연지사. 정말이지 타인을 아는 일은 결코 쉽지 않다. 이해를 넘어 나와 다른 이들과 소통하는 건 더욱이나 힘겨운 게 사실이다.

특히 위기 속에서는 원하든 원하지 않든 리더십과 팔로어십이 도드라지게 되어 있다. 위기관리에서 빠질 수 없는 성공 케이스인 전 뉴욕시장 루돌프 줄리아니, 9·11테러가 발생한 2001년은 그의 임기 마지막 해였지만 누가 뭐라 할 것도 없이 발생하자마자 현장에 가 진두지휘를 해서 보는 이들에게 지도자로서의 모범을 보였다. 20%가 리더의 역할이라면 80%는 팔로워의 몫이라는 어떤 학자의 말을 증명이라도 하듯 그의 신속한 판단과 지휘 역량과 더불어 조력자들의 훌륭한 팔로어십이 있었기에 엄청난 위기에서 미국은 무사히 빠져나올 수 있었다.

미국의 정치학자 제임스 번스의 '위대한 리더는 위대한 따르는 자가 있어야 한다'란 말까지 가지 않더라도 만약 얼떨결에 리더의 자리에 앉는다면 그건 운이 아니라 비극이다. 그 자리에 앉아 있는 사람에게도, 밑에 팔로어에게도. 리더의 진정한 리더십은 그 깜냥의 문제에서 비롯되기 때문. 그래서 리더에게 무능력은 절대적으로 죄라 본다.

결국 아는 만큼 보인다고 하지 않았던가. 감히 추측해 보건대 리더가 팔로어였던 그 시절 또한 팔로어십이 형편없지 않았을까. 아님 배울 그리고 접할 기회조차 없었을 수도 있고. 그래서 조직의 크기는 리더의 크기를 대부분 넘지 못한다. 구성원 즉 팔로어들이 똑똑하게 일하지 못한다면 구성원들이 모자라서가 아니라 구성원이 똑똑하게 일할 방법을 만들어주지 못하는 리더가 잘못인 경우가 많기 때문이다. 황인선의『틈』에서는 45세에서 60세 사이에 어휘, 언어 능력, 공간 능력, 직관 등 분야에 있어 최고조에 이른다고 한다. 일명 리더의 뇌. 가만있어보자. 이 책을 읽고 있을 독자분들, 이쯤에서 당신의 리더의 뇌 현 주소를 찾아보면 어떨까.

이래저래 헷갈릴 때마다 나는 이 말을 입에 달고 산다.

"To make something special, you just have to believe it is special."

영화 〈쿵푸팬더〉에 나오는 이야기다. 아무리 갖은 기교를 부려도 결국 진정성 있는 콘텐츠와 맥락을 잇는 전달이 빠지면 좋은 기획은 없다. 형태는 바뀌어도 알맹이는 변하지 않는다. 고로 본질과 맥락을 콕콕 잡아내는 게 능력이다. 그래서 깜냥을 모르는 착각은 자유가 아니라 무능력, 그리고 비극이다. 주위에 착각의 늪에 빠진 무능한 리더가 있어 괴롭다면 마땅히 반면교사의 제물로 삼아야 할 것이고 그 중이 싫어 절까지 탈출하고자 할 요량이라면 냉철하게 당신의 '찐 깜냥'과 극적인 탈출을 꾀할 용기를 진단해보시길. 그냥 겁도 없이 나온다면 아마도 지옥불을 맛볼 테니, 신중하고도 결단력 있게 행동하시길.

일본인의
피가
흐른다

서서히

가끔은 내 몸속에 일본인의 피가 흐르는 것이 아닌가 의심스럽다. 예로부터 전해 내려오는(?) 그리고 내가 체득해서 알고 있는 일본인의 주요 특징 중 하나는 타인에게 피해를 주는 것을 극도로 꺼린다는 것이다. 어찌 보면 개인주의적 정신이 다른 민족에 비해 더 발달해서 '내가 피해를 주지 않을 테니 너도 내게 피해 주지 마.'라는 의식에서 비롯되었을지도 모르겠다. 이러한 일본인의 특성은 한국인에 비해 다소 인간미가 없어 보이기도 하지만 현실에서 대부분 매우 편리하다. 지하철을 타도, 공공장소에 가도 일본에서는 크게 불쾌함을 느낄 일이 없다. 일본인의 이러한 특성을 나 역시 가지고 있는데 그래서 그런지 가끔은 내 조상이 일본계 분이 아닌가 하는 착각이 들곤 한다.

　한번은 부모님 및 집안 어르신들과 함께 중국을 통해 백두산 관광을 간 적이 있었다. 어느 관광지 입구에서 티켓을 끊고 입장하기 위해 줄을 서 기다리는데 중국인 관

광객 무리가 대거 몰려오더니 자연스럽게 새치기를 하는
게 아닌가! 한국에서 보던 한두 명이 하는 새치기가 아니
라 여러 대의 관광버스에서 내린 수십 명의 사람들이 대
거 새치기를 하는 광경은 정말 볼만했다. 나는 분명 동일
한 자리에 가만히 서 있었는데 내 몸이 자꾸자꾸 뒤로 밀리
고 있었다. 어느덧 입구는 저 앞으로 멀어졌고 내 앞에는
수십 명의 중국인들이 특유의 고음으로 이야기 나누며 한
가득 들어차 있었다. 문제는 같은 패키지여행으로 관광 온
나의 팀들은 이 와중에도 중국인들로부터 줄을 사수하며
입구 안쪽으로 이미 입장해버린 것이었다. 가이드는 홀로
사라진 나를 찾느라 여기저기 방방 뛰어다녔고 나는 영문
도 모른 채 자꾸만 뒤로 밀리고 있었다. 결국 나를 찾아낸
가이드가 나를 붙잡고 겨우겨우 앞쪽으로 밀치고 나오는
바람에 나도 간신히 입구 안쪽으로 들어갈 수 있었다. 북
한인이었던 가이드가 말했다.

　"중국에서는 새치기 안 하면 아무 데도 못 들어가요."

　또 한번은 국내 유명 놀이동산에 놀러 갔을 때였다. 산
뜻한 봄날이라 그런지 사람들이 꽤 많았고 어떤 놀이기구
를 타려 해도 한 시간 이상 줄을 서야 했다. 구비구비 뱅뱅
돌아서 늘어진 줄에 서서 순서를 한참 기다리고 있었다.
그런데 자꾸 뒤에 선 사람의 몸이 내 몸과 닿는 것이 아닌
가! 한두 번은 그럴 수 있다고 생각했다. 빨리 앞으로 가서
놀이기구를 타고 싶으니 자신도 모르게 몸의 무게 중심이

웰컴 투
좀비 월드

앞으로 이동하면서 앞사람과 닿을 수 있을 것이다. 그런데 줄을 서 있는 한 시간 내내 눈곱만큼 앞으로 이동할 때조차 뒷사람의 몸이 자꾸만 내게 툭툭 닿으니 짜증이 났다. 이런 부분은 기본적인 에티켓이고 배려가 아닌가 싶은 마음에 울컥해서 뒷사람에게 한마디할까 고민도 했지만 결국 소심한 마음에 꾹 참으며 한 시간을 버텼다. 지금 와서 돌이켜보면 내가 앞사람과 넉넉하게 거리를 둔 채 줄을 서 있으니 내 뒷사람은 답답한 마음에 내 몸을 자꾸 치면서 재촉했던 게 아닐까 하는 생각도 든다. 줄 서 있는 동안 내 몸이 앞사람의 몸과 닿으면 불쾌감을 줄까 싶어 앞사람과 거리를 여유 있게 띈 채 줄 서 있었던 것이다.

지하철을 탈 때면, 옆 사람과 어깨와 다리가 최소한으로 닿도록 조금 앞으로 몸을 당겨 앉곤 한다. 등받이에 어깨를 딱 기대어 앉으면 공간이 좁기 때문에 옆 사람의 어깨와 닿아 어느 한쪽은 어깨를 제대로 펴지 못하게 될 때가 많다. 양쪽 모두 남성분이 앉아 있을 때 특히 그런 상황이 발생하는데, 그럴 때면 몸을 앞으로 당겨 앉아 등받이에 어깨를 기대지 않는다. 물론 우선은 나 스스로가 그 터치감이 유쾌하지 않아서 그러기도 하지만, 나름 타인에 대한 배려이기도 하다. 내가 몸을 앞으로 빼서 앉음으로써 양쪽에 앉아 있는 사람들은 등받이에 어깨를 기대고 편안하게 앉아서 갈 수 있지 않은가.

성격이 이 모양이다 보니, 가끔 나와 확연히 다른 사람들을 접하면 잘 이해하기 어렵고 화들짝 놀랄 때가 많다. 예를 들어, 지하철에서 다리를 양옆으로 쩍 벌리고 앉는 소위 '쩍벌남'이나 공공장소에서 마치 혼자 있는 듯 큰 목소리로 통화를 장시간 하는 사람들, 식당에서 아이들이 놀이러 온 듯 크게 떠들고 뛰어다녀도 제지하지 않는 보호자들, 비행기나 극장 안에서 앞사람 의자를 지속적으로 툭툭 치는 사람들…… 이 사람들에게도 그럴 수밖에 없는 그들만의 이유가 있을 수 있다. 하지만 어떠한 이유가 있다 하더라도 이런 행위가 한두 번으로 끝나지 않고 지속성을 가지고 있다면 나는 사실 여전히 이런 행위들은 이해하지 못할 것 같다. 나 역시 정상은 아닐 수 있다. 보통의 정상인에 비해 유독 이런 부분에 민감하고 견디기 어려워하는 게 사실이다. 가끔 나의 이런 민감함을 두고 남편이 잔소리를 하기도 한다.

"별것도 아닌 걸 가지고 왜 그렇게 예민하게 굴어?"

"괜찮아. 아무도 신경 안 써. 너무 과하게 그러지 마."

물론 성격이 소심해서 타인의 행위를 지적하거나 하지 말아달라고 요구할 때는 거의 없다. 다만, 내 눈에 비친 남편이나 지인의 모습이 타인에게 피해를 줄 것 같다고 판단될 때 하지 말라며 말리곤 하는데 그때마다 남편은 위와 같이 말하곤 한다. 하지만 타인이 무심코 지속하는 행동으로 고통받고 있을지도 모를 나와 같은 사람들을 생각하면 난 여전히 말릴 수밖에 없다. 상대방이 괜찮은지 아닌지는

173

내가 판단할 부분이 아니다. 그 상대방의 입장에서 역지사지로 판단해야 하는 것이다. 그래서 오늘도 배가 고프지 않은 나를 데리고 냉면집에 가서 냉면을 한 그릇만 시켜 먹겠다는 남편과 아옹다옹 다투고 있다.

"그냥 두 그릇 시키자. 난 조금만 먹을 테니 자기가 1.5그릇 먹어."

"배도 안 고프다면서 왜 두 그릇 시켜? 한 그릇만 시켜도 된다니까. 뭘 그런 걸 눈치 봐."

"아, 그냥 두 그릇 시켜! 내가 최대한 먹을게."

"다 못 먹을 거면서! 그 집은 인원수에 맞게 음식 주문 안 해도 괜찮다니까."

@#$@#$@#$@#$……

번아웃에 대한
단상

변한다

일단 작은 일부터, 제대로 똑바로, 마치 손소독제처럼.

쓰다가 멈칫한다. 웬 소독제? 얼마 전 퇴근길 시청공원 가로등에 꽁꽁 싸매 있는 요걸 보고 탄성을 질렀다. 아따 어떤 단디('단단히'의 경상도 방언)인지 모르겠지만 방역 대비 일 참 야무지게 했다 싶었다. 바로 이거야! 이게 진정한 디테일의 승리가 아니고 뭐겠는가. 예전부터 거대담론, 추상적인 말들은 참 싫어하다 못해 경멸했던 나다. (그렇다고 뭐 덩치에 맞지 않게 자잘한 사람인 건 아닙니다만.) 진짜 잘 아는 사람은 거창하고 두리뭉실하게 말하지 않는다. 한 개를 알더라도 하나를 하더라도 똑바로 제대로, 이게 이제껏 내 삶의 모토였다.

그러니 번아웃이 생길 수밖에. 실은 얼마 전부터 상담을 받기 시작했다. 전문가의 실질적 도움이 필요했다. 하루 열두 시간 넘게 부글부글했던 마음과 머리를 식히고자 매번 하고 있는 산책에서도 여지없이 일이 떠나지 않으니 말이다. 보스가 모 영상과 비슷하게 내레이션을 하면 되겠다, 어떤 톤으로 하는 게 좋을까, 아동 학대의 어떤 면을 단행본에 녹여야 전지적 관찰자 시점이 될까, 보는 이들이 흥미 있어야 할 텐데 등등 이런저런 생각을 하다 보면 어느덧 집에 다다르게 된다.

주저 없이 88만 원 밀도 있는 삶을 살아내고 있는 배윤슬 저자의 『청년 도배사 이야기』를 읽고 '옳다구나' 모 대학 사회복지사 원격 수업 등록에 시원하게 카드를 긁어버렸다. 사회복지학을 전공한 저자는 도배를 하면서 보내는 시간에 빽빽하고 알찬 느낌을 가졌다고 했지만 내 경우는 시청에 와서 공보를 해보니 잘 알지도 못하는 복지 쪽 분야가 상당해 저밀도의 구멍이 뻥뻥 뚫린 느낌이었다. '복지는 그냥 돈을 주는 거 아냐?' 하고 나 같은 '잘알못'들은 쉽게 생각할 수 있는데, 전혀 아니다. 어르신, 장애인, 아동, 학교 밖 청소년까지 맞춤형 복지를 하려면 우선 그 대상의 특성과 니즈를 잘 알고 분석해야 한다. 막 일괄적으로 퍼주는 게 그들이 진정 원하는 건 아니니까. 우리 시의 제대로 된 홍보를 하려면 행정의 한 축인 복지 분야를 기본적인 것부터 잘 알아야 한다 싶었다.

아무렴 그렇지, 언제부터인가 니를 유심히 본 사람들은 번아웃에 완전 맛이 가 보인다며 걱정을 늘어지게 하길래 쿨하게 맞다 했다. 언제부터인지 뒷목이 뻐근한 건 예사고 이명이 날 괴롭힌다. 안주연의 『내가 뭘 했다고 번아웃일까요』 맨 앞에 번아웃 자가진단서를 해보니 나는 30점, 일반적인 직무 소진으로 번아웃 조짐이 보이는 수치더라. 저자는 한 대학생 명상프로그램 광고 문구 '멘탈도 스펙'에 경악을 금치 못했다고 하는데 난 좀 달랐다. 온전한 정신으로 고고하고 꼿꼿하게 살 수 없는 어지러운 세상에 멘탈도 스펙 맞지 않나 싶다. 뭐 우리가 〈나는 자연인이다〉를 찍고 있지 않는 이상.

물론 조직의 문제기도 하다. 사실 번아웃은 주로 개인 차원의 문제를 넘어서지만, 그걸 자꾸 개인에게 떠넘기는 경우가 흔하다. 일중독자에 본디 조급한 성격이라며 원인을 개인적 문제로 귀결시키는 것이다. 물론 개인의 노력도 뒷받침해야 번아웃에서 해방될 수 있긴 하다. 독서든 심리치료든 명상이든 요가든 심호흡이든 지속적이고 효과적인 관리가 필요하고. 단, 모두 개인에게 미루지 말고 조직적으로 그 체계가 선행되어야 한다 말하고 싶다. 냉정하게 말해서 권한 이임 등도 잘못된 거니까. 적재적소에 인재를 효율적으로 부리지 않고 한 놈만 패고 몰아주니 번아웃돼 나가떨어지지 않나 싶다. 내 경우는 뭐든 알아야 직성이 풀리는 세밀한 성격과 지금 속한 조직이 처한 환경 등 반반이 섞였다. 나도 편히 살아보고자 한다면 언젠가는 두 손 두 발 다 들고 '게임 오버!' 외치는 순간이 올지도 모르겠다.

전문가들은 예스면 예스, 노면 노 정확하게 말할 줄 아는 단호한 자세를 취하라고들 한다. 스트레스를 유발하는 것들에 좀 피해 있으면서 말이다. 허나 번아웃에 이미 노출되어 있는 사람들에게 지뢰밭 환경부터 피하라니 이건 좀 시기를 놓친 김빠진 조언이 아닌가 싶다. 난 여기다가 좀 덧붙이고 싶다. 조직 문화를 변화시킬 수 있는 결정권자 언저리에 그대가 있다면 주저하지 말고 명확한 입장을 취해 번아웃으로 나자빠지는 사람들 하나둘 구제해주시고, 그렇지 않고 긴 호흡이 가능하다면 때를 조금 기다리자고. 머지않아 그때는 반드시 올 테니까. 그전까지 늘 착하고 고분고분하고 말 잘 듣는 사람일 필요는 없다. 목숨 부지가 제일 중요하니 어찌 되었든 잘 살아 있으라.

애플 티
한 잔의
기억

서서히

거의 10년 전이었을 거다. 남편과 나는 호기롭게 터키로 배낭여행을 떠났다. 그때는 세계 방방곡곡 배낭여행을 자주 다니던 시기라서 매년 어느 나라로 여행을 떠날지 행복한 고민을 하곤 했다. 그러다 우연히 인터넷에서 사진 한 장을 보게 되었고 그 사진에 마음을 빼앗겼다. 파란 하늘 아래 기다란 바위가 삐죽삐죽 솟은 이국적인 배경에 형형색색 열기구들이 떠 있는 사진이었다. 지금은 '터키 여행'으로 검색하면 거의 대표 격으로 그 사진이 뜨지만 그때만 해도 잘 알려지지 않았던 것 같다. 꼭 저기 가서 열기구를 타보겠다는 생각에 항공권을 예약하고 여행 일정 및 동선을 짠 후 그에 따라 숙소도 미리 예약해두었다.

터키 여행은 정말 환상적이었다. 수도 이스탄불은 말할 것도 없고 영화 〈스타워즈〉 촬영지였다는 이국적인 장소가 많은 카파도키아 등 카메라 셔터에서 손을 뗄 수 없을 지경이었다. 카파도키아 지역에서 며칠을 보냈는데 하루는 숙소 주변을 어슬렁거리다 '로즈 밸리'라는 관광지가 있다는 것을 발견하고는 그곳으로 향했다. 숙소에서 걸어서 갈 수 있는 거리였고 안내문에도 약 세 시간 정도 소요된다고 적혀 있어 빨리 걸으면 금방 다녀올 수 있겠다 싶어 그길로 곧장 출발했다. 로즈 밸리는 기암괴석으로 이루어진 바위산 트래킹 코스인데 밸리 안쪽으로 들어갈수록 바위산이 꽤 험준하고 길을 찾기가 쉽지 않았다. 심지어 난 숙소에서 원피스에 슬리퍼 차림으로 나온 터라 바위산을 오르는 것이 만만치 않았다. 다행인지 불행인지 로즈 밸리에는 남편과 나 외에는 아무도 없어 험준한 바위산을 속옷이 보일락 말락 하는 쩍벌 자세로 오를 수 있었다. 그런데 점점 불안감이 엄습했다. 밸리 안쪽으로 들어갈수록 안내 표지판도 점차 사라져갔고 밸리 초입에서는 잡히던 핸드폰 GPS도 신호가 두절되었다. 구글 맵을 통해 우리가 어느 위치에 있고 어느 방향으로 가야 하는지 방향을 잡던 남편은 당황하기 시작했고 그 모습에 나 역시 불안이 밀려왔다. 더운 여름날이라 햇볕이 강하게 내리쬐었는데 물 한 병 준비해오지 못한 우리는 점점 탈수 증상이 나타나기 시작했다. 아무리 걷고 걸어도 이 밸리의 끝은 보이지 않았고 사람 한 명 만날 수 없었다. 목이 타는 듯한 갈증과 계속 불통인 핸드폰을 보며 점점 무서운 생각이 스쳐 지나갔다. '우린 여기에서 죽을 수도 있겠구나.'

거의 세 시간 이상 바위산 속에서 헤매던 우리는 살기

위해 끊임없이 바위산을 오르내렸고 강한 햇볕 때문에 힘든 와중에도 속도를 늦추지 않았다. 이러다 해까지 지고 사방이 어둑해지면 정말 여기서 죽을지도 모른다는 생각 때문이었다. 뒤가 보이지 않는 높은 바위산 하나를 끙끙대며 겨우 넘어선 순간, 드디어 도로가 보였다. 우리는 '살았다'는 안도감과 함께 다리가 풀렸다. 마치 생사의 갈림길인 양 그 바위산을 넘자마자 평온한 터키 마을이 펼쳐져 있었다. 도로 건너편에 작은 건물이 보였고 건물 앞에 터키인들이 삼삼오오 모여 있는 게 보였다. 무작정 그곳을 향해 걸어갔다. 목적이 있었던 게 아니라 단지 사람이 그리워서 그들을 보자마자 막 그쪽으로 걸어갔던 것 같다. 약세 시간 이상 인적 없는 바위산에서 헤매고 나니 사람이 그리웠다. 그들은 멀리서 우리를 향해 반갑게 손을 흔들며 활짝 웃어주었다. 무리 중 한 명은 찻잔이 여러 개 놓인 쟁반을 들고 있었는데 우리가 다가가니 찻잔을 하나씩 내밀었다. 그가 애플 티를 반복하며 우리에게 보디랭귀지로 마시는 시늉을 했다. 매우 작은 찻잔에 뜨거운 애플 티가 향긋한 냄새를 풍기며 소복이 담겨 있었다. 이미 오랫동안 갈증에 시달린 우리는 찻잔을 받자마자 뜨거운 것도 잊은 채 원샷으로 들이켰다. 지금 생각해보면 요즘 같은 세상에 잘 모르는 외국인들이 주는 음료를 아무런 의심 없이 그렇게 들이켰던 것이 위험한 행동은 아니었나 싶기도 하다. 하지만 그때는 그들이 마치 천사인 듯 느껴졌고 고마운 마음만 가득했다. 언어가 통했다면 '살려줘서 정말 고맙다.' 고 인사라도 하고 싶었다. 그 눈곱만큼의 애플 티가 얼마 나 달콤했고 갈증을 완벽히 해소시켜주었던지 그날의 기 억이 지금까지 생생하다.

최근 남편과 그날 일에 대해 대화를 할 기회가 있었다. 터키 여행의 추억을 회상하며 우리는 여행이 만들어준 많 은 추억들을 되새기며 그리워했다. 그리다 문득 내가 그날 의 '애플 티' 사건을 언급했고 우리에게 애플 티를 주던 터 키인 분들께 너무 감사하다며 우리 생명의 은인이나 다름 없다고 말하자 남편은 의아해했다.

"그 사람들 거기 상점에서 물건 파는 사람들이었잖아. 가게에 들르는 관광객들한테 애플 티 무료로 다 나눠주는 거였어. 물건 사가라고."

그 말을 듣는 순간 터키 여행에 있어 내게 가장 아름답 고 소중한 기억이 와르르 무너졌다. 그들이 상점 직원들이 었다는 것을 내가 몰랐던 게 아니다. 나는 분명 알고 있었 다. 아마 그들이 우리에게 상점을 둘러보고 가라고 권유까 지 한 것으로 기억한다. 다만, 내가 기억하고 싶은 부분만 남기고 나머지는 삭제해버린 것이었다. 남편의 말을 듣고 잊고 있던 기억의 반쪽이 되살아났지만 되려 남편에게 다 그쳤다.

"그래서 그분들이 고맙지 않다는 거야? 어찌 되었든 그분들이 준 애플 티 덕분에 갈증도 해소하고 살았다는 안도감도 느꼈잖아."

그들은 여전히 그 자리에서 물건을 팔고 있을까? 누군가에게는 생명의 은인이자 천사로, 누군가에게는 귀찮은 상인으로 기억될 그들을 생각하니 어쩌면 기억 중에서 긍정적이고 행복하며 따뜻한 부분들만 오려내어 간직한다면 훗날 지난 삶을 추억할 때 보다 풍요롭고 행복한 삶을 살았다고 자위할 수 있지 않을까 싶었다. 나쁜 일은 잊어버리고, 좋은 것만 기억하려는 기억 편향 증상인 므두셀라 증후군 아니냐고? 므두셀라 증후군이면 뭐 어떤가? 삶을 추억했을 때 기분 나쁘고 불행하고 우울한 기억이 더 많이 떠오른다면 너무 비극이지 않은가. 나쁜 기억은 훌훌 털고 좋은 기억만 메모리에 저장하기에도 우리 메모리 용량이 그리 크지 않을 것 같다.

오지랖,
무례와
선행 사이

변한다

휴, 불친절 공무원, 얼마 전 어떤 민원인이 나와 동료들을 국민 신문고에 신고해 별안간 나는 세상 나쁜 공무원이 되어버렸다. 인근 버스정류장 설치로 인한 불편사항인데 관련 과에서 한바탕하고 왔는데도 불구하고 분이 풀리지 않았는지 오후 6시부터 8시 넘어서까지 비서실 근방에 서서 두 명의 내 동료들을 붙잡고 자기 하소연을 하고 있더라. "시간도 늦었는데 이제 그만하시죠." 참다못해 호기롭게 좀 끊어보자 한 게 화근이었다. 물론 "어휴, 정말 죄송합니다."를 남발하기도 했지만 그게 상대방에겐 비아냥이나 무례함으로 느껴졌나 보다.

"아니요, 괜찮습니다. 그런데 제 모습이 그쪽에게 불편함을 드렸나요?" 어떤 노년의 여성을 뵈었는데 다리가 약간 불편한 것 같아 힘드시면 굳이 따라오지 않으셔도 된다는 선한 의미에서 말씀을 드렸을 때 되돌아온 답변이었다며 깜짝 놀란 동료의 모습이 아직 선하다. 우리가 흔히들 말하는 오지랖은 웃옷이나 윗도리에 입는 겉옷의 앞자락이란 본연의 뜻인데, 가장 큰 장점은 많이 감쌀 수 있다는 것이다. 그만큼 오지랖이 넓다는 건 남을 인정하고 생각하는 마음이 넓다는 뜻, 허나 그 넓이의 경계는 참 불분명하다.

여기저기 참견하는 것에는 물론 순기능도 있을 수 있다. 누군가 나쁜 일을 겪고 있을 때 무관심보다 관심이 더 나은 경우가 많을 테니까. 하지만 때로는 그런 마음 씀씀이가 지나쳐 오해를 받기도 한다. 그래서 선의에서 출발했다 하더라도 오지랖, 정말이지 신중해야 한다. 어쩌면 나의 오지랖을 보고 '너부터나 잘하세요'라고 말할지 모른다. 즉 본인이 주장하는 선의나 정의는 본인 나름의 판단일 텐데, 그걸 받아들이는 입장에서는 의미가 달리 해석될 수도 있고 불편함을 줄 수도 있다는 걸 생각하는 게 좋겠다.

그러면 아예 귀를 닫고 입을 닫고 살란 말이냐. 아니다. 뭐 그럴 것까지야. 적정한 사회적 거리 두기 속에 적당한 눈감음이 중요하겠지. 『친구지옥』을 쓴 도이 다카요시는 요즘 젊은 세대에게 더는 친구란 관계는 존재하지 않으며 대신 친절한 관계만 남았다고 이야기하더라. 대립의 회피를 가장 최선으로 여기는 사람들에겐 인간관계에 있어 방어기제는 다름 아닌 친절. 비단 일본의 젊은 세대만일까. 아마도 아닐 것이다. 내 경우도 미소를 띤 채 늘

친절한 척 노력이라도 한다. 아님 아예 가까이 오려고도 하지 않으니까. 나 참, 묻지 않습니다만.

때로 나의 선의로 시작된 오지랖이 받아들여지지 않았다 해서, 내 본연의 소중한 마음을 남을 향한 삐뚤어진 마음으로 낭비하고 싶진 않다. 그저 내 마음 자체를 가뿐히 가지려고 한다. 어차피 어떤 조직을 가든 모든 사람에게 친절하고 친밀한 천사는 될 수는 없으니. 일상의 흔한 빌런에겐 무관심으로, 오지랖을 펼치려거든 상대가 원하는지 먼저 물어보고 나서 행하는 게 좋겠다. 즉 오지랖의 효율성을 고려해서 말이다.

남쪽 도시 근무 시절 내내 날 괴롭혔던, '갓난아기는 어쩌고요?'의 걱정 섞인 질문을 지금 받았다면 '에휴, 분유 값은 제가 벌어야지요.'라고 너스레 떨 수 있었을 텐데. 그땐 그 말들을 삼키지 못해 지독히 싫은 티를 팍팍 내는 것에만 급급했다. 이젠 달라졌다. 아무렇지도 않게 슈퍼맨은 영화 속에서나 찾으면서 현실 슈퍼우먼은 꼭 필요하다 강요하는 일종의 무뢰한들에게 '어라, 자긴 딸 안 키워? 나처럼 사는 딸 괜찮겠어?' 하며 씩 웃으며 구렁이 담 넘어가듯 여유롭게 맞짱 뜰 수 있는 그릇, 마흔이 넘어 이제야 온전히 내 것으로 빚어가고 있는 중이다.

이래서 팔방미인 레오나르도 다빈치 선생님께서 이 말씀을 하셨나 보다. '모든 경험이 하나의 아침이다. 그것을 통해 미지의 세계는 밝아온다.' 꾸준히 오지랖의 무례와 선행 사이를 넘나들며 경험을 쌓아 올린 분들의 미래는 마침내 찬란할 것이다. 예측건대 아마도 나처럼. 당신처럼.

웰컴 투
좀비 월드

취미도
경쟁 시대

서서히

오랜만에 만난 친구들과 식사를 하며 이런저런 이야기를 나누다 서로의 취미 생활에 대해 물었고 나는 글쓰기, 다른 친구들은 각각 조깅, 헬스, 골프를 시간이 날 때마다 즐긴다고 했다. 골프가 내게 물었다.

"글을 써서 공모전 같은 데 내거나 수상한 적은 있어?"

"아니, 그냥 개인 SNS에만 올리고 친구들에게만 살짝 공개하는 거야."

"그렇게만 하면 글쓰기가 늘지 않을 것 같은데. 공모전에도 내고 글쓰기 강습도 받고 수상 실적도 쌓아야 하는 거 아니야?"

"꼭 글쓰기 실력이 늘고 싶은 마음은 없어. 그냥 내가 좋아서 글 쓰는 거야. 글을 쓰면 스트레스도 풀리고 힐링이 되는 느낌이거든."

"그래도 좋아하는 취미인데 이왕이면 잘하는 게 좋지 않아?"

"물론 잘하면 좋겠지만, 잘하려고 노력하면서 오히려 스트레스를 받게 되면 좋아서 시작한 취미 생활이 일처럼 되어버릴 수도 있으니 지금처럼 소소하게 즐기는 게 난 좋더라구."

이번엔 내가 역으로 골프에게 물었다.

"넌 친구들이랑 골프 치러 나가면 점수가 잘 나오거나 이기는 게 좋아? 친구들이랑 같이 라운딩 다니는 것만으로도 즐겁지 않아?"

"음, 난 둘 다. 친구들이랑 라운딩 다니는 것도 좋지만 최고 점수를 갱신할 때랑 이겼을 때가 훨씬 더 좋지."

이번엔 조깅이 말했다.

"나도 조깅 거의 매일 나가는데 뛰는 것만으로도 좋지만 이왕이면 기록 갱신할 때가 더 좋더라고. 헬스 넌 어때?"

"음, 난 헬스하는 것만으로도 좋은데 같이 헬스하는 친구들이 내가 자기들만큼 못 따라오면 불편해하고 내가 민폐가 되니까 어쩔 수 없이 나도 같이 실력을 키워가는 중이야."

대화를 나누며 속으로 생각했다. '아, 이놈의 경쟁 사회. 취미로 즐기는 것까지 잘해야 하다니! 너무 피곤하다구~'

골프가 내게 다시 말했다.

"글쓰기 넌 참 신기해. 승부욕이 없는 것 같아. 난 뭐 하나 시작하면 승부욕이 발동해서 끝장을 보는 스타일인데. 다른 사람들보다 더 잘하고 싶은 그런 마음이 들지 않는다는 게 정말 신기해."

"다른 사람들보다 더 잘해서 공식적으로 인정받으면 좋겠지만 그것보다 스스로 만족하는 게 난 더 중요하거든. 글을 쓰면서도 나 스스로의 만족도를 높이려고 나도 너희들처럼 계속 노력하고 있어. 조금 더 나은 글을 써서 스스로 뿌듯함을 느끼려고 이리저리 시도하는 거지. 그런 의미에서 승부욕이 없는 건 아닌데 다만 타인에 대한 외적인 승부욕보다 내적으로 작용하는 승부욕이 더 크다는 게 차이점일 수는 있겠다."

헬스가 이어서 말했다.

"아마 글쓰기나 나나 다른 사람보다 잘하고 싶은 외적인 승부욕이 없는 건 아닌 것 같은데 속도의 문제가 아닌가 싶어. 골프랑 조깅 너희는 뭔가에 빠지면 그걸 빨리 마스터해서 다른 사람보다 더 잘하고 싶어 하는 속도가 빠른 거고 나랑 글쓰기는 우선 내적인 승부욕을 채우는 것에 더 집중하고 거기에 만족하다 보니 상대적으로 그 속도가 느린 게 아닐까? 우리도 물론 다른 사람보다 더 잘하고 싶은 마음은 있는데 너희처럼 그 욕구가 빠르고 급하진 않은 거지."

취미에 대한 이야기를 하다 보니, 학창 시절 학교에서 학생들의 취미나 특기를 조사했던 기억이 났다. 굳이 학창 시절까지 거슬러 올라가지 않아도 첫 회사에 입사할 때를 돌이켜보면 취미를 적어서 냈던 기억이 난다. 내 주변 친구들 대다수가 마땅히 적을 취미가 없어 보통 '독서'나 '영화 감상' 등을 적곤 했다. 취미는 보통 여가 시간에 쉬면서 할 수 있는 '편안한' 활동을 의미했고 실제 쉬는 동안 하는 활동인 '게임'이나 '낮잠'을 적어 낼 수는 없으니 비교적 고상하고 거리감이 없는 '독서'로 적는 것이 인기가 많았다. 하지만 요즘은 취미 활동의 범위가 굉장히 넓어졌고 어느 정도의 전문성을 갖추어야 어디 가서 취미라고 이야기할 수 있는 것 같다. 내 지인 중 한 분은 인터넷 블로거인데 광고 협찬을 통해 여러 물품을 무료로 제공받아 사용하고 있다. 이것은 직업인가, 취미인가 그 경계가 참 애매하다. 실제 '돈'을 버는 것은 아니므로 취미라고 보아야 하는지, 그렇다면 같은 인터넷 블로거라도 물품 협찬이 아닌 금전적 이익을 천 원이라도 취한다면 더 이상 취미가 아닌 직업으로 보아야 하는 것인지 애매모호하다. 금전적 이익이 얼마 이상이 되어야 취미가 아닌 직업으로 보아야 하는 것인지도 모르겠다. 언젠가 ○○게임이 취미라고 말한 한 직장 동료에게 누군가가 한 달 수익이 어느 정도 되는지 물었다. 알고 보니 그 게임은 용돈벌이가 가능하다고 소문난, 수익 창출이 가능한 게임이었다. 현재의 취미는 예전의 취미와는 그 의미가 달라진 것 같다. 일을 마치고 돌아간 집에서 편안하게 쉬면서 할 수 있는 휴식과도 같은 의미의 취미는 점점 설 자리를 잃고 있는 건 아닌가 하는 생각이 들어 씁쓸하다. 취미가 무엇이냐는 질문을 받았을 때 부수적인 수익을 창출하는 활동, 공식적인 단체나 기관으로부터 그 전문성을 인정받는 활동, 또는 적어도 주변인들로부터 전문성을 인정받는 활동이 아니면 당당히 말하기 어려워지는 분위기가 되어버린 것 같아 안타깝다. 예전처럼 그냥 '제 취미는 영화 감상이에요.' 했을 때 좋아하는 영화 장르와 감독의 성향, 몇몇 작품을 추천해주면서 곁들이는 그 영화들의 감상 포인트 및 놓치지 말아야 할 미장센과 촬영 기법의 혁신 등을 줄줄이 설명하지 못한다면 사람들은 이렇게 생각하게 될지도 모르겠다. '그냥 집에서 심심할 때 영화 보면서 시간 보낸다는 거네.' 사실 취미의 참 의미는 집에서 심심할 때 즐기는 활동이 맞는데도 불구하고 말이다.

취미로 인정받기 위한 기준의 잣대가 점점 높아지고 있는 것 같아 개인적으로 슬픈 생각이 든다. 취미 활동이 금전적인 이익 추구 활동의 피곤함에서 잠시나마 탈피하여 내가 진정 좋아하는 것을 하면서 시간을 보내는 휴식의 의미로 남아 있기를 개인적으로 바란다. 적어도 타인의 휴식과도 같은 취미 활동이 비생산적이고 비전문적이라는 이유로 홀대받는 분위기가 되지는 않았으면 좋겠다.

여튼 이렇게 각자 생각이 다른 우리 네 친구는 그 이후에도 자주 만나서 재밌게 수다도 떨고 다양성을 존중해가며 서로의 취미 생활도 함께하곤 한다.

얘들아, 보고 있니? 너희들이 이 글을 읽게 될 때면 내 취미생활도 이제 인정해줄 거지? 후훗.

아직은
이별할 때가
아니지만

변한다

"이제 좀 네가 하고 싶은 일 해도 되지 않니?"

소파에 널브러져 모처럼 한가로이 뉴스를 보고 있는데 아버지의 난데없는 말씀에 울컥, '그래, 타인의 평가에 박한 울 아버지에게 인정받을 만큼 나 진짜 열심히 살았다.' 충분히 위로가 되었더랬다. 물론 어김없이 나의 늠름함은 오지랖과 함께한다. 아빠, 나(긴 이야기는 생략하고 말한다.) 그럼에도 불구하고 아직 흥미 있고 재미있어서 견딜 만해.

그랬다. 우리 부모님은 나를 늘 안쓰러워하신다. 간단히 말해서 변한다의 내보이는 노력 대비 당신들의 기대치보다 잘되지 않는 것 같아 속상한 거다. 1녀 1남의 맏이, 두 살 어린 섬세한 남동생보다 목소리 크고 남자다워 부모님은 언제부터인가 나를 장남으로 생각해왔던 것 같다. 일찌감치 경제활동을 하게 되었고, 특히 남쪽에서 홀로 떨어져 10여 년의 세월을 보내니 더 그랬으리라. 중년에 접어들어도 그놈의 고군분투와 불철주야는 예나 지금이나 똑같은 거 같으니 애태울 만하시겠지.

아버지가 말씀하시는 '내가 하고 싶은 일'을 생각해보지 않았던 건 아니다. 어렴풋이 떠올렸던 건 북카페 주인이었다. 좋아하는 책들에 파묻혀 글을 쓰고 내 소일거리 하며 풍미 '이빠이'인 커피를 내리고 싶어 바리스타 자격증도 땄다만 서점 사장님들이 쓴 몇 권의 책들을 읽고 고이 접었다. 분석하건대 그들이 말하는 장인 정신이 아직 나에게 탑재되어 있지 않아 'It is a show time' 하고 뛰쳐나갈 자신이 없었다. 그들이 하고 있는 일종의 지적자본 비즈니스가 도서관이나 문화재단은 아니라는 매콤하고 톡 쏘는 이야기에도 화들짝 놀라버렸던 거다.

하고 싶은 걸 해내려면 그만큼 때를 기다리고 인내할 줄도 알아야 했기에 지금껏 주로 뜸 들이는 데 주력해왔다. 덜컥 회사를 나와 설익은 결정으로 세상 밖에 내던져지면 죽도 밥도 되지 않는 위험천만 예시들을 그동안 수없이 봐왔기에 겁이 났던 것도 사실이다.

얼마 전 갑작스러운 엄마의 수술 한바탕 소동을 겪고 나서 다시 원점으로 돌아왔다. 어떤 책에서 봤는데, 나이가 40세 넘으면 미리 죽어기는 보따리를 순비하라는 말을 떠올리면서 '내가 좋아하는 거 하면서 살자. 더 나를 들여다보자. 어쩌면 시간이 없을 수도 있다.' 읊조리면서 말이다.

나이 들수록 보다 선명해지는 건 허투루 내 시간을 쓰

고 싶지 않다는 단호함. 내가 말하는 적당한 때는 바로 이 때다. 책상 앞에 앉아 다소 의미 없다고 느껴지는 일을 꾸역꾸역 하는 것에 회의감을 물밀 듯이 느낄 때 나는 속한 조직을 미련 없이 떠날 것이다. 매일 설레고 눈이 반짝거리면 사실 정상은 아니지만 말이다. 만약 어떤 걸 위하면서 하는 행동 모두가 결국 나의 결점을 보완해주고 강점을 키워주는 거라면, 그 행위는 지속가능성이 충분하겠지만, 그렇지 않을 경우 나는 그 시점을 완전히 익숙한 것과 이별할 때라고 본다.

나의 경우 행정을 알기엔 아직 모르는 거투성이라 알아야 하고 배워야 할 것이 많아 지루할 틈이 없다. 언젠가 알 만큼 알아가고 익숙해진다면 매너리즘은 서서히 찾아올 테고 그때 가능하면 개운하고 뒤끝 없는 선택을 하고 싶다. 떠나는 때를 아는 사람만이 온전히 세상을 알 수 있다고 지금도 믿기 때문에 나도 곧 그런 사람들의 뒤를 좇고 싶다. 그때를 위해 그냥 입 벌리고 감 떨어지길 기다리는 게 아니라 스스로 부딪혀 작은 뭔가부터 꾸준히 하는 게 첫걸음일 것 같다.

은유의 『글쓰기의 최전선』에서는 글을 쓰는 일은 작가나 전문가에게 주어지는 소수의 권력이 아니라 자기 삶을 돌아보고 사람답게 살려는 사람들이 선택하는 최소한의 권리라고 했다. 그러고 보니 책을 읽고 관련된 내 일상과 느낌을 SNS에서 나눈 지 3년째, 앞으로도 될 수 있으

면 군더더기는 글에서도 생활에서도 팍팍 지워버리고 알
맹이와 본질만 남기고 싶다.

지금
가장
중요한 것

누군가 내게 요즘 가장 중요하게 생각하는 게 무엇이냐고 묻는다면 단 1초의 망설임도 없이 대답할 수 있다. 점심에 뭐 먹을지 그리고 저녁에 뭐 먹을지 정하는 것이라고. 아침은 사실 대충 먹는 편이라 아침 메뉴는 중요도가 상대적으로 떨어진다. 하지만 점심과 저녁 메뉴는 하루를 어떻게 보냈는지와 밀접한 연관성이 있어 매우 신중한 편이다. 잘 먹은 메뉴 하나로 그날 하루가 행복해지기도 또는 불행해지기도 하기 때문이다. 식사는 누구와 어떤 분위기에서 무엇을 먹느냐가 굉장히 중요하다. 세계 산해진미를 갖다 놓아도 불편한 사람과 불편한 분위기에서 먹는다면 소화도 잘 되지 않고 맛도 제대로 느끼지 못할 수 있다. 반면, 좋은 사람과 편안한 분위기에서 식사를 할지라도 비위생적이고 맛없는 식당에서 먹고 나면 뭔가 아쉽고 손해 본 것 같은 느낌이 들어 좋고 편안한 분위기를 망치게 되기도 한다.

식사가 내게 중요한 또 다른 이유는 여러 사람을 만날

197

수 있는 기회의 시간이기 때문이다. 사실 사람을 만났을 때 할 수 있는 행위는 생각보다 많지 않다. 특히 요즘 같은 코로나 시국에는 더더욱 사람을 만나서 할 수 있는 활동이 제한적이다. 보통 우리는 누군가를 만나서 밥을 먹고 차를 마신다. 주로 먹는 행위를 하는 것이다. 그래서 식사라는 행위를 사람들을 만나 교류하는 시간으로 활용하는 것을 좋아하는데 여러 사람들과 어울려 식사를 하고 대화를 나누는 건 내게 참 즐거운 일이다. 오늘은 직장 동료와 즉석 떡볶이를, 내일은 대학 동창과 브런치를, 모레는 남편과 삼겹살에 소주를. 이렇게 계획을 세워 식사 약속을 잡고 무엇을 먹을지 고민하는 것은 정말 행복하고 중요하다. 오랜만에 만난 얼굴들과 그동안 살아온 이야기를 나누고 서로의 관심사를 공유하며 때로 대화가 깊어질 때면 고민을 털어놓고 위로받기도 한다. 이 모든 일은 식사, 즉 먹는 행위와 함께 이루어지고 그럴 때 더욱 자연스럽다. 다수의 사람들을 만나 왁자지껄하게 수다를 떨며 맛있는 음식을 종류별로 다양하게 시켜서 나누어 먹는 것도 즐겁지만 요즘처럼 소수의 사람들만 만날 수 있는 환경도 나름 꽤 가치가 있다. 최근 들어 일대일로 사람을 많이 만나다 보니 여러 명이 만날 때 나누기 어려웠던 속 깊은 이야기도 나눌 수 있고 식사 메뉴 선정에 대한 의사 결정도 훨씬 수월하기에 그동안 가보고 싶었는데 못 가본 곳들도 시도해볼 수 있다.

가만 생각해보면, 가족처럼 우리가 친밀하게 느끼고 소중하게 생각하는 사람들에게 보통 이런 질문을 하곤 한다.

　　'오늘 점심에 뭐 먹었어?' 또는 '오늘 저녁은 뭐 먹을 거야?'

　　나 역시 친한 사람들에게 이 질문을 자주 하는 편인데 주변 사람들은 보통 무엇을 먹는지, 어떻게 먹는지 그렇게 궁금할 수가 없다. 치킨을 먹어도 어떤 브랜드의 치킨을 먹는지, 어떤 치킨 메뉴를 먹는지 궁금하고 그들이 왜 그 치킨을 선택하는지 알고 싶다. 그렇게 함으로써 그 사람의 먹는 취향을 가늠해볼 수 있고 좀더 그 사람을 이해할 수 있게 된다고 믿는다.

　　'이 친구는 매운 것을 좋아하는구나. 이 친구는 면 요리보다 고기류를 좋아하는구나. 다음에 이 친구를 만날 때는 매운 탕수육을 잘하는 ○○동에 있는 중국집에서 만나면 좋겠다.'

　　이런 생각들을 하게 된다. 별것 아닌 것 같아도 이렇게 사소한 취향을 간파하고 기억해주는 것만으로도 상대방은 고마운 마음을 갖게 된다. 나 역시 누군가가 나의 사소한 취향을 기억해두었다가 느닷없이 반영해줄 때 감동을 느끼곤 한다. 그리고 보통 이러한 취향의 기억과 반영은 먹는 것 외에는 적용하기가 쉽지 않다. 일상에서 스쳐 지나가듯 만나는 사람들의 일, 취미, 가정사에 있어서 그의 취향을 우리가 소소하게 기억하고 관여하기란 쉽지 않지만 식사라는 먹는 행위는 가능하다. 누구나 해야만 하고 대부분 즐겁게 여기는 일이기 때문이다.

누군가와 함께하는 식사가 이렇게 상대방에 대한 이해도를 높여주고 더 친밀해지는 계기가 될 수 있어 즐겁다면, '혼밥' 역시 나름의 묘미가 있다. 혼밥의 경우 메뉴 선정은 더 어려워진다. 상대방이 있는 식사의 경우 나의 식사 메뉴 후보군과 상대방이 가진 후보군 중 교집합을 골라내어 그중 하나를 정하면 끝나지만, 혼밥은 나 혼자 고민해서 결정해야 하기 때문에 그 후보군이 끝이 없기 때문이다. '오늘 저녁은 무조건 곱창을 먹을 거야!'와 같은 단호한 결심이 선다면 정말 기가 막히게 운 좋은 날이지만, 딱히 식사 메뉴 선정에 단호함이 깃들지 않는 날이면 고민에 고민을 거듭하다 결국 딱히 좋아하지도 않는, 집에 남은 음식물로 한 끼를 대충 해결하는 식의 '똥볼을 차는 상황'이 발생하기도 한다. 그래서 혼밥을 할 때는 메뉴 선정에 더욱 집중하고 신중해야 한다. 그래야 혼밥 후 후회나 자괴감이 밀려오지 않는다.

가끔 이런 생각이 든다. 삶의 마지막 날, 내 인생이 전반적으로 행복했는지 아니면 불행했는지 단순히 정량적으로 따져본다면 살아온 날 중 며칠이 행복했고, 며칠이 불행했는지 계산해보면 된다. 그럼 결론은 매우 간단하다. 하루하루 행복하다는 기분으로 마무리하면 삶의 마지막 날 우리는 '아! 내 삶은 그래도 정량적으로 보았을 때 행복한 삶이었어.' 하고 웃을 수 있는 것이다. 그럼 과연 오늘 하루를 어떻게 보내면 난 행복할 수 있을까 고민해보게 되는데, 내가 내린 해답은 바로 먹는 행위를 통해서다. 일? 난 직장인이라 열심히 일해서 회사에서 인정받으면 행복할 수 있겠지만 그건 내 손에 달려 있지 않고 타인의 손에 달려 있는 부분이다. 돈? 재테크에 온갖 정성을 다해서 매일매일 단돈 만 원씩이라도 벌면 행복할 수 있겠지만 과연 그게 행복이라고 말할 수 있을까? 돈은 행복으로 가기 위한 수단이지 행복 그 자체는 아닌 것 같다. 그런데 먹는 것으로는 온전히 내 손으로 하루하루 행복을 만들 수 있다. 누구와 무엇을 먹을 것인지 내가 결정할 수 있고 그 행위 자체만으로도 행복을 느낄 수 있다. 내일 점심은 누구와 무엇을 먹을지 벌써 설렌다.

당신에게 지금 가장 중요한 것은 무엇인지 묻고 싶다. 무엇을 선택하든 당신의 행복과 밀접한 것이었으면 좋겠다.

웰컴 투
좀비 월드

어쨌거나
나 홀로
환대

유전자 몰빵, 아들 말대로 나는 46년생 아버지를 그대로 빼다 박았다. 10개월 전부터 당뇨 때문에 술을 모질게 끊어버리셨지만, 50여 년 세월 내내 소주 두세 병에도 끄떡없으셨다. 이로 인해 어렸을 적 엄마 아빠의 불화는 끊이지 않았다. 저녁부터 아버지가 전화를 받지 않기 시작하면 불안하고 초조했다. 만약 아리랑치기 당하시면 어쩌지, 혹시 지갑을 잃어버리시는 않나, 도대체 지하철 몇 바퀴 도셨나, 아이구 엄동설한에 엎어져 쓰러져 계신 건 아닌가, 아무튼 걱정이 태산이었다.

빼박…… 피는 못 속였다. 거제에 있을 땐 임신 10개월 빼고는 매일 술이었다. 업무에 스트레스를 받을 때마다 소주 팩에 빨대 꽂아 고현항을 배회했고 집으로 돌아가는 길엔 근처 편의점에서 맥주 한두 캔은 필수였다. 네까짓것보다 술만큼은 세다는 유치 뽕짝에 더해 그 술을 그렇게 말아먹고도 노래방에서 휴지 두르고 노래 부르며

춤도 추고…… 어쩌면 당시 나를 알았던 사람은 나를 알코올괴물로 알았을지도 모르겠다. 그동안의 남자친구도 술을 못하면 곧바로 아웃시켰다. 현 남의편님은 곧잘 마셔 마치 든든히 노후를 준비한 기분이었다.

그런 내게 '강남역 양대창 사건'은 대전환의 계기였다. 본사 출장 후 좋은 사람들과 야무지게 먹고 나서 화장실에 들어갔는데 그다음부터 전혀 기억나질 않는다. 몇 시간을 변기 위에서 앉아 있었던 거다. 강남역 화장실이었으니 아마 수백 명의 사람들이 문을 두들겼을 거고, 널브러져 있었던 나는 청소하는 아줌마들에 의해 질질 끌려나왔을 거란 강한 추측…… 명백히 이건 블랙아웃인 거고 알코올괴물의 패배를 만천하에 선언한 것이었다.

뒤늦은 고백 하나, 난 소맥을 참 좋아했다. 단 현재형이 아니라 과거형이다. 특히 맥주 1과 소주 1의 기가 막힌 비율에 젓가락 하나 청아하게 톡 치면 기포가 송글송글 올라오면서 쏴 퍼질 때 전율을 느꼈다. 알싸한 소주가 부드러운 맥주와 함께 목구멍을 타고 들어갈 때마다의 속도감 있는 청량감과 너와 나의 뜨거운 짠 소리 속의 희열을 수도 없이 느끼다가 불행히도 결국 맛이 가버린 거다. 이에 더해 몇 달간은 눈 주위는 강시처럼 빨갛게 붓고 얼굴 곳곳엔 알 수 없는 버짐 같은 게 꽃처럼 활짝 폈다. 비로소 몸에서 신호를 준 거다. 이제 그만 들이부으라고. 정말이지 인간답게 살기 위해 결코 흔들지 않는 맑은 막걸리 딱

203

한 병으로 주종과 주량을 둘 다 바꾸게 되었다.

도대체 이기지도 못할 그 녀석을 왜 끝끝내 놓지 못하는지를 곰곰이 생각해봤다. 아버지도 창원 등 지방 근무를 하셨고 나도 역시 마찬가지. 유경험자들은 다 안다. 술이 얼마나 손쉬운 절친인지를…… 그 친구를 통해 아마도 외로운 순간, 잊고 싶은 모든 걸 지우개처럼 싹싹 지우고 싶어서일 거다. 일과 후 돌아오면 깜깜한 방에 불을 탁 켜면서 이 친구를 맞이하며 읊조렸다. '맨정신으로는 살기 힘든 세상, 너마저 없으면 나는 어쩌누.' 정말 큰 위안이고 환대며 행복이었다.

술도 취향이고 즉 나다움에 대한 이야기라 적절히 조절하며 즐기면 되지 않냐고 온기 있는 조언을 아끼지 않는 분들도 적잖다. 강남역 양대창 사건과 뜨뜻한 충고들에 보태어 변한다의 시점도 좀 달라졌다. 더욱이 이 녀석을 권하는 회사나 사회에 예스보단 노를 당당히 그리고 소신껏 말할 줄 아는 건 싸가지와 매몰참보다 올곧은 선택이라고 순순히 받아들이고 있다. 예전엔 상사를 모시고 벙개하는데 선약 있다고 쏙 빼버리는 동료나 술 한잔에 고된 일상을 푸념하고 싶지 않다는 후배가 속 좁게 서운하게 느껴지기도 했지만, 이젠 그러려니 한다. 아, 사실 변한다 고백 하나 하겠다. 언제부터인가 따라 먹을 잔도 필요치 않아. 장수 막걸리 병나발로 온전히 나 홀로 환대를.

좀비 월드에서
살아남는 법

못난이 생각은
삼키고
오늘을 살아야지

변한다

'안정' 하면 한 후배의 문자가 불현듯 떠오른다. "언니, 신랑감 구해줘. 연애고 나발이고 이젠 결혼해서 남들처럼 안정을 찾고 싶어." 거참, 결혼에 종속되지 않는 자유의 삶을 살겠다던 애가 술 취했나? 근데 '남들'에서 나는 쏙 빼라. 찾고 싶다. 그놈의 안정, 결혼하면 찾을 수 있다더니 온데간데없네. 근데 가만히 보자. 남들처럼 산다고 안정이고 행복일까. 결혼을 한다고 해서 평온한 삶을 보장받는 건 단연코 아니고 어차피 우리네 삶이 불안정의 연속일 터인데. 아니 어쩌면 혹을 주렁주렁 달고 불확실성의 소용돌이에 풍덩 빠지는 것일 수도 있는데 말이다. 그걸 정작 모르지 않았던 자존심 강한 그녀도 문득 그 순간만큼은 어쩌면 기혼자들과 크게 다르지 않고 싶은 심정이었던 거다.

문제는 자존심이다. 자존감과 자존심은 다르다. 자존감은 있는 그대로의 자신에 대한 긍정의 뜻을 가지고, 자존심은 경쟁 속에서의 긍정의 의미가 크다. 조남철의 『사람은 어떻게 성장하는가』를 보면 미국의 정신과 의사 데이비드 홉킨스 박사의 의식지도가 나온다. 박사는 우리가 겪는 몸과 마음, 삶의 문제들을 치유하고 해결할 수 있는 통합적이고 효과적인 방법으로 의식지도를 창안했는데, 20부터 1,000까지 의식밝기 중에 자존심은 175 정도 즉 몸과 마음을 약하게 만드는 부정적 에너지 중 가장 높은 의식이라고 했다.

자존심이 비교적 센 사람은 끝없는 비교를 통해 상대와 나의 우열을 가리는데 저자는 우월감과 열등감은 같은 동전의 서로 다른 면이라고 했다. 즉 우월감 뒤에는 열등감이 숨겨져 있다는 것, 돈이 많거나 학벌이 높거나 집안이 좋거나 이를 유독 강조하는 건 바로 그것 빼고 보잘것없는 무언가를 감추고자 하는 못난이 의식 때문. 중요한 건 자존심과 같은 의식은 자기가 믿는 것을 위해 진실을 부정하거나 똑바로 보지 않는다는 거다. 영화 〈인셉션〉에서 가슴에 콕 박힌 대사가 있었다.

"가장 강력한 기생충이 뭘까요? 박테리아? 바이러스? 그건 바로 생각입니다. 회복력과 전염성이 매우 강하죠. 일단 생각은 머릿속 깊숙이 박혀 있어요. 생각을 뿌리째 뽑는 건 거의 불가능하죠. 완전히 이해되고 굳어져 머물렀던 생각, 바로 여기에 있는 것 말이죠."

우리가 갖고 있는 의식은 기억의 지속적인 집합에서 비롯된 것이다. 사람마다 자신의 머릿속에 그려진 기억의 조각조각들이 다 다르므로 누구에게는 그것이 옳은 메모리로 누구에게는 그게 아집이나 편견으로 보여지는 것이겠다. 지금껏 결혼을 하지 않는 그녀나 결혼에 대한 별 생각이 없었다가 30대 초반에 별안간 결혼하자고 폭탄 선언을 해 현재의 남의편님조차 화들짝 놀라게 한 나나 마찬가지다. 우린 비혼의 자유로운 삶을 원했고 원하고 있지만 여전히 남들의 잣대나 이목을 결코 무시 못 하는 못난이 생각이 아주 조금이라도 있었던 거다. 적어도 내 경우는 남들 해보는 건 해봐야지 않을까, 경험적 측면에서 결혼을 이리 재고 저리 재었다. 과일이 익어가듯이 결혼도 출산도 일종의 성숙도 잣대가 아닐까 하는 마음이었다. 허나 지금 돌이켜보면 '성숙', '유경험'이라는 남들이 말하는 자격을 하나 더 갖추고자 한 내 욕심은 아니었을까 하는 생각이 머릿속을 떠나지 않는다. 한 사람의 아내가 되고 한 아이의 엄마가 되고 또 다른 가족을 꾸려나가는 것에 대해 내가 그만큼 역량이 되는지, 그럴 심적 여유를 갖고 있는지 등부터 고려해봤어야 했다.

만약 다시 그 시절로 되돌아간다면 똑같은 선택을 했을까. 정신머리 없고 모자란 나 때문에 부모님과 남의편님을 비롯해 여럿 피곤하게 하고 있는 지금 내 꼬라지를 보면 전혀 아니올시다. 아니 그래선 안 되었었다.

김난도의『트렌드 코리아 2018』을 보면 2018년부터 지금까지 이어지는 트렌드 중 '세상의 주변에서 나를 외치다'에 특별히 주목하게 된다. 갈수록 원자화된 사회에서 나다운 나로 살아남는 방법에 대한 관심이 그만큼 지대하다는 뜻일 거다. 40대인 나도 마찬가지다. 지금이라도 무엇보다 밀도 있는 자기 주체성 회복이 시급할 때이다. 관계보단 자기 밀도를 높이는 데 집중하는 게 그만큼 중요할 것이다. 얇고 넓은 관계 속에서 타인을 의식하거나 비교하지 말고 오래된 나이테처럼 묵직한 질량을 키우면서 강하고 단단한 생각의 근육을 만들 수 있는 40대로 제대로 거듭나고 싶을 뿐이다.

'우물쭈물하다가 내 이렇게 될 줄 알았지.'의 버나드 쇼의 말이 실은 오역이었던 거 아는가.

'나는 알았지. 무덤 근처에 머물 만큼 머물다 보면 이런 일이 일어날 것이라는 것을(I knew if I stayed around long enough, something like this would happen)'이 옳은 해석이란다. 아흔네 살로 죽을 때 되어서야 죽음을 비로소 알게 되었다는 그의 말은 길은 걸어가봐야 알고 인생은 살아봐야 안다는 것을 의미하는지 모른다. 이근후 교수의『백 살까지 유쾌하게 나이 드는 법』을 봐도 비슷한 말이 나온다. 여든다섯 해를 살아본 저자가 우리에게 할 수 있는 단 하나의 삶의 진리는 우리 앞 현실을 전부라고 판단하지 말라는 것, 못난이 의식은 집어치우고 일단 너는 너, 나는 나, 온전히 우리의 삶에 집중하자. 선물 같은 현재에 집중하며 살아내보자.

하드코어와
수목장

서서히

코로나로 인해 많은 것들이 변하고 불편해졌지만 장점도 분명 존재한다. 특히 내가 느끼는 장점은 코로나 덕분에 일상의 소중함을 많이 깨달은 것이다. 외출이나 여행을 맘껏 하지 못하다 보니 어쩔 수 없이 집에서 시간을 보내는 일이 많은데 그렇다 보니 어떻게 하면 특별할 것 없는 일상 속에서 행복을 찾을까 많이 고민하고 집중하지 않았나 싶다.

약속도 없고 할 일도 없는 주말에나 하던 소소한 일들, 예를 들면, 좋아하는 음악을 들으면서 바싹 마른 빨래를 갠다거나 푹신한 소파에 앉아 뜨거운 커피잔을 양손에 쥐고 찬 손을 녹인다거나 지금처럼 편안한 파자마 차림으로 아무렇게나 앉아 글을 쓰는 일 등에서 행복감이 차오르는 것을 느낄 수 있다. 평소 같으면 집에 앉아서 이런 일들이나 하고 있었다면 짜증을 냈을 것이다. 이 좋은 날 약속도 없네, 나가서 놀아야 하는데 하는 생각에 말이다. 코로나가 우리 삶에 악영향만을 준 것은 아니라고 이렇게 자위해본다.

코로나로 인해 어쩔 수 없이 집에 있는 시간이 많아지면서 영화를 많이 보게 되는데 난 특히 스릴러, 서스펜스, 호러 장르를 좋아한다. 사실 이 장르는 다소 잔인한 장면과 깜짝 놀라게 하는 음악이 필수 요소이기 때문에 심장이 약한 사람들이 보기엔 무리가 있을 수 있다. 내 주변에는 심장이 다들 약한지 나처럼 이러한 장르를 좋아하는 사람을 여태 만나보지 못했다.

변한다 언니의 경우 나와 함께 스릴러, 서스펜스, 호러를 즐기던 유일한 영화 메이트였는데 언제부터인가 이 세상이 영화보다 더 스릴러, 서스펜스, 호러라고 외치며 이 장르의 영화를 더 이상 보지 않고 있다. 난 아직 세상이 살 만한지 여전히 즐겨 본다. 심지어 하드코어를 좋아하는데 최근 넷플릭스에 빠지면서 이러한 난해한 장르의 영화들을 많이 볼 수 있어서 꽤 만족하고 있다.

얼마 전 회사 내 조직 변동으로 인해 지금 있는 이 부서로 발령 나기 전, 모시던 임원분께서 산하 구성원들에게 한 명 한 명 어디로 발령 나는지 물어보시더니 내가 가게 된 조직을 듣고 대뜸 이렇게 말씀하셨다.

"넌 하드코어로 가네."

내가 하드코어 좋아하는지 어떻게 아시고. 역시 임원은 아무나 하는 게 아니구나 감탄했던 기억이 난다. 이 한 단어로 내가 와 있는 이 부서의 느낌이 와보기도 전에 정확하게 전달되는 것이다. 구성원의 특성을 한눈에 파악하고 적절한 어휘력을 구사하여 그것을 명료하게 표현해내는 능력이 탁월한 사람들을 우리는 임원이라 부르는가 보다.

여하튼 난 하드코어 조직으로 왔고 '역시 내 팔자에 편안한 직장생활은 무슨, 아마 평생 빡쎄게 진흙탕에서 구르겠지' 하는 진취적이고 도전적인 마인드로 회사생활에 임하고 있다.

우리가 사는 현실 세계가 이미 하드코어라 더 이상 하드코어 영화는 보고 싶지 않다는 사람들과는 반대로 난 내가 살고 있는 이 현실의 하드코어가 정말 아무것도 아니라는 안도감을 얻기 위해 점점 더 세고 거친 하드코어 영화를 본다. '내가 지금 이곳에서 아무리 힘들고 빡쳐도 산 채로 목이 잘리진 않잖아? 전기톱에 사지가 절단 나는 고통은 아니잖아?' 이렇게 자문해보면 현실에서 겪는 이 고통은 비교적 견딜 만하다는 생각이 든다.

세상에는 설명할 수 없는 불가사의한 일도 많이 일어나고, 상식적으로 납득할 수 없는 다양한 사람들도 많이 살고 있다. 지금 내가 사는 세상, 내가 접하는 사람들이 이 지구상 또는 우주 어딘가 존재할 법한 진정한 악惡, Devil of Devil은 아니라는 믿음을 가지며 참고 견디고자 노력하려고 한다. 특히 난 종교도 없으니 이런 믿음이라도 가지며 버텨야 하지 않을까 싶다.

가끔 심심할 때 들춰보는 칼 세이건의 『코스모스』(두께가 좋아서 여름날, 야외 잔디밭에 누울 때 베개로도 씀)에 따르면,

좀비 월드에서
살아남는 법

인간은 육신이 죽어도 육신을 구성하는 원자는 소멸하지 않는다고 한다. 하나하나 분해되고 형태를 바꾸어 다른 무언가를 구성하게 되는데 지금 나를 구성하는 원자가 과거 한때는 지중해에서 파도치던 바다였거나 저 미국에서 내리던 비였거나 에베레스트산의 바위였거나 아프리카에 살던 동물, 또는 과거에 살다 간 또 다른 누군가였을 수도 있다는 거다. 결국 물, 칼슘, 각종 유기분자들로 이루어진 인간은 바깥에 우뚝 서 있는 나무랑 동일한 재료로 만들어졌다는 것이다. 우린 과거의 나무, 바위, 물, 동물에서 나온 후손인 셈이다. 이거 참 멋진 일이지 않은가?

내가 입버릇처럼 하던 말이 있다. 다음 세상에서는 돌, 바람 또는 나무로 태어나고 싶다고. 그런데 칼 세이건에 따르면, 우린 이미 돌이나 나무였던 것이다. 아, 물론 동물이었을지도 모른다. 그런 의미에서 인간이 죽을 때, 화장을 해서 납골당에 모셔두거나 관에 넣어 꽁꽁 싸맨 후 땅속에 묻는 것이 과연 맞는 장례방식인가에 대해 의문이 생긴다. 납골당이나 관 속에서 인간을 구성하던 원자들이 잘 빠져나올 수 있을까? 원자의 크기가 약 10의 마이너스 10승이라고 하는데 그 정도면 납골당으로부터, 관으로부터 충분히 빠져나올 수 있는지 궁금하다. 이 부분은 죽기 전에 심도 있게 고민해보아야 할 문제다.

아직 더 고민해보아야겠지만 난 개인적으로 수목장이나 바다에 뿌려졌으면 좋겠다. 내 육신에서 분해된 원자들이 자유롭게 자연과 섞여서 식물, 동물, 돌로 다시 태어나도록 말이다. 지인들에게 이 기회를 빌려 전하고 싶다. 혹시 내가 먼저 가거들랑 꼭 수목장이나 바다에 뿌려주기를. 이 글을 유언장 대신 내 장례방식에 대한 근거로 해주기를.

너무 어두운 이야기를 하고 앉았다고? 하지만 난 40대니까 이해해주기를. 언제 갑작스러운 죽음이 닥쳐도 이제 전혀 어색하지 않은 나이다. 그리고 죽음에 대해서 남 일처럼 넋 놓고 있다가 경황없이 가고 싶진 않다. 내 이름처럼 '서서히' 준비해서 철저히 인생 마무리 잘하고 가고 싶다. 그런 의미에서 수목장 후보군과 바다장의 국내 허용 여부나 법률적 규제에 대해 조사해보아야겠다. 후훗!

관계 지옥에서
힘 빼지 않기

변한다

딜리버리 며칠 남겨둔 한 후배.

"다신 그 파트로 돌아가고 싶지 않아요."

어라? 참 이상하다. 그녀의 상사는 쿨하고 스마트한, 좀처럼 보기 드문 귀인이었다. 예전 그녀의 침 튀기는 상사 칭송 연설 한바탕을 듣고 있노라면 정말 당장이라도 뛰어가서 같이 일하고 싶을 정도로 강렬한 템테이션이 솟구쳤더랬다.

하지만 관계는 과자처럼 쉽게 부서지고 빠그러지기 쉬운 것, 내 맘대로 그간 사정을 정리해보면 다음과 같다.

그 친구는 상사에 대한, 부서에 대한 로열티는 충만했다. 개인적으로 그 점이 참으로 부럽기도 했고 더구나나 내가 보기에도 배울 점이 많았던 그녀의 상사가 큰 나무처럼 받쳐주고 있었다.

그녀는 굉장히 똑똑하다. 맺고 끊는 것도 확실하며 합

리적이다. 불의를 보면 참지를 못하며 감정을 그대로 투명하게 다 드러낸다. 좀비 월드에서의 지극히 평범한 쉴드, 즉 'I'm OK.' '괜찮아요.' 시치미 뻑대고 능수능란한 연기의 내공이 조금 부족했던 게 사실.

결정적으로 그 친구와 상사에게 두툼한 불신의 장벽이 생기게 된 것은 그녀가 임신을 했을 때 상사가 한마디 상의도 없이 어떤 이와 포지션을 바꿈으로써 그녀의 업무를 하루아침에 전환한 것. 물론 상사로서 충분히 종합적으로 고려해 내린 결정일 수도 있겠지만 그동안 그녀가 상사에게 갖고 있었던 무한한 인간적인 신뢰에 금이 간 것은 사실이었다.

관계는 난 키우기와 같다. 물 주기 같은 지속적이고 세심한 배려가 없으면 오래갈 수 없고 오래간다 한들 반드시 수명이 있기 마련이다. 더군다나 물 주기 척박한 좀비 월드에선 사실상 어렵다. 바쁘면 물 주기를 까먹을 수도 있는 거고, 물 주기보다 더 급하고 중한 일이 계속 있으면 그 난은 결국 말라 죽는 거다.

엄기호의 『나는 세상을 리셋하고 싶습니다』를 보면 저자가 세상을 그토록 리셋하고 싶어 했던 이유는 다름 아닌 불신의 산물이었다는 점. 즉 나아진다는 희망을 포기했기에 나타나는 자연스러운 현상이었다. 내 경우 불신하고 희망을 포기해서 리셋까지는 모르겠고 좀비 월드

217

에서의 관계에 있어서 주로 효율을 찾는 편이다. 이른바 '온전히 받아들이기 그리고 나부터 아임 오케이'하기.

가뜩이나 나이 들어 열정도 힘도 점점 없어지는 마당에 쓸데없는 곳에 기운 빼고 싶지 않다. 중요한 건 '나부터'다. 관계에 있어서 나를 먼저 돌보는 게 우선이다. 이건 이기적인 것과는 결이 다르다. 상처받기를 주저해서 비겁하게 미리 보호막을 치는 거 아니냐고 의심의 눈초리를 보내도 어쩔 수 없다. 맘대로 되지 않는 게 내 인생인데 왜 타자들에게까지 일말의 기대를 하고 실망하는가. 뜻대로 안 되는 걸 제대로 알아가고 책임지는 게 진짜 어른이거늘.

단, 이 원칙 하나만은 분명하다. 적어도 무사유, 무성찰로 인한 괴물만은 되지 말자. 뭘 하든 최소한의 합리적 기준을 갖자. 마냥 헤벌레 헤벌쭉 우헤헤헤 하진 말고. 이젠 그녀도 알았을 거다. 좀비 월드에서의 그나마 견고했던 관계라는 것이 얼마나 유리알 같은지, 덧없는 것인지를.

죄는 미워하되
사람은
미워하지 말라?!

서서히

회사에 H라는 동료가 있는데 박사 졸업 후 입사해서 나이는 좀 있지만 첫 직장이라 회사생활에 대해서는 거의 신입사원과 크게 다르지 않은 친구이다. 사회생활을 전혀 해보지 않은 흰 도화지 같은 친구라고 말할 수 있을 것 같다. 직장 내 사람들의 대화나 조직 내 미묘한 공기의 흐름만으로는 아직 아무것도 간파하지 못하는 상태인 거다. 여하튼 그 친구는 회사에서 어떠한 일이 벌어지고 있는지, 저들의 대화 또는 지금의 상황이 무엇을 의미하는지, 직장생활 선배인 나를 통해 종종 해석을 듣고 싶어 한다. 게다가 사고방식이나 개인적 취향 등 여러 면에서 내가 본인과 많이 다르기 때문에 나와 대화를 하면 새로운 관점에서 볼 수 있어서 유익하다고 말하는 뭐 그런 친구다.

어제 H와 회사 앞에서 간단히 저녁을 먹으면서 대화를 나눴는데, 그 친구가 같은 팀원 중 한 명인 S와 사이가 꽤 좋지 않다는 것을 알게 되었다. 그동안 직감으로 둘의 사이가 그다지 좋지 않다는 것은 간파하고 있었지만 S의 이름만 나와도 씩씩거리고 얼굴이 붉으락푸르락 변하는 H를 보며 둘의 사이가 생각보다 많이 좋지 않다는 것을 깨달았다.

H가 말했다.

"제가 S를 많이 싫어하는 걸로 보이시겠지만, 저는 죄는 미워하되 사람은 미워하지 않아요."

H의 이 말을 시작으로 우리의 쓸데없이 심각하고 열정적인 대화가 시작되었다.

나 : 물론 옛말에 그런 말이 있긴 한데, 전 사실 그 말 자체가 굉장히 가식적이고 피상적이라고 생각해요. 죄와 사람을 어떻게 분리하죠? 제게는 그 말이 '사람을 미워하는 건 나쁜 거야'라는 것을 인간에게 주지시키기 위한 일종의 계율같이 느껴져요.

H : 아, 그래요? 그런데 사람을 미워할 때는 무언가 나한테 해가 되는 말이나 행동을 해서 미워지는 건데 그런 나쁜 말과 행동을 싫어해야지, 사람의 존재 자체를 싫어하면 안 된다는 의미로 전 이해하는데요.

나 : 사람의 존재 자체를 싫어한다는 게 어떤 의미예요? 사람에게서 그 사람이 하는 말과 행동을 들어내면 뭐가남아요? 말과 행동이 없는 사람의 존재는 결국 빈 껍데기 아닌가요? 그런 의미에서, 그 사람이 하는 말과

행동이 곧 그 사람 자체라고 생각해요.

H : 제가 생각할 때는, 지금 저랑 같은 이야기를 하고 계신데 뭔가 표현하는 방식이 다른 것 같아요. 그러니까 제 말은 어떤 사람이 제가 싫어하는 말과 행동을 했을 때, 그 말과 행동만 싫어해야 하는데 그 말과 행동 때문에 그 사람 자체가 싫어져서는 안 된다는 뜻이에요. 그 말과 행동을 할 때만 싫어해야 하는데, 그런 말과 행동을 하지 않아도 그 사람이 그냥 싫어져버리면 안 된다는 거죠.

나 : 그렇다면 결국 죄와 사람이라는 존재를 양분하는 문제가 아니라, 사람이 죄를 축적하는 시간의 문제로 봐야 하지 않을까요? 예를 들어, A라는 사람은 내가 싫어하는 말과 행동을 하루 한 시간만 하고, B라는 사람은 하루 여섯 시간, C라는 사람은 스물네 시간 내내 한다고 가정해봐요. 그럼 논리적으로 나는 당연히 A나 B보다 C를 더 싫어하게 될 거예요. 하지만 내가 A, B, C를 싫어하는 시간이 각각 한 시간, 여섯 시간, 스물네 시간으로 딱 맞아떨어지진 않겠죠. 인간은 복합적이니까요. 인간은 기계가 아니니 한 시간 동안 내 마음을 갈기갈기 찢어 놓은 A를 평생 미워할 수도 있고, 하루종일 싫은 소리를 해도 C를 다른 측면에서는 좋은 사람으로 인정할 수도 있겠죠. 저는 아직도 모르겠어요. 어떻게 그들이 하는 말과 행동을 그들의 존재와 분리

시켜 봐야 할지. 그들이 하는 말과 행동이 곧 그들 자신 아닐까요? 저 역시 제가 하는 말과 행동이 결국 저라는 존재를 말해주고 있는 거고요. 한 시간 동안 내 마음에 비수를 꽂은 A를 나머지 스물세 시간 동안은 싫어하지 않을 수 있나요? 저는 못 그럴 것 같아요.

H : 뭐 저랑 생각이 다르긴 한데 듣고 보니 일리는 있는 것 같네요. 그래도 전 죄는 미워해도 사람은 미워하지 않아야 한다고 생각해요. 제가 어떤 말이나 행동을 했을 때 누군가가 그것 때문에 제 존재 자체를 미워한다면 제 자신이 너무 싫어질 것 같거든요.

나 : 저는 인간이 가진 모든 감정을 적재적소의 환경에서는 표출하고 살아야 한다고 생각해요. 우리는 어릴 때부터 좋은 감정만 표현하고 나쁜 감정은 숨기라고 배워온 것 같아요. 마치 예전에 성교육이나 성에 대한 언급 자체를 터부시했던 것처럼요. 그치만 전 나쁜 감정, 즉 누군가를 미워하거나 증오하는 감정도 정점을 찍으면 다시 내려오게 되어 있다고 보거든요. 오히려 정점을 찍으면 스스로 그게 얼마나 부질없는지 깨닫고 다시 평정을 되찾게 되는 것 같더라고요. 지지부진하게 미워하는 감정을 오래도록 지니고 사는 것보다 차라리 빨리 정점을 찍고 내려와서 평온함을 되찾고 화해하는 것이 현명하지 않을까요?

‘죄는 미워하되 사람은 미워하지 말라.’ 이 말에 대한 다른 사람들의 생각도 궁금하다. 난 명언이랍시고 다 곧이곧대로 듣지 않으려고 한다. 세상은 그렇게 호락호락하지 않으니까. 그런데 재밌는 건 따로 있다. 저녁식사 후 집에 가는 길에 H에게 물었다.

나 : 그래도 S가 H님한테 한동안 기분 나쁜 말이나 행동한 적 없잖아요. 그럼 일전에 H님 기분 상하게 했던 S의 죄만 미워하시고 이제 서로 화해하고 다시 잘 지내실 수 있지 않아요?

H : 아니요, 그 인간하고는 절대 잘 지낼 수 없습니다. 하나를 보면 열을 알죠. 그때 저한테 한 말과 행동만 보면 S는 인간 자체가 글러먹었어요. 저랑 안 맞는 타입입니다. 제발 화해하라고 말하지 말아주세요.

나 원참, 아까 떠들던 말은 다 뭐였지? 죄만 미워한다며! 하여튼 인간은 참 복합적인 동물이다. 아무것도 확신할 수 없는 밤이다.

솔직한 게
죄는
아니잖아요?

변한다

아니 솔직한 게 죄냐고. 착한 위선보다 솔직한 악이 낫다는 나에게 이놈의 좀비 월드는 자꾸 이상하게 죄책감이란 형벌을 내린다. 일상적인 업무에 보스 강연, 연설 준비, 위기관리 등 정신없이 휘몰아치는 와중에 신파극 하나가 있었다. 보스가 강연을 하는데, 관련 자료는 주로 내가 직접 만들기도 하지만, 어떤 경우는 최소 1-2주 전에 원고와 PPT를 받는다. 그래야 내가 먼저 이해하고 보스 입맛에 맞게 고칠 수 있다. 내 강의나 내 발표가 아니기에 수정하고 컨펌받는 시간이 필요한 건 당연하다.

그런데 담당자가 행사 3일 전에야 자료를 쥐놓고 어쩌고저쩌고 하는 거다. 그 어쩌고저쩌고를 잘 들어보면 본인 잘못은 전혀 없다. 업체 탓과 동류 탓 그리고 따따 본인 잘못을 짚는 나에 대한 원망이 전부다. 듣다듣다 안 되겠다 싶어 낮게 깐 목소리로 "내일까지 이렇게 저렇게 수정해오세요."라고 하자 막 눈물을 훔치는데, 봉긋 터져나오는 감성을 어쩌나. 우수수 낙엽처럼 떨어지는 업무 쳐내기 바쁜 AI 로봇 같은 내 회사생활에 간만에 느껴보는 신파였다.

　아마 잘 모르는 사람들의 눈엔 내가 나쁜 년, 갑질하는 사람으로 비쳤을 것이다. 앞서 말했다시피 갑질은 내 권위를 이용해서 이득을 취하는 거다. 만약 내 인기 관리를 하려면 그냥 나는 가만히 있음 된다. 미소나 실실 지으면서 고개만 끄덕끄덕. 하지만 난 인형이 아닌걸. 아니 170센티미터짜리 거대 인형 봤나요?

　물론 누구나 인정받고 싶은 마음이 있다. 그래서 회사는 인정 투쟁의 장이라고 하는 걸 테고. 그때 그의 눈물은 아마도 인정 투쟁에서 패배한 속상함을 표출한 것일 테지. 나는 내 업무를 하면서 나의 쓸모를 느끼고.

　오타 하지메가 쓴 『인정받고 싶은 마음』을 보면 인정 투쟁에서 자기 효능은 높이고 자기 기대를 낮추는 것이 중요하다 한다. 잘 보자. 인정의 주체는 내가 아니라 타인이다. 나에게 달려 있지 않다. 그러니 자기 스스로를 옥죄이게 인정 강박까지 가면 결국 내 손해라는 거다. 그래서 인정 투쟁에서 이기려면 일단 큰 기대는 말자 이거다. 그 책에서 유독 동감하는 부분이 있었는데 저자가 좋은 대학을 나오고 대기업에 취직한 엘리트들이 세 가지 불행을

225

겪고 있다고 지적한 것이다. 첫째는 주위의 기대 자체가 크고, 둘째는 그에 비해 학력과 업무 능력의 상관관계가 크게 줄었으며, 셋째는 그런데도 그들이 자신의 기대치를 낮추지 못하기에 오는 불행이라고.

지금껏 흔히 볼 수 있었다. 아직도 자기 이상과 현실에서 혼란을 겪고 있는 사람들도 곁에 있고. 무엇보다 난 누군가, 여긴 어딘가, 눈높이 조절 전에 자신의 노력에 대한 자부심을 가지고 일의 프로가 되는 게 우선일 것이다. 프로에게는 전문 능력이야말로 생명선이므로 당연히 일에 대한 자기효능감이 높을 수밖에 없으니 그러니 일단 밥값부터 하자 말하고 싶다. 인정 투쟁은 차후에 논하고 말이다. 회사원이라면 나로 인해 주주와 오너가 주는 월급만큼 기업의 생산성을 높여주고 있는지, 공무원이라면 국민의 세금을 내 임금으로 받을 일다운 일을 진짜 하고 있는지 가슴에 손을 얹고 생각해보자.

요즘 느끼는 건 나이가 들면 들수록 점점 단호해지고 명료해지지만 갈지자로 갈팡질팡할 때도 제법 있다는 것. 일을 하다 보면 좌고우면하지 않고 싫은 소리도 해야 하며 잘못된 것은 똑 부러지게 짚어야 하는데 말이다. 언제부터인가 자꾸 주위 눈치를 보며 목소리 톤과 볼륨을 스스로 조절하게 되더라고. 웬만하면 좋은 게 좋은 거다 각 세우지 말자 하지만 참 쉽지는 않더라.

알쏭달쏭할 때마다 이 생각을 한다. 극작가 조지 버나드 쇼가 행복에 대해 이런 말을 했더라. "인생의 가장 큰 기쁨은 자신이 인정하는 목표를 위해 살아가는 데 있다. 우리는 이기적인 마음으로 세상이 자신을 행복하게 해주지 않는다고 잔뜩 열을 내며 한탄하는, 질병과 원망이 가득한 사람이 아니라 자연의 힘이 되어야 한다."

분명한 건 모든 이들의 사랑을 듬뿍 받는 천사표 인기 스타가 되고 싶은 마음이 아예 없다는 거다. 그냥 내게 주어진 일에 있는 힘을 다해 영혼을 끌어모아 최선을 다하는 것일 뿐. 허나 이 좀비 월드에선 나같이 선명한 사람에게 여러 가지 다채로운 가면들을 자꾸 쓰라고 한다. 하지만 나는 가면 놀이를 할 생각은 전혀 없다. 나는 인기를 얻기 위해서가 아니라 일하기 위해 일을 하는 것뿐이다, 스스로를 위로하는 요즘이다.

삶의 의미를
가르쳐주는
학교

서서히

재레드 다이아몬드의 『총, 균, 쇠』가 다시 읽고 싶어지는 시기다. 문명의 발달을 상징하는 총, 균, 쇠를 상대적으로 빨리 경험하고 선제적으로 차지한 유라시아 지역이 다른 지역을 지배할 수 있었던 이유를 설명하는 책이었는데 그들이 총, 균, 쇠를 빨리 차지할 수 있었던 이유는 지리나 기후 같은 환경적 요인이 유리했다는 것이다.

재레드 다이아몬드에 따르면, 환경적으로 균을 먼저 경험한 구대륙 사람들은 면역력이 생겨 질병에 버틸 수 있었고, 이들이 옮긴 균에 대해 면역력이 없는 신대륙 사람들은 버틸 수 없었다. 재레드 다이아몬드나 『사피엔스』의 저자인 유발 하라리가 연구하는 거시적 차원의 연구는 내게 많은 영감을 주고 그 학문적 깊이와 넓이에 있어서 존경심을 불러일으킨다. 이분들은 특정 영역만 연구하는 것이 아니라 인류학, 생물학, 자연과학, 인문학, 철학 등 여러 분야를 넘나들면서 학습하고 연구하며 연구 결과를 통해 도

출된 종합적인 안목을 일반인에게 전달해주는데 난 이러한 연구가 큰 의미가 있다고 생각한다. 그리고 그러한 연구의 시작점은 삶의 의미에 대해 질문을 던지는 인문학에서 결국 출발한다고 보기 때문에 인문학 역시 매우 중요하다고 생각한다.

요즘 교육에서는 인문학이 점점 힘을 잃어가는 느낌이다. 한때 국내에 몇몇 인문학 도서가 베스트셀러 반열에 오르면서 잠깐 인문학의 중요성이 반짝 강조되었던 적이 있지만, 4차산업혁명이 어쩌고 하더니 과학기술의 파워가 강해지면서 인문학이 상대적으로 쪼그라든 것 같은 느낌이 든다. 더불어 '삶=직업'이라고 믿는 우리나라 학생들이 좋은 직업 즉, 돈 많이 버는 직업을 택하려고 너도나도 과학기술 관련 학과에 지원해버리니까 학교 측에서도 그쪽 분야로만 투자를 확대할 수밖에 없을 것이다.

며칠 전 학교 앞 작은 독립서점에서 산 책 중에 예일대 교수인 앤서니 T. 크론먼이 쓴 『교육의 종말』을 읽었다. 부제가 '삶의 의미를 찾는 인문교육의 부활을 꿈꾸며'였는데 부제를 보자마자 '이런 우연이 있나!?' 싶은 생각이 들었다. 요즘 내가 생각하고 있던 이슈를 핵심적인 한 문장으로 나타내고 있었기 때문이다. 이 책에서는 우리가 대학이나 세계적인 학술연구센터에 '기대할 권리'가 있다고 말하고 있다. 즉, 단순한 지식 전달의 장소가 아닌 삶의 의미를 교육시키는 장소가 될 것이라는 기대 말이다. 지금은 비록 삶의 의미에 대한 질문이 교회와 같은 종교 시설에서나 이루어지는 망각의 시대지만 인간의 이해하고자 하는 욕구는 영원하기 때문에 언젠가는 인문주의가 부활하고 과학에 대한 정신적인 대안이 마련될 것이라고 이 책은 설명하고 있다.

인간은 왜, 어떻게 살아가야 하는지, 삶을 가치 있게 살아가려면 어떻게 해야 하는지 누구나 한 번쯤 고민해본 문제일 것이다. 하지만 이런 고민을 해결하고자 할 때 학교에 기댈 수 없다는 게 슬프다. 보통은 종교단체를 찾게 되지만 그곳에서는 학문적 접근을 기대하기 어렵다. 심지어 배타적인 단체로 잘못 들어가면, 오히려 편향된 종교적 이념만을 강요받을 뿐이다. 그렇게 좌절을 겪다 보면 결국 방황하다가 삶의 의미 따위는 잊어버리게 되고 결국 그냥 먹고사는 데만 집중하게 되는 거다.

고등학생 시절에 우연히 동네 교회를 가게 되어 목사님의 설교를 들은 적이 있었다. 당시 성경 중에서도 하나님이 인간을 창조하셨다는 내용을 담은 '창세기' 부분이 설명되고 있었는데 그 설교 내용은 내게 꽤 충격적이었다. 하나님이 인간을 창조한 후 인간에게 자유의지를 주었다는 것이다. 왜냐하면 인간을 너무 사랑하셨기 때문에 자유의지를 주고 스스로의 판단과 의지로 하나님을 섬기게 하기 위함이라는 것이다. 반면, 하나님은 자신을 끝내 섬기지 않고 죄를 뉘우치지 못한 죄 많은 인간은 결국 지옥으로 보낸다고도 했다. 이 내용을 듣고 일주일 동안 고민을 하다 다음 주 일요일에 교회에 가서 난 목사님께 물었다.

"하나님은 왜 인간에게 자유의지를 주어서 인간을 시험하려고 하시나요? 처음부터 모든 인간이 하나님만을 섬기도록 자유의지를 주지 않았다면 예수님도 이런 고난을 당하지 않으셨어도 되잖아요."

"그건 하나님이 인간을 너무 사랑해서 주신 선물이에요. 인간을 시험하려고 하신 게 아니라 인간을 너무 사랑하니까 자유의지라는 큰 선물을 주신 겁니다."

"인간을 정말 사랑한다면 자유의지로 인해 잘못된 선택을 해서 하나님을 섬기지 않는 인간에 대해서도 지옥불에 던질 게 아니라 하나님을 강제로라도 섬기게 해서 천국으로 데려가야 하는 거 아니에요?"

"사탄이 씌었네! 사탄이다!! 얼른 서서히 자매님 몸에서 나와라."

물론 종교라는 것이 이성과 논리로는 이해하기 어렵다고는 하지만 적어도 내가 그때 제대로 된 설명을 들었다면 어땠을까. 어쩌면 난 신실한 크리스천이 되어 있을지도 모르겠다.

나 역시 시행착오를 겪어본 사람으로서, 아직 완벽한 해결책을 찾지 못한 방황자로서, 이 책에서 크론먼 교수가 말하는 내용에 깊이 공감되었다. 난 아이가 없지만 적어도 다음 세대의 아이들만큼은 이런 고민을 학교에서 함께 나눌 수 있는 진정한 교육 환경이 마련되기를 바랄 뿐이다. 그리고 단지 먹고사는 직업적 생이 아닌, 보다 가치 있는 근원적 삶에 대해 이해하고 직업이란 통로 바깥의 관점에서 상황을 바라보는 습관을 익히게 되는 그런 세상이 되었으면 좋겠다.

약한 소리는
집어치우고
오늘도 버텨라

変한다

"좋은 회사에 다니고 있다는 것에 감사해라. 끝없이 인내하라. 모든 힘듦을 아들 보면서 풀어라", "여자에겐 재취업은 있을 수 없다. 그만두고 싶을 때마다 한 고비 한 고비 넘겨라. 정년은 채워야 한다.", "밖은 무지 춥다. 너만 겪는다고 생각하는 지금의 이 고통이 나중에는 큰 밑거름이고 자양분이 될 것이다."

기울어가는 전 직장을 다니며 많은 번뇌에 휩싸여 있을 때 울 아버지가 가끔 보내줬던 문자들……

암요, 그렇고 말고요. 기계적으로 머릿속에서만 알고 지나쳐갈 뿐 마음속 깊이 받아들일 수 없었다. 그땐 교과서 같은 이야기에 밑줄을 조용히 긋다가 확 펜을 던져버리고 싶은 패기와 용기가 충만했다. 정말이지 내 일 같지 않았다만 이제야 그 말씀들이 뭔지 알겠다.

아버지 당신도 준비가 제대로 되지 않은 상태에서 대기업이라는 크고 단단한 울타리를 벗어나봤고 이직도 해

233

좀비 월드에서
살아남는 법

봤고 자영업자로 변신도 해봤으니 그야말로 팔딱거리는 활어회 같은 경험에서 비롯된 묵직한 울림이었던 것. 왜 똥인지 된장인지 찍어봐야 그 맛을 아는가, 미련하게.

여기 또 다른 분이 떠오른다. 목수국에서부터 해당화까지 일명 걸어다니는 식물도감님으로 불리는 옛 상사. 그와 경기도 어느 공원을 돌며 한 시간 남짓 지식의 향연을 무사히 마치고 고추장돼지불고기 3인분을 게걸스럽게 먹은 후 UCC 커피자격증을 자랑스럽게 걸어놓은, 한 커피숍을 그냥 지나칠 수가 없었다.

진한 아이스 아메리카노를 휘휘 저으며 이런저런 이야기를 나누던 중 '살짝 휘청이는 우리 회사는 앞으로 어떻게 될까요?' 양념으로 살짝 건네어보았다. 요즘 유독 무력해 보이는 당신의 그 자리를 탐내는 사람들이 많다고. 잠깐의 정적이 흐른 후 흔들리는 두 동공을 내 두 눈으로 똑똑하게 보았다. 그렇게 슬프고 처연한 중년의 모습은 처음이었다.

'30년 동안 바친 내 열정, 내 청춘 억울해요'와 '장성한 아들 장가 아직 보내지 않았으니 지금은 안 되어요'까지 많은 의미들이 함축되어 있었다. 매 주말마다 마음을 다스리기 위해 10킬로미터 가까이 걸어 닳아진 신발 몇 개를 버렸다는 그처럼 언젠가는 이 끈적이는 접착제를 자의든 타의든 떼는 날을 위해 우리도 준비해야 한다.

물론 '존버해야지' 하는 욕망은 결코 부끄러운 게 아니다. 정말 창피해야 할 건 개의 늘어진 혀처럼 길게 내빼진 추하고 어리석은 욕심을 남에게 드러내 보이고 해를 가하는 것이지. 허나 윗사람이 될수록 조직에서 몸 담고 있는 시간이 길어질수록 시야는 점점 좁아진다. 즉 나만 보이고 내 존버만 중요하고 내 주위는 블랙아웃. 내 주변은 오직 까만 바탕화면으로 보이고 내 앞길의 헤드라이트를 번쩍 켜기 위해 동료, 후배의 앞길과 커리어패스 등은 주로 논외다.

구조조정 시 이는 뚜렷이 나타난다. 10년 넘게 일한 동기 녀석이 희망퇴직자에 속해 있다는 이야기를 듣고 고개를 파묻고 펑펑 울었다. 입사 때부터 룸메이트였던 그 친구가 얼마나 회사 일을 열심히 했는지 잘 알았기 때문에 너무나 억울했다. 육아휴직에서 돌아온 지 얼마 안 되어서 누구보다도 일에 대한 열정이 있었는데 왜, 왜, 왜? 자리만 차지했던 사람들은 어쩌고! 참으로 무력했다. 속절없었다.

부르르 성내고 내 일이 아니다 선 긋고 끝내고 싶지 않았다. '분노는 나약함의 증거이지, 힘의 증거가 아니라는 걸 인식하지 않으면 안 된다'는 톨스토이 말을 떠올렸다. 초연해지기, 아마도 그때부터였던 거 같다. 나 역시 콕 붙어 있는 접착제를 뗄 날이 머지않아 올 테니 최대한 의연하게 받아들이자. 그리고 사부작사부작 준비하자.

저널리스트 권석천의 『사람에 대한 예의』를 보면 좀비 공정 속에서 본인만의 기준을 찾아 정신 줄을 붙잡자란 이야기가 나온다. 그러기 위해선 일만 잘할 게 아니라 본인의 객관화부터 하라고 한다. 그게 진정한 프로기 때문에. 읽는 내내 저자는 참 단단히 뭔가 준비를 하고 다짐을 한다는 느낌을 받았다. 내 예상이 적중했나? 실제로 저자는 지난 4월에 모 대형 로펌으로 자리를 옮겼다.

좀더 솔직해지자. 당장 은퇴 후 평생교육원 가서 정원 가꾸는 거 배우기엔 지금은 젊고 유능한 것 같으니 일단 존버하겠다고. 허나 그다음도 늘 유념해야 한다. 그게 마음 다스리기든 다음 걸음에 대한 현실적 준비든 단단히 해놔야 한다. 접착제는 언젠간 그 용도를 다하게 된다. 기한이 다 되었어, 우리에게 귀띔을 해주든 별안간이든 간에 친절 불친절은 우리의 역량 밖이다.

혹여 본인이 희망퇴직 리스트에 들어가 있다 하더라도 손가락 자른다고 상사에게 협박을 한다거나 그런 비참한 지경까지는 되진 말아야 하지 않나? 어떤 순간이 와도 인간다운 존엄을 잃지 않기 위해 준비하자. 그 감당은 오롯이 본인의 몫이고 책임. 누가 해주는 게 아니다. 그러니 돼먹지 못한 약한 소리는 집어치우자.

사랑의
진짜
속성

서서히

오늘 넷플릭스에서 영화 한 편을 보았다. 드레이크 도리머스 감독의 〈뉴니스 Newness〉. 드레이크 도리머스 감독은 국내에서 로맨스 영화로 많이 알려져 있는데 연인들에게 닥치는 현실적인 시련들을 세밀하게 그려내고 그것을 해결해나가는 서사도 짜임새 있게 잘 구성해서 국내에도 그의 영화 팬들이 꽤 있는 것 같다.

솔직히 처음엔 이 영화가 19금이길래 '조금' 야한 킬링타임용 영화라고 생각하고 가볍게 보기 시작했는데 보면 볼수록 영화에 깊이가 있어서 놀라움을 금할 수 없었다. 스포일러가 되고 싶진 않으니 줄거리 요약은 생략하고 다만 내가 느낀 점을 몇 가지 공유해보자면, 아래와 같다.

1) 인간에게 주어진 최고의 축복과 권리는 사랑할 수 있다는 것이다.
2) 사랑한다는 것은 상대방을 알아가려 노력하고 관심을

가지는 것이다.

3) 사랑하다 보면, 서로 지루해진다. (어느 정도 상대방을 알게 되었으므로.)

4) 지루함을 피하기 위해 새로움Newness만 추구하다 보면 사랑을 할 수 없다.

(사랑은 상대방을 알아가려 노력하고 관심을 가져야 하므로 시간이 필요한데, 새로움만 추구한다면 상대방을 알기도 전에 상대가 바뀌어버리기 때문.)

5) 진정한 사랑은 지루한 게 정상이다. 관계가 지루해졌다고 해서 사랑이 식은 게 아니라 사랑의 속성이 지루한 것이다.

이 영화를 보고 뒤통수를 한 대 얻어맞은 기분이었다. 그도 그럴 것이 난 올해로 결혼한 지 13년 차에 접어들어 슬슬 지루함을 느끼기 시작하던 참이었다. 내가 이 사람을 사랑하는 게 맞나, 이렇게 권태기가 오는 건가 등 여러 가지 생각이 들었다. 나뿐만 아니라 주변을 둘러봐도 결혼 후 부부 사이가 대부분 다 시들해지는 것 같았다. 이럴 거면 결혼이라는 제도는 대체 왜 있는 건가 싶었다. 열정적으로 연애하던 사람들을 법으로 묶어 놓더니 결국 시들하게 만들어버리네? 이런 제도 따위 없어졌으면 좋겠다는 생각도 들었다.

그런데 영화를 보고 나서 깨달았다. 이건 결혼 제도

의 문제도 아니고 사랑이 변한 것도 아니었다. 사랑의 속성 자체가 원래 지루한 것이었다. 한 사람을 꾸준히 지켜보고 관심을 쏟고 그 사람을 이해하는 데 걸리는 시간은 꽤 길다. 어느 정도 그 사람을 잘 알게 되고 이해한다 싶을 때 슬슬 지루해지는 것이다. 그 사람의 말과 행동이 대부분 예측되기 때문이다. 한마디로 뻔하다는 뜻이다. 거기서부터 지루함은 시작되고 간혹 새로운 사람에게 눈이 돌아가기도 할 것이다. 영화는 이러한 모습을 적나라하게 보여준다. 새로운 사람을 아무리 만나고 만나고 또 만나도 새로운 사람과 '사랑'을 하기 위해서는 그 사람과 다시 히스토리를 쌓으면서 충분한 시간을 보내야 한다는 것을. 그렇게 서로에게 관심을 쏟고 이해하게 되면 그 새로웠던 사람이 이제 더 이상 새롭지 않고 지루해진다. 결국 난 사랑의 속성이 지루한 것이라고 결론을 내렸다. 물론 내 개인적인 결론이니까 반대 의견도 언제든지 환영한다.

우리는 결국 선택을 해야 한다. 단적으로 말하면, '지루하지만 진정한 사랑을 할 것인가', '늘 새롭지만 사랑으로 발전하기 전에 끝나버리는 짧은 만남을 반복할 것인가'의 문제이다. 그리고 그 선택이 상대방과도 맞아떨어져야 모두가 행복할 것이다.

사랑의 속성은 원래 지루한 것이라는 건 정말 중요한 포인트이다. 나를 비롯한 많은 사람들이 현재의 배우자나 연인에 대해 지루함을 느끼는 것에 죄책감을 가지고 있을 수 있다. 하지만 그것은 누구의 잘못도 아니고 단지 사랑하기 때문에 발생하는 당연한 사랑의 속성인 것이다. 즉, 당신이 지루해하는 그 사람을 진정으로 사랑하고 있다는 것을 방증하는 것이나 다름없다. 지루해졌다는 것은 그 사람을 사랑하기에 그 사람을 더 잘 알고 이해하기 위해 쏟아부은 시간이 꽤 길었다는 뜻이다. 그리고 지루함은 서로의 노력에 의해 충분히 극복해나갈 수 있는 부분이다.

그 지루함을 사랑의 종말로 인지하고 새로움Newness을 찾아 떠나는 숱한 사람들이여, 이 영화를 보고 다시 한번 깊이 생각해보시길!

물론 진짜 사랑의 종말도 있으니 그 경우엔 새 출발하는 것도 나쁘진 않을 것이다. 후훗.

스스로를
책임진다는
것

변한다

'책임감.'

성년의 날을 앞두고 청년들에게 전하는 인사 말씀을 적는데, 이 단어를 꼭 넣고 싶었다. 니코스 카잔차키스의 『그리스인 조르바』를 보면 나를 이끄는 성인의 세계로 안내한 것은 아름다움이 아니라 책임감이라고 했다. 즉 책임과 의무가 따름을 잊지 않는 게 어른이고 성년일 것이다. 오직 나 자신밖에 모르던 내 멋대로 변한다에게 미세한 변화의 흐름이 감지된 건 6년 전 무렵, 중건설 사원 대리급 대상 후배들 대상으로 한 리더십 강의 때였다.

나름 유머 부심이 있어 깔깔거리며 강의를 잘 리드하던 중 막판에 단체로 울음바다가 되어 한참을 꺼이꺼이 울었다. 잘 모르는 남들이야 대기업 다닌다 하지만 실제 회사에서 집에서 이리 치이고 저리 치이고 하루에도 몇 번씩 자기 자신이 비루하기 짝이 없다고. 조남주의 『82년생 김지영』을 술술 넘기던 중 '맘충' 부분에서 눈물이 왈칵

241

쏟아졌던 것과 비슷하다. 잘나가던 회사가 서서히 고꾸라지기 시작해 희망퇴직으로 내 동기 후배들이 하나둘씩 사라질 때도 마찬가지였다. 그 똑똑하고 야무진 애들은, 물론 목돈이야 받았지만 마음은 늘 헛헛하다 했다. 사실 난 단 하루라도 그 공허함이 죽기보다도 싫어 여태껏 꾸역꾸역 끌고 여기까지 온 거고.

그래서 결심했다. 일단 지금 내 자리에서 충분히 버텨주고 그에 맞는 적절한 책임감을 갖자. 올곧은 기백과 강직한 꼿꼿함으로 총칼을 들고 의병들을 도왔던 의병대 윤희순 선생님까지는 아니지만 말이다. 정의석 편저의『아들러 명언 200선』을 보면 인생의 주인이 되어 주체적으로 살길 거부하는 사람에게 주어지는 가장 큰 불이익은 바로 자신보다 더 열등한 사람이 내 인생을 다스리게 되는 것이란다. 맞다. 평소에 잘난 척 해봤자 소용없다. 일이 터졌을 때 대처하는 것 보면 소위 말해 사람의 '와꾸(틀)'가 한눈에 들어온다. 마냥 뒤에 숨고 전지적 참견 시점에서 훈수를 두느냐, 전면에서 칼을 휘둘러 무라도 잘라내느냐 딱 두 가지다. 전자의 경우 결과론적으로 뒤에 숨는 게 차라리 낫든 낫지 않았든 자신보다 더 열등한 사람이 본인의 인생을 다스리게 되는 불이익은 결코 피할 수 없다.

내가 제일 싫어하는 게 구경을 즐기며 전지적 관찰자 시점에서 훈수 두듯이 말하는 본새다. 뭐 유체이탈 화법은 그나마 낫다. 겁쟁이들의 대표적 애교로 봐줄 요량이 충분하다. 보이지 않는 책임까지도 커버 가능한 강한 책임감이 있어야 하고 그렇지 않으면 사이비, 그럴싸하지만 막상 난세에 슬쩍 물러나 관망하고 훈계하는 것도 역시 비겁자에 무척이나 가깝다. 전 직장이나 지금 회사에서 보면 정곡을 콕콕 찌르는 수려한 글빨, 말빨에 혹할 때가 있다. 막상 어찌저찌해서 알고 보면 월급에 맞는 본인의 일을 응당 책임지는 건 나 몰라라고 바라는 것과 불평불만은 산더미인 분들이 상당수 계시다. 이른바 훈수 두고 비평하기 좋아하는, 어른이란 탈을 쓴 유아들에겐 나이도 세대도 큰 의미가 없다.

『회사에서 글을 씁니다』의 저자이자 한전 스피치라이터이자 휴넷에서 글쓰기 강사를 하고 있는 정태일 작가는 자긴 별정직 월급쟁이라 하면서 자신의 처지나 글쓰기나 어찌 보면 똑같다고 한다. 즉 글을 잘 쓰려면 나를 아는 것, 그리고 내가 아닌 것에 호기심을 갖는 것, 이 두 가지가 모두 필요하단다. 구심력과 원심력이 자칫 상반되어 보이지만 사실 서로를 채워주고 지지해주는 것이라는 이 말, 정말 설득력 있지 않은가. 그러면서 본인을 정말 잘 알고 뼛속까지 지질하게 솔직하게 적나라하게 글을 써보라고 한다. 사실 아는 척, 평론가인 척 이러쿵저러쿵하는 글이나 말이나 잘 들여다보면 쓸모도 알맹이도 실력도 셋다 없다.

"나는 무언가를 하는 사람의 입장에 있지, 더 이상 무언가에 관해 말하는 사람의 입장에 있지 않다. 즉 실천의 형태로 다가온다." 롤랑바르트의『소소한 사건들』에 나오는 말이다. 모든 촉수와 감각이 살아 있어 즉각 반응하고 이에 맞는 책임을 지는 게 '찐'이지 입만 두둥 뜨는 게 실행과 실천은 아니지 말이다. 패널로도 비평가로도 이젠 그만, 쉽게 규정짓고 포기하며 비판하는 것보단 내 자신에 책임을 지고 채찍질하며 앞으로 조금씩 나아가자. 더불어 나 홀로 성공보다는 다 함께 성장을 위한 훈훈한 연대까지 하면 더 좋고. 만약 그럴 여유 없으면 묵묵이 혼자 가면 되지, 괜히 넘어져서 남도 덩달아 자빠뜨리지 말기. 특히 나같이 기골장대 떡대가 드러누워버리면 민폐도 극강의 민폐, 처치 곤란하니 제발 눈치껏 본인 몸뚱이 하나는 책임지고 짊어지자.

일관성, 진정성
그리고
헤르만 헤세

서서히

예전에 인터넷에서 본 글에 따르면 구글 직원들을 대상으로 설문조사를 했다고 한다. 리더로서 가져야 할 가장 중요한 덕목이 무엇인지에 대해서 물었는데 1위로 꼽힌 덕목은 바로 '일관성'이었다.

이 글을 읽고 무지 공감되어서 지인들에게도 공유했던 기억이 있다. 사실 나와 같은 직장 내 일반 구성원들이 리더에게 원하는 건 진짜 별거 없다. 일을 엄청나게 잘하는 유능함? 아니면 물질적으로라도 직원들의 사기를 북돋워줄 수 있는 경제력? 타 조직과 싸워도 이길 수 있는 강력한 파이팅 능력? 사실 그런 거창한 건 바라지 않는다. 단지 한 명의 인간으로서 가치관이 정립되어 있고 판단 능력이 일정하길 원할 뿐이다. 그러면 어떤 문제가 닥쳐도 늘 일관성 있는 결정을 할 것이고 같이 일하는 구성원들도 그에 맞춰 일할 수 있으니 조직 내 암묵적인 룰이 생기는 거다. 룰이 있다는 건 제약조건이 되기도 하지만 그만큼 그 룰만 만족하면 큰 문제는 안 생긴다는 뜻이기도 하다.

같이 일하는 동료가 한 언론사 기사 링크를 카톡으로 보내주었다. 리더십 관련 칼럼이었는데, 리더로서 중요한 것은 '진정성을 보여주는 것'이라고 되어 있었다. 아무리 조직이 똘똘 뭉친다 해도 상호 간 진정성이 없으면 그 조직은 괴물 집단이 될 수 있다는 것.

두 개의 글을 종합해보면, 결국 리더에게 요구되는 것은 '일관성'과 '진정성'인 거다. 그런데 가만 생각해보면, 이게 꼭 리더에게만 요구되는 덕목은 아니다.

내가 유독 대화하기 좋아하는 사람들이 있는데 그들과의 대화가 즐거운 이유 중 하나는 바로 진정성이 느껴지기 때문이다. 몇 시간을 대화해도 말이 겉도는 사람들이 있다. 자기 속 얘기를 끝끝내 하지 않고 피상적인 이야기만 늘어놓거나 인터넷 검색하면 다 나오는 정보만 나열하는 사람들. 물론 어떤 사건을 겪고 인간관계에서 상처를 받아 그런 식으로 자신을 보호하려는 것은 아닐까 싶은 마음이 들어서 가끔은 그런 사람들이 측은해 보이기도 한다. 하지만 그런 측은지심도 잠시, 나의 경우 상호 간의 진정성이 없는 그런 인간관계는 오래 지속되기 어려웠다.

반면, 일관성이 부족한 사람은 리더로서는 정말 최악이지만 그래도 인간관계에서는 꽤 흔한 편인 것 같다. 일관성이 부족하다는 것은 아직 삶을 대하는 자세가 정립되어 있지 못한 것이라고 생각한다. 그러니까 보통 나이가 어리거나 삶의 굴곡이 거의 없거나 직접적 또는 간접적 경험이 부족하거나 할 경우 충분히 부족할 수 있는 덕목이라고 생각한다. 나조차도 삶에 대한 가치관이 태어나서부터 지금까지 일관되지 못했다. 그런 일관성을 찾으려고 노력하는 과정이 진정 가치 있는 삶이 아닐까.

그래서 일관성은 '완성된' 덕목이 아니라 '진행 중인' 덕목이라고 생각한다. 진정성을 늘 가슴에 지니고 있으면서 끊임없이 일관성을 추구해나가는 사람. 그게 내가 생각하는 멋진 사람이고 멋진 리더이다. 리더는 조직을 이끄는 수장만 지칭하는 게 아니라 우리 개개인이 다 우리 삶의 리더 아니겠는가?

내가 좋아하는 작가 헤르만 헤세의 『동방순례』를 보면 '레오'라는 인물이 등장하는데, 레오는 모든 사람의 심부름을 도맡아 하는 심부름꾼이었지만 결국 그가 사라지자 조직은 대혼란을 맞이하게 된다. 한낱 심부름꾼으로만 여기던 레오가 사실은 조직의 모든 크고 작은 일에 관여하고 있었고, 레오는 투철한 희생정신으로 많은 사람들에게 도움을 주고 있었던 것이다. 이 소설 속 레오에 착안해서 '희생적인 리더십, 즉 서번트 리더십 Servant Leadership'이라는 용어가 탄생했다고 한다.

헤르만 헤세의 『유리알 유희』, 『싯다르타』와 같은 소설을 보면 동양적 사상이 자주 등장하는데 결국 이러한 서번트적인 마인드도 동양적 사고방식에 기인한 것이 아닌가 싶다. '동방예의지국'이라는 단어에서 알 수 있듯이 예로부터 동방에서는 예의를 중시하고 자신을 낮추면서 상대방을 위하는 사상적 밑바탕이 존재하기 때문이다. 난 개인적으로 희생을 의미하는 서번트보다는 겸손을 의미하는 '험블'이라는 표현이 더 맞다고 생각한다. '험블 리더십 Humble Leadership'이 '서번트 리더십 Servant Leadership'보다 더 듣기 좋지 않을까?

살짝 삼천포로 빠지면, 내가 헤르만 헤세 소설을 좋아하는 이유 중 하나가 인간의 내적인 면을 탐구하기 때문이다. 요즘에는 많은 사람들이 자신의 내면을 들여다보기보다는 너무 타인에게 관심이 많은 것 같다. 사실 나 자신을 내밀하게 들여다보기도 빠듯한 시간인데 말이다. 헤르만 헤세 소설을 읽으면 이런 무서운 사실(너 자신을 알라, 남 신경 쓸 시간 없다)을 직면하게 되어 오롯이 내 자신의 내면을 들여다보고 마음이 정화되는 느낌을 받는다.

타인과의 비교에 집중하지 않고 나 자신의 절대적인 가치를 만들어가면서 그렇게 나이 들어 가는 것에 익숙해지려고 노력하는 중이다.

감정은 덜어내고
감성은 꽉 채우는

변한다

사람들이 주로 말하는 리더의 덕목 중, 일관성 그리고 진정성 나는 여기에 하나 더 보태고 싶다. '공감 능력'. 공감 능력은 감정적인 사람보다 감성적인 사람이 갖고 있다. 본인의 감정을 관리 잘하는 사람이 남의 감정까지 잘 이해할 수 있는 감성적인 사람일 것이다.

"누구에게나 그럴듯한 계획이 있다. 입을 한 방 맞기전까지는." 마이클 타이슨의 말인데 어디에 갖다 대어도 참 맞는 말인 것 같다. 누구나 감정을 능수능란하게 컨트롤하겠다고 말하긴 참 쉽다. 막상 빡치거나 고잉 크레이지 전까지는 뭔 말이든 지껄일 수 있는 법이다.

허나 실제로 최고의 자아에 가까워지기 전까지 부단한 노력을 해야 한다. 나도 소싯적엔 참 감정적이었지만 지금은 덜 감정적이려고 무지 애쓴다. 실제로 노력 탓도 있고 나이에 따른 기력 탓도 있다. 하나 더 얹자면 나이 들어서 너무 감정적이면 품격이 없어 보인다. 그 나이 먹도록 셀프 컨트롤을 하나 못하나, 다른 건 잘하는 게 뭐가 있나 타인의 밑바닥부터 상상하면서 훑게 되는 것이다.

예일대학교 아동센터교수 마크 브래킷 교수의 『감정의 발견』이란 책에서 언급된 메타모먼트를 눈여겨봤는데, 감정 조절의 정점에 쉽게 말하면 일시정지하면서 감정 컨트롤을 하라는 것이다. 이는 급브레이크를 밟고 그 시간에서 벗어나는 것까지 포함한다. 감정 통제의 각 단계를 소개해주는데, 지극히 평이하지만 한번 보면 도움이 될 법하다.

리토스트^{Litost}, 다른 언어로 번역이 불가능한 체코어라는데 자신의 비참함을 깨달음으로써 겪게 되는 고통스러운 상태를 말한다. 내 경우 감정을 조절하는 방법 중 자기 대화 방법을 쓴다. 혼자 있을 때 중얼중얼 자기비판을 하기도 하고, 나와 이야기를 나눈다. 조금은 컨트롤되는 느낌적인 느낌을 가지며 안정감을 느낀다.

예전에 구내식당에서 점심을 함께하던 보스가 하셨던 말씀이 떠오른다. 보스 세대들이 보기엔 요즘 젊은 세대들이 자기네 세대에 비해서 가질 거 다 가졌고 풍족한데 별로 행복해 보이지 않는다고 했다. 문득 보스가 물었다. 나의 아들, 초등학교 6학년 꼬마의 안위를. 행복하냐고 불행하지 않냐고. 난 대답했다. "전 그 친구에게 기대가 크지 않아요. 그래서 행복한 감정인 상태 같아요." 사실 이 말이 빠졌다. 그 친구의 행복을 위해 내 감정을 덜어 내고 감성적인 사람이 되려 한다고.

자녀를 의사로 만들고 싶다고 멸치아몬드조림하듯 달달 볶을 것이 아니라 어쩌면 부모 자신이 시험을 다시 쳐서 의과대학 가는 게 더 빠를 수도 있다는 생각은 예전부터 해왔다. 주위에 나와 다르게 자식에 대한 열정이 넘치는 분들과 견줌과 비교를 당할 때마다 매번 마음을 다지곤 한다. '내가 변호사 같은 전문직이 되지 못한 그 못난 열등감을 도화지 같은 순백의 소년에게 투영하지 말자. 그가 뭘 잘할 수 있고 뭘 원하는지, 뭘 좋아하는지 도대체 어떤 감성인지를 들여다보자. 내 낡은 감정 기준에 맞춰 그의 행복을 함부로 재단하지 말자.' 그래서 그런지 아직까진 먹는 거에 열광하고 게임하는 게 너무나 행복한 철부지 초딩이다.

지난겨울 갑작스러운 폭설 때문에 퇴근길 버스가 끊겨 한 시간 넘게 집까지 걸어온 시민 한 분이 다짜고짜 전화해 폭언을 퍼붓고 "공무원이 나랏돈 처받고 하는 일이 없다, 내 세금은 도대체 어디에 쓰는 거냐." 어쩌고저쩌고 하는데 참고 듣다가 한 말씀 드렸다. "선생님, 저도 어느 동 살고요. 저도 세금 꼬박꼬박 냅니다. 선생님과 제가 낸 세금으로 도로에 제설제 뿌렸지만 폭설에 효과가 없었다는 점 사과드리고요. 역정 그만 내시고 새해 복 제 복까지 다 받으세요." 끊고 나서 긴 한숨이 폐 깊숙한 곳에서부터 나오더라. 어떤 분들은 염화칼슘 도로에 많이 뿌리지 말라고도 한다. 비싼 타이어가 마모된다나?

나 같은 지방공무원이 주로 시민에게 받는 민원이란 본인의 당당한 주장이며 권리 행사일 거다. 근데 같은 사안을 두고도 정말이지 다양한 의견들이 있다. 물론 억지나 말도 되지 않는 것들도 많다. 예를 들어보자. 나뭇가지에 잎들이 무성하다. 자기 집에서 보는 시야를 가린다고 잎들을 쳐달라는 민원도 있고, 사생활 보호가 된다며 그냥 냅두라는 민원도 있다. 어떻게 해야 할까? 난 그럴 때마다 우선 양쪽에 약간의 감정이입을 한다. 내가 만약 저 사람이라면 어떨까? 역지사지까지 감당이 되지 않는다면 감정이입 정도는 시도해보자는 게 내 논조다. 이렇게 제법 그럴싸한 공무원이 되어가는 것 같다. 기업에서는 전혀 알 수도 알 필요도 없었던 진정한 민원인들의 세계에 풍덩 빠져 때론 쌍심지 켜고 허부적거리고 온갖 쌍욕을 혼잣말로 중얼거리지만 이게 이 복잡다단한 세상을 살아가는 데 소량의 밑거름이 될 거라 생각한다.

즉 공감 능력은 리더에게만 필요한 게 아니라, 우리 같은 평범한 사람들도 갖춰야 하는 덕목일 것이다. 행복해지려면 어떤 특별한 것을 기대하기보다는 감정적인 사람이 아닌 감성적인 사람이 되려는 노력부터 해야겠지. 그래서 내 경우 책들을 보면서 심호흡 한번 하고 단련을 해야지 별수 있겠나 싶다. 내 본연의 감정을 잘 구슬리고 타이르 다 보면 남을 이해하는 지점에 도달하게 되고 내 감성의 곳 간을 채우게 된다. 내 감정에 스스로 지치고 무너져버리면 타인을 들여다볼 마음의 여유가 없어진다.

어차피 나이 드는 거라면 제대로 농익고 무르익은 감 성적인 사람이 되고 싶다. 한마디로 나잇값 세월값 밥값 하며 살고 싶다. 남이 나를 아줌마 아저씨라 부르고 꼰대 세대라 해도 크게 상관없다. 30대까진 뭐랄까. 나도 모르 게 먹어버린 나이에 서글프고 왠지 모르게 허무하며 가슴 이 뻥 뚫린 것같이 공허함도 느꼈지만 지금은 다르다. 남 보다 이미 밥 많이 먹은 거, 앞으로의 남은 시간을 허투루 쓰고 싶은 마음은 없다. 자신을 다그치고 담금질해 감정 은 덜어내고 감성을 꽉 채우는 그런 옹골찬 사람이 되고 싶을 뿐. 그래야 이 좀비 월드, 꾸역꾸역 살아갈 수 있을 거 같다.

좀비 월드에서
살아남는 법

무자식 상팔자의
하루

서서히

우리 부부는 반자율 딩크족이다. 자연스럽게 아이가 생기면 기쁘게 맞이하고, 생기지 않으면 기쁘게 둘이 인생 즐기면서 살자는 반자율 딩크족. 그래서 여태껏 기쁘게 둘이 인생 즐기고 있는데 그럼에도 불구하고 가끔 지나친 사람들의 배려가 신경이 쓰이곤 한다.

예를 들면, 뭐 이런 거다. 친한 친구가 임신을 했는데 거의 만삭이 다 되어 있었고 그때까지 나는 전혀 몰랐던 거다. 알고 보니 나를 제외한 다른 친구들에게만 임신 소식을 전했던 것이었다. 사실 항상 주변 지인들의 임신 소식을 나는 제일 마지막에 알게 되는 경우가 많다. 심지어 어떤 때는 지인이 아이를 낳고 나서야 임신을 했었구나, 아이가 생겼었구나 하고 알게 되는 때도 있다. 이건 뭐 나에 대한 배려일 테니 뭐라고 할 수는 없는데 그냥 좀 답답하다. 그들은 딩크족의 행복과 즐거움을 이해하지 못하는 것 같아서. 딩크족은 무작정 불행하다고 생각하는 것 같아서.

딩크족은 자율적인 선택이 아니라 어쩔 수 없는 상황에 따른 필연적 선택이라고만 생각하는 것 같아서.

물론 아직까지 대부분의 부부들은 아이를 간절히 바라는 것이 일반적이다. 그런 간절한 부부와 우리처럼 이런 상황을 또 다른 행복과 즐거움으로 여기는 부부를 구별하기 어려우니 더 배려가 필요한 부부를 일반화해서 대응하는 것이 합리적일 거다. 충분히 이해하는 바다. 그래도 한편으로는 섭섭할 때가 있다. 수십 년간 나와 교류했던 친구가, 동생이, 언니가 나를 이렇게 모르고 있나? 하는 생각에. 그래, 어쩌면 사람은 죽을 때까지 누군가를 100% 이해할 수 없는 게 당연할 것이다. 평생을 같이 산 부부도 서로를 완전히 이해하지 못해 죽을 때까지 다투며 사는데 말이다. 이렇게 글을 쓰며 생각을 정리해보니 섭섭해도 내가 이해하는 게 맞는 것 같다. (빠른 수긍.)

"결혼하셨어요?"

"네."

"아이는요?"

"아이는 없어요."

딩크족은 보통 대화의 흐름이 여기서 끊기는데 이때 분위기가 참 묘하다. "아이는 없어요." 하는 순간 '아' 하는 탄식 아니면 묵묵부답과 함께 안쓰러운 눈빛이 상대방으로부터 발사되곤 한다. 이때 상대방의 안쓰러운 얼굴에 의아해하며 아이 없이 사는 삶도 나쁘지 않고 장점이 많다는 이야기를 초기엔 몇 번 꺼내어보았지만 문제는 상대방이 내 이야기를 믿어주지 않는 경우가 대부분이었다는 점이다. 이들은 내가 아이가 없다는 것에 대한 상심이 큰 것을 애써 감추며 괜찮은 척을 한다고 오해하고 더욱더 안쓰러워하며 폭풍 위로를 건네기 시작했다. 그 이후로는 그냥 상대방의 안쓰러움에 화답하려고 노력한다. 그게 이 어색한 상황을 빨리 종료시키는 지름길임을 터득했기 때문이다. 그래서 이러한 상황이 오면 보통 상대방의 안쓰러움에 걸맞는 처연한 표정을 지어야 할 것 같아서 발연기를 하는데 그게 영 어색하다. 연기 학원이라도 다녀야 하는 것인지 고민될 정도이다. 처연함을 표현하는 건 생각보다 어렵다. 대사보다는 눈빛과 몸짓으로 해야 하는데 이놈의 몸뚱이에서 처연함이 어디 나와야 말이지, 수에즈 운하도 가로막을 것 같은 널찍한 어깨에서 씩씩함만 발사된다. 스스로 처연하게 보일 것이라고 생각하고 눈빛 한번 발사하면 다들 지레 겁먹고 도망갈 뿐, 화난 걸로 오해 사기 십상이다.

주변 지인들의 육아 일기도 참고되어 보이지만 나처럼 무자식 상팔자의 일상도 나름의 스트레스가 있다는 점을 알아주었으면 좋겠다. 나와 같은 처지에 있는 전국의 딩크족들이여, 이제 발연기는 그만! 남들이 뭐라고 하든지 말든지 간에 우리 쪼대로 즐겁게 살자. ('쪼대로'라는 말은 옛날 사람만 알 것 같은데. 젊은 층의 독자를 공략하긴 글렀네, 글렀어.)

영화 〈범죄와의 전쟁〉 주제곡인 〈풍문으로 들었소〉를

부른 가수 장기하도 본인이 쓴 책에서 끝 간 줄 모르는 머릿속 잡념들에 대해 상관없는 거 아니냐고 스스로에게 일침을 날리고 쿨하게 살더라. 심지어 책 제목이 『상관없는 거 아닌가?』다.

잠깐 다른 이야기로 새면, 이 책 제목이 주는 망설임이 난 좋다. 그냥 '상관없다' 또는 '상관없는 거 맞다'가 아니라 '상관없는 거 아닌가?' 하는 확신 없는 조심스러움. 젊은 시절엔 모든 것에 확신이 차서 말과 행동에 힘을 주던 때가 있었는데 이제 40대에 접어드니 조금은 알 것 같다. 세상에 분명한 건 없다는 걸. 내가 틀렸을 수도 있다는 전제를 늘 가지고 산다는 것. 이런 태도가 사람을 조금은 겸손하게 그리고 둥글둥글하게 만들어주는 것 같다. 역시 장기하님이다. '우~우우우~ 풍문으로 들었소~' 갑자기 노래방이 무지하게 가고 싶다.

얼른 코로나가 지나가면 노래방 가서 그동안 못다 한 메들리 한번 시원하게 부르고 싶다. 누구와 갈지 모르겠지만 분명 마이크 서로 안 놓고 목청껏 불러 젖히는 인간들과 갈 것이 분명하다. 주변에 노래방 좋아하는 인간들은 다 그 지경이니까.

추신.
변한다 언니에게,
언니가 언젠가는 결혼식 축가 부를 거라고 (부탁한 사람도 없었는데, 혼자 참 열심히 준비했었지.) 녹음까지 해가며 노래 연습하던 게 생각난다. 남의 결혼식 망치지 말라고 내가 뜯어말리던 때가 엊그제 같은데 세월 참 빠르다. 그러고 보니 내 결혼식 때 축가 안 불러줘서 고마워.

유머가
날
버티게 할지니

변한다

지난주에 처음으로 회사에 있는 상담센터를 찾았다. 두 귓속을 어지럽게 괴롭히는 이명은 점점 심해지고 거의 매일 각성 상태이기 때문에 신경은 곤두설 때로 곤두섰다. 아무래도 사람 잡겠다 싶어서 전문가의 도움을 받았다.

이미 나의 상태는 지난 연말에 남의편님에겐 브리핑 끝. 나는 웬만하면 밖의 시끌벅적한 이야기를 내 평화로운 가정까지 끌고 오지 않지만 아무래도 해야겠다 싶어서 가까스로 용기를 냈다. 재택근무가 잦았던 그는 지난 연말연시에 너무 늦은 나의 귀가에 벌써부터 뿔난 상태였고 내가 안온한 직장을 때려치우고 사서 고생한다고 못마땅하게 생각했다.

그래, 맞다. 요즘 나는 소방수 같다. 온실 속 화초 같았던 내가 지옥불 세상에 던져져 남들이 분란 일으킨 걸 허겁지겁 슥삭 치우고 불 날 때마다 다른 데 옮겨 붙지 않을까 재빨리 끄고 있다. 내가 생각해도 나만 한 사람이 어됐나 제법 잘한다 위안을 삼지만 무덤덤하게 위기 탈출 넘버원의 일상을 시도 때도 없이 마주해야 한다는 건 분명 마음의 짐일 것이다. 한편으로는 별별 일을 다 겪는다 싶다만, 분명 이 괴로움들이 나에게 마음의 멍 이상으로 번쩍이는 깨달음을 줄 거라 생각한다. 그래, 세상에는 별별 사람들이 많으니 정신 똑바로 차리지 않으면 누군가가 내 코 베어 간다, 이 정도만 알아도 나에겐 이미 이기고 있는 게임인지 모른다.

늘 쫓기듯 각박하게 살아온지라 온몸의 세포 하나하나가 축 처지고 맥아리가 없을 때는 나에게도 뭔가가 필요하다 싶었다. 문득 생각해봤다. 2005년 그룹 하계수련대회 때 체력적으로 엄청 힘들고 고되었는데 어떤 열정과 힘으로 버텼는지. 생각해보니 바로 '유머'지 뭐겠는가. 재미는 모든 역경을 봄눈 녹듯 녹이는 법이다.

원래부터 난 참 웃기는 사람이 되고 싶었다. 노래로 웃기는 거 말고. 서서히가 단념시키는 노래는 나에게 진심이고 실제로 노래만큼 농담을 참 좋아한다. 교정한 치아 한껏 뽐내며 깔깔대며 웃는 것을 좋아하고. 그러나 우스운 사람은 아니다. 이런 나와 비슷한 생각을 갖고 있는 분이 바로 『나는 말하듯이 쓴다』의 강원국 선생님이더라. 내가 왜 이분에게 선생님이란 호칭을 붙였는지 아는가. 나같이 싫증 잘 내는 사람이 이분의 책은 두 번 읽었다. 그만큼 사람을 잡아당기는 마력 같은 게 바로 이분의 찰지는 글솜씨에 있다고 생각한다. 초등학교 2학년도 알아들을 수 있는 쉽고 간결한 구어체 문체를 닮고 싶고, 강 선생님의 글에서 나타나는 성품처럼 재미있고 온기 있는 사람이 되고 싶을 뿐이다.

강 선생님도 강 선생님이지만 노래도 거친 날 위로해 준다. 〈싱어게인〉에서 10호분이 임재범의 〈살아야지〉를 부르는데, 푸시킨의 「삶이 그대를 속일지라도」 시가 오버랩되었다.

삶이 그대를 속일지라도
슬퍼하거나 노여워하지 말라
슬픈 날을 참고 견디면
기쁜 날이 오고야 말리니

마음은 미래에 살고
현재는 우울한 것
모든 것은 순간에 지나가고
지나간 것은 다시 그리워지나니

이제야 안 사실인데 푸시킨도 우리처럼 역병의 시대를 경험한 적이 있었다는 것. 1830년 치사율 50%의 콜레라로 모스크바는 봉쇄되었고 푸시킨은 약혼녀를 남겨둔 채, 석 달간 자가 격리를 당했다고 한다. '우울하고 비루한 삶을 담

담하게 받아들이면 기쁘고 원하는 게 이뤄지는 날도 온다.'
이 기막힌 깨달음을 푸시킨은 이미 불혹 전에 알았다니 대
단하고 놀라워서 푸님을 받들어 모시고 싶더라.

　　상담사 선생님은 단 며칠이라도 좋으니 분리해 쉬라
하셨다. 되도록 일과 내 일상을 나누도록 노력하며, 일하
며 느끼는 나의 감정을 내 삶까지 가져오지 않을 계획이
다. 여전히 일상에서 웃기는 사람으로 하하호호 목젖 보
이게 웃으며 즐겁게 유쾌하게, 푸님의 말처럼 모든 것은
순간에 지나가는 걸 믿어 의심치 않으며.

술과
함께

서서히

오늘은 일찍 퇴근하고 오랜만에 집에서 저녁을 먹었다. 일찍 퇴근한 날, 집에서 마시는 적당량의 '알코올'과 식사를 난 너무 사랑하는데 오늘이 딱 그게 가능한 날이었던 거다.

매 끼니 먹고 싶은 메뉴가 다르듯이 술도 그러한데, 오늘 저녁은 시원한 하이볼이 유독 마시고 싶었다.

얼마 전 구입한 실리콘 아이스볼 메이커에 꽁꽁 얼린 주먹 반만 한 얼음 두 개를 빼서 큰 유리잔에 넣고, 위스키를 소주잔으로 한 잔 정도 부었다. 물론 맛있는 위스키로 하이볼을 만들면 더 부드러운 맛을 즐길 수 있겠지만 난 하이볼용으로는 저렴한 위스키도 상관없다고 생각한다. 구할 수만 있다면 군납 위스키도 OK!

그다음 하이볼의 완성인 토닉 워터를 콸콸콸 부어서 맛을 보며 비율을 맞추면 완성이다. 여기에 추가로 집에 남아도는 레몬이나 라임을 슬라이스해서 추가하면 금상첨화지만 레몬이나 라임이 남아도는 집이 솔직히 과연 몇

집이나 있을지 모르겠다. 이건 그냥 패스해도 무방하다.

매우 쉽게 제조 가능하고 토닉 워터로 인한 청량감이 있어서 푸드 페어링의 범위도 넓다. 특히 목이 꽉꽉 막히는 음식을 먹을 때 하이볼과 함께하면 정말 찰떡궁합이다!

하이볼을 즐겨 마시기 전엔, 칵테일도 자주 만들어 마셨다. 주로 레시피가 쉬운 진토닉, 모히또, 스크류 드라이버 같은 것들이다. 진토닉은 주로 잠자기 전에 가볍게 한 잔 마시고 싶을 때?(대체 무엇을 근거로 가볍다고 생각한 건지는 나도 모르겠다.) 작은 유리잔에 각 얼음을 서너 개 넣고 드라이 진으로 '장판을 깐다.' 장판을 깐다는 말, 너무 전문 용어인가? 아무튼 그 위로 토닉워터를 채우면 끝이다. 엄청 간단하다. 그러니까 똥손인 나도 만들어 마실 수 있는 것이다. 휙휙 저어서 원샷하고 잠자리에 들면 되는데 살짝 몽롱한 상태로 잠들 수 있다는 장점이 있다.

모히또는 주로 여름에 만들어 마시는데 그 특유의 청량감이 매력적이다. 그리고 가장 술 같지 않은 술이기도 한데 일단 맛있다! 하지만 칵테일 중에선 손이 좀 많이 가는 편이다. 재료가 하나라도 빠지면 맛의 차이가 많이 나서 재료도 가급적 다 구비하는 게 좋다. 일단 레몬즙이나 라임즙(시중에 파는 것을 활용)을 유리잔에 적당량 붓고 라임을 보기 좋게 썰어서 얼음과 함께 유리잔에 채운다. 그리고 반드시 넣어야 하는 게 있는데 바로 허브의 일종인 애플민트이다. 이게 빠지면 모히또의 맛이 확 죽어버린다. 애플민트도 적당량 유리잔에 채워 넣고 토닉워터로 잔을 채우면 끝이다. 모히또는 예쁘게 장식을 해주면 더 고급스럽게 즐길 수 있기에 가급적 남은 라임 슬라이스와 애플민트를 이용해서로 잔 위쪽으로 장식을 해주면 향도 많이 나고 보기에도 좋다. 모히또를 마실 때마다 여기가 쿠바인지 한국인지 분간이 안 될 정도이다. 저세상 맛이라고나 할까.

스크류 드라이버는 '알코올 끼'가 필요한데 알코올 맛은 싫은 날 마시는 술이다. 작은 유리잔에 각 얼음을 서너 개 넣고 보드카를 3분의 1 정도 채운 후 나머지는 오렌지주스나 망고주스로 채우면 끝이다! 분명 맛은 그냥 주스인데 마시고 나면 '알코올 끼'가 몸에 싹 돌면서 금방 취기가 올라온다. 매우 효과 빠른 칵테일이다.

오늘은 날씨가 좀 더워서 그런지 유독 하이볼이 마시고 싶었나 본데, 보통은 집에 와서 반신욕과 함께 와인 한잔 마시는 게 내 삶의 낙이라고 할 수 있다.

와인의 세계는 정말 넓고도 깊어서 새로운 와인을 마실 때마다 맛을 온전히 음미하고 다른 사람들은 이 맛을 어떻게 느꼈는지 비교해보는 재미가 있다. 일단 어떤 와인을 마실지 고른다. 내 경우엔 일상에서 편하게 마시다가 남으면 진공 와인 스토퍼로 봉해 두고 다시 꺼내 마시기도

265

하는 용도로 칠레나 아르헨티나산 와인을 꺼낸다. 일부 가성비 좋은 와인들이 있어서 저렴하게 자주 마실 수 있기 때문이다.

남편과 둘이서 오붓하게 식사하면서 한 병 정도 마시고 싶을 때는 미국이나 프랑스산 와인을 꺼낸다. 미국 나파밸리 와인은 고급스러움과 와이너리에 따른 독특한 맛이 좋고 프랑스 와인이야 뭐 너무 유명하니까. 아직 와인 맛을 잘 모르는지 프랑스산 와인 중에서는 딱 내 취향에 맞는 걸 못 찾긴 했지만 말이다.

종종 손님을 맞이할 때가 있다. 손님이 와인을 좋아하는지 싫어하는지, 좋아한다면 어떤 종류의 와인을 좋아하는지 정보가 없을 때, 그러니까 그냥 손님맞이용으로는 이탈리아산 와인을 고르는 편이다. 이탈리아산 와인은 지역별 포도 품종이나 와인 제조 방식에 따른 맛 차이가 확연해서 와인을 좋아하는 사람들에게도 이런 점을 비교하면서 맛을 보게 해주면 좋은 반응을 얻을 수 있고, 와인 초보자들이 마시기에도 거부감이 덜하다. 적당히 드라이하고 적당히 달콤한 맛의 와인들이 꽤 있어서 손님을 치를 때 실패 확률이 적다.

지금까지 레드와인만 이야기했는데, 샴페인을 터뜨리고 싶은 기쁜 날엔 샴페인도 마신다. 식사 때가 아닌 애매한 타이밍, 예를 들면 설거지를 할 때, 책을 볼 때, 멍때릴 때는 화이트와인도 종종 마신다. 화이트와인은 보통 이런 애매한 타이밍에 애피타이저 격으로 마실 때가 많아서 고가의 와인은 잘 마시지 않고 저렴한 스페인산을 많이 이용하는 편이다.

난 비교적 옛날 사람이라 그런지 비가 오는 날이면 그렇게 막걸리가 땡긴다. 막걸리엔 뭐? 당연히 파전이다! 꼭 파전이 아니더라도 전 종류면 뭐든지 좋다. 전 부치는 소리인지 비 내리는 소리인지 구분 안 되는 사운드에 진하고 걸쭉한 막걸리 한 잔 딱 마시면!! 캬!!! 생각만 해도 배부르고 좋다!

사실 회식할 때나 친구들 만날 때 여전히 가장 많이 마시는 술은 소주랑 맥주다. 난 맥주를 그다지 좋아하지 않아서 보통 소주만 마시는데 가끔 진짜 목이 탈 때는 소맥도 한두 잔 마시곤 한다. 사람들은 소주에 어울리는 안주로 삼겹살이나 회 또는 시원한 국물의 탕 종류를 많이 이야기하는데 난 좀 다르다. 내가 꼽는 최고의 소주 안주는 나물이다. 비빔밥 할 때 넣는 그 나물 맞다. 나물 반찬들이라고 해야 더 정확하려나. 그래서 밥집 가면 밑반찬으로 주는 나물 반찬만 있으면 소주와 페어링 완료! 이렇게 말하고 나니 진짜 '으른'이 된 거 같다. 나 나물 반찬에 소주 마시는 '으른'이라구~!

이렇게 쓰고 보니 매일 술만 마시며 사는 것 같은데 그건 정말 아니다. 믿어주길 바란다. 하지만 분명한 건, 술이 있었기에 인생이 더 풍요롭고 즐거워진 것 같다. 그 풍요로움과 즐거움이 내가 어제보다 오늘 조금 더 괜찮은 어른이 되고 싶게 하는 원동력도 되는 거고.

이 글을 통해 말하고 싶은 것은 술을 권장하는 게 아니라 누구나 이 힘든 좀비 월드를 살아감에 있어 나름의 안식처가 필요하다는 거다. 그것이 술이든, 노래 부르기든, 잠자기든 무엇이든 좋다. 순간이고 찰나지만 나를 세상의 시름에서 잠시 벗어나게 해주는 그 무언가가 우리에게는 필요하다. 아직 없다면 얼른 하나 만들기를 권장하고 싶다. 마치 좀비 영화에서 좀비들의 시선을 잠깐 돌리기 위해 반대쪽에서 시끄러운 소리를 내는 것처럼, 우리의 시선과 생각을 잠시 세상으로부터 돌려놔줄 그 무언가가 비장의 무기처럼 꼭 있기를 바란다. 이곳은 좀비 월드이고 각양각색의 무기를 많이 갖추면 갖출수록 생존 확률이 높아지니까.

행복하게 산다는 건 결국 순간순간 즐겁게 시간을 보내는 것이 아닐까 싶다. 행복이 멀리 있지 않다는 것도, 행복은 마음먹기에 달려 있다는 것도 결국 지금 이 순간 내가 즐거우면 행복한 게 되는 것이기 때문에 나온 말들이다. 그런 의미에서 내게 술은 가장 단시간에 현재의 이 순간을 즐겁게 만들어줄 수 있는 매개체이다. 물론 과용하면 행복은커녕 불행을 불러일으키는 매개체가 될 수도 있어 위험하기 때문에 술을 마실 수 있는 건 '어른', 즉 성년자로 제한

하는 게 아닐까. 이 위험한 물질을 잘 다룰 수 있는 정신적인 성숙도가 완성된 자, 어른.

나물에 소주 마시는 '으른'이 되는 것도 좋지만 무엇보다 행복한 삶을 위한 각양각색의 도구들을 잘 활용할 줄 아는 괜찮은 어른으로 농익어가고 싶다.

서서히

올해로 17년째 직장생활을 이어오고 있다. 사실 너무 힘들었고 지금도 힘들다. '힘들다'라는 표현만으로는 백만 분의 일도 표현되지 않을 거칠고 무서운 이 좀비 월드에서 생존하기 위해 고군분투했다.

이 책은 그런 고군분투의 과정을 서서히와 변한다가 교환일기 형태로 기록하고 주고받으며 시작했다. 우리 둘이서만 주고받던 공감과 위로를 우리와 비슷한 처지에 있을 다른 이들에게도 전달해보면 좋겠다는 취지로 '헤이북스'를 만나게 되었고 이 책이 나올 수 있게 되었다.

사실 에필로그를 쓰고 있는 지금까지도 이 책이 나왔을 때 다른 이들에게 어떻게 비칠지 걱정스럽고 부끄럽기도 하다. 내가 살아온 가공하지 않은 날것의 삶이 드러나는 것에 대한 두려움과 내 글에 담긴 개인적인 생각과 성향이 타인에게 오해를 불러올 수도 있다는 사실을 생각하면서도 용기를 내어 이 책을 내본다. 이 역시 하나의 '모험'

이고 모험을 추구하는 것이 나 서서히의 본성이기 때문이다. 그렇지만 소심하고 겁이 많아 걱정이 되는 건 어쩔 수 없다.

혹자는 이렇게 말할 수도 있을 것 같다. 번듯한 직장에서 지금까지 일하면서 남부러울 것 없이 살아온 것 같은데 뭐가 그리 힘들었냐고. 하지만 사람들에게는 저마다 삶의 고통과 무게가 존재하는 법이다. 삶에 수반되는 고통의 무게는 경중을 잴 수 없고 누군가에게는 아무것도 아닌 일이 다른 누군가에게는 생사의 갈림길이 되기도 한다. 그러니 고통 속에 빠져 허우적거리고 있는 우리끼리 서로 내가 더 고통스럽다고 절규하며 눈을 감기보다는 눈과 마음을 열어 타인의 고통에 귀 기울이고 나의 고통도 공유하면서 고통의 총량을 줄이려 노력했으면 좋겠다. 그렇게 서로 공감하고 위로하며 살아갔으면 좋겠다.

개인적인 일기로 끝날 뻔했던 부족한 글들을 한 권의 책으로 엮어주신 헤이북스 윤미경 대표님과 편집자, 관계자 분들께 매우 감사드린다. 그리고 이 책에 등장한 나의 문학적(?) 페이소스가 되어준, 내가 살아온 인생과 여러 등장인물들께도 감사의 인사를 전한다. 특히, 글을 쓴답시고 하루 온종일 책상에 앉아 있는 나를 대신해 집안일을 많이 하며 적극 응원해준 남편과 '무소식이 희소식'이라며 연락

두절인 딸에게 익숙해져 간혹 안부 연락을 드리면 되려 무
슨 일 있냐며 걱정하시는 부모님께도 사랑과 고마움을 전
한다. 이 책을 시작으로 다양한 활동을 평생 함께할 변한
다 언니에게도 새삼스러운 고마움을 전한다.

설거지 좀 하라는 남편의 절규를 뒤로한 채
책상 앞에서
서서히

변한다

"사람의 눈동자는 흰 부분과 검은 부분으로 이루어져 있
다. 어째서 신은 검은 부분을 통해서만 사물을 보도록 만
들었을까? 인생은 어두운 곳을 통해서 밝은 곳을 바라보
아야 하기 때문이다."

『탈무드』에 나오는, 언제 들어도 참 좋은 말, 그래서
우리는 괴로움이나 고통을 이겨내는 끈기와 인내심으로
기어이 환한 곳을 보고야 만다. 최대의 한도까지 팽팽하
게 죄인 고통을 경험해본 적이 있는가.

사실 변한다의 요즘은 양궁과 닮아 있다. 숨도 쉬어지
지 않는 팽팽한 긴장감 속에 서 있다. 한 발, 두 발, 세 발,
네 발까지 쏜 것 같다. 다행히 이 책을 쓰면서 변화가 조금

생겼다. 매사 종종거리며 다그쳤던 내 마음속 채찍을 덜 휘두르게 되었다고나 할까.

바로 구방심 때문이다. 이 말은 맹자의 『고자』에서 나오는데, 잃어버린 마음을 찾는다는 뜻이다. 책을 쓰며 전하고 싶은 말들을 곱씹으며 산산이 흐트러진 마음을 정리하며 어쩌다 맑은 하늘도 쳐다보고 나부끼는 바람도 느끼게 되더라. 이제서야 제대로 양생 즉 일상에 정성을 들이게 되는 거였다. 이게 치유 아니겠는가.

그래서 참 고맙다. 서서히와 우리 즐겁자고 시작한 교환일기 같은 습작을 이렇게 한 권의 책이 되도록 애써준 편집자님과 우리의 이야기에 '세대'라는 귀한 의미를 부여해주신 출판사 대표님께도 감사의 인사를 전한다.

더불어 황혼 육아에 이대 메이퀸 저리 가라 찬란한 미모가 빛바랜 우리 어머니, 본인의 유전자를 싹싹 긁어 냉철함과 우직함을 고스란히 물려주신 내 아버지, '엄마'와 '아내'란 미지와 불모의 세계에 날 끌어들여 아주 다채로운 영감을 더해주는 남편과 아들에게 감사의 마음을 표한다. 늘 내지르기만 했던 변한다를 다독이고 응원해준 서서히를 비롯해 나와 2030세대, 현재를 함께했던, 하고 있는 모든 이들에게도 고마움을 전한다.

마지막으로 독자들께 전하고 싶다. "저는 이제 성큼

성큼 목표물을 향해 어쨌거나 전진할 겁니다. 우리 함께 가봅시다." 우리 한번 해봅시다. 단련과 수련으로 도 닦아야 하는 나날들에 때론 지치고 힘들겠지만 이 책을 읽는 여러분! 변한다, 서서히와 함께 이 지옥불에서 끝내 살아남읍시다. 우리의 삶이 진정 원하는 삶이 될 수 있도록 건투와 행운을 동시에 빕니다.

아사리판에서 묵묵히 진득하게 살아가며
변한다

긴 세대 생존법

펴낸날   1판 1쇄 2021년 11월 22일

지은이   서서히 · 변한다
펴낸이   윤미경

펴낸곳   헤이북스
출판등록   제2014-000031호
주소   경기도 성남시 분당구 황새울로 234, 607호
전화   031-603-6166
팩스   031-624-4284
이메일   heybooksblog@naver.com

책임편집   김화영
디자인   류지혜 instagram.com/chirchirbb
찍은곳   한영문화사

ISBN   979-11-88366-31-6 03810

이 도서는 한국출판문화산업진흥원의 '2021년 출판콘텐츠 창작 지원 사업'의 일환으로
국민체육진흥기금을 지원받아 제작되었습니다.